AF717232

Verlag Kiepenheuer & Witsch GmbH & Co. KG,
Bahnhofsvorplatz 1, 50667 Köln

Kontaktadresse nach EU-Produktsicherheitsverordnung:
produktsicherheit@kiwi-verlag.de

Das Buch

Ravelstein ist berühmt und hat ein Netzwerk von Freunden in der ganzen Welt. Als Philosophieprofessor an einer amerikanischen Universität war er verehrt, reich wurde er als Bestsellerautor und konnte sich dann endlich den Luxus leisten, den er zeit seines Lebens geliebt hat. Aber Ravelstein muss bald sterben. In Paris trifft er noch einmal seinen alten Freund Chick, einen amerikanischen Schriftsteller. Chick, Ich-Erzähler des Romans, soll Ravelsteins Biografie schreiben, gnadenlos offen und ungeschminkt. Beim eleganten Souper mit Chicks junger Frau und Ravelsteins schönem Liebhaber, beim Flanieren und Einkaufen oder im Café de Flore diskutieren die beiden Freunde Ravelsteins Leben, gemeinsame Erlebnisse, und sie mokieren sich über den Niedergang der amerikanischen Kultur, über den Ravelstein sein berühmtes Buch geschrieben hat. Aus diesen Gesprächen und Rückblenden entsteht Ravelsteins Leben, die Biografie, an der Chick arbeitet und in der sich auch sein eigenes Leben spiegelt. Der Roman, wie oft bei Saul Bellow voll autobiografischer Züge, besticht durch amüsante Anekdoten und Aperçus, wunderbar erzählte Episoden und treffende Charakterisierungen. Ein großes Lesevergnügen.

Der Autor

Saul Bellow wurde am 10. Juni 1915 in Lachine/Quebec als Sohn jüdisch-russischer Einwanderer geboren. Seine Kindheit verbrachte er in Montreal, 1924 zog die Familie nach Chicago. Dort besuchte er die Tuley High School und studierte später Anthropologie und Soziologie an der Northwestern University. Bellow übte verschiedene Tätigkeiten aus, bevor er seit 1938 dauerhaft an verschiedenen amerikanischen Universitäten lehrte, unter anderem an Princeton und an der Universität von Chicago. Am 5. April 2005 starb der Schriftsteller in Brookline, Massachusetts, im Alter von 89 Jahren. Bellow war mehrmals verheiratet und hatte vier Kinder. Saul Bellow selbst erhielt für sein umfangreiches literarisches Werk zahlreiche Auszeichnungen, unter anderem den Nobelpreis für Literatur 1976.

Das gesamte Werk von Saul Bellow ist lieferbar bei Kiepenheuer & Witsch.

Der Übersetzer

Willi Winkler, geboren 1957, ist ein deutscher Journalist, Autor, Übersetzer und Literaturkritiker. Er hat u. a. Werke von Julian Barnes, Anthony Burgess, John Updike und Saul Bellow übersetzt.

Saul Bellow · RAVELSTEIN

Saul Bellow

RAVELSTEIN

Aus dem Amerikanischen
von Willi Winkler

Kiepenheuer & Witsch

Ich möchte meiner Lektorin
Beena Kamlani
für ihre Kunst und ihre Hellsicht danken.
S. B.

Titel der Originalausgabe: Ravelstein
Aus dem amerikanischen Englisch von Willi Winkler

Umschlaggestaltung: Rudolf Linn, Köln
Umschlagmotiv: © Neal Boenzi / redux / laif
Printed in Germany
ISBN 978-3-462-05399-9

A la bella donna mia mente.
Für Janis,
der Stern, ohne den ich nicht navigieren könnte.
Und für die echte Rosie.

Seltsam, dass ausgerechnet die Wohltäter der Menschheit eher komisch sind. In Amerika jedenfalls kommt das häufiger vor. Wer hier herrschen will, muss das Land bei Laune halten. Im Bürgerkrieg beschwerte man sich über die komischen Geschichten, die Lincoln erzählte. Vielleicht spürte er, dass steifer Ernst weit gefährlicher war als ein Witz. Seinen Kritikern galt er als leichtfertig, und sein eigener Kriegsminister nannte ihn einen Affen.

Von den Entlarvern und Spöttern, die das Denken und den Geschmack meiner Generation bildeten, war H. L. Mencken der bedeutendste. Meine Freunde in der Highschool lasen den *American Mercury* und waren über den Scopes-Prozess auf dem letzten Stand, den ihnen Mencken lieferte. William Jennings Bryan, der *bible belt* und der *Bloedianus Americanus* fanden keine Gnade vor Menckens Augen, während Clarence Darrow, der Scopes verteidigte, als der Vertreter von Wissenschaft, Moderne und Fortschritt galt. Für Darrow und Mencken war Bryan, der an die Schöpfungslehre glaubte, eine zum Untergang verurteilte Absurdität, ein Dorfdepp. In der Sprache der Evolutionstheorie war Bryan ein abgestorbener Zweig am Baum des Lebens. Seine Propaganda für unbegrenztes Prägen von Silber war ebenso ein Witz wie dass er mit dem altmodischen Pathos eines Kongressabgeordneten redete oder die ungeheuren, für Nebraska typischen Farmermahlzeiten, die er verschlang. Es war, wie Mencken bemerkte, die Esserei, die ihn umbrachte. Seine Vorstellung von einer »besonderen Schöpfung« machte ihn beim Prozess zur Zielscheibe des Spotts, und Bryan ging den Weg des Pterodaktylus – die plumpe Version einer Idee, die sich später durchsetzte –, jenes flatternden Reptils, aus dem sich ein Warmblüter entwickelte, der flog und sang.

Ich brachte ein ganzes Notizbuch mit Zitaten von Mencken zusammen und ergänzte es später mit Notizen von Parodisten oder Selbstparodisten wie W. C. Fields oder Charlie Chaplin, Mae West, Huey Long und Senator Dirksen. Sogar über Machiavellis Sinn für Humor findet sich eine Seite. Aber ich werde Sie nicht mit meinen Spekulationen über Witz und Selbstironie in demokratischen Gesellschaften behelligen. Keine Sorge. Ich bin sogar froh, dass die alte Kladde verschwunden ist. Ich möchte sie gar nicht wieder finden. Vor kurzem tauchte sie als eine Art umfänglicher Fußnote wieder auf.

Ich hatte schon immer eine Schwäche für Fußnoten. Eine kluge oder gemeine Fußnote hat mich für manchen Text entschädigt. Und wie ich sehe, benutze ich eine lange Fußnote, um ein ernstes Thema anzuschlagen – mit einem raschen Schnitt befinden wir uns in Paris, in einem Penthouse des Hôtel Crillon. Anfang Juni. Frühstückszeit. Zu Gast sind wir bei meinem guten Freund Professor Ravelstein. Abe Ravelstein. Meine Frau und ich wohnen ebenfalls im Crillon, weiter unten, siebter Stock. Sie schläft noch. Die gesamte Etage unter uns (nicht dass diese Tatsache besonders relevant wäre, aber ich muss sie einfach erwähnen) ist von Michael Jackson und seinem Tross belegt. Er tritt jeden Abend in irgendeiner Pariser Großhalle auf. Bald werden seine französischen Fans auftauchen, eine riesige Menge Gesichter wird sich nach oben wenden und unisono nach *Miekell Jack-sown* rufen. Eine Absperrung der Polizei hält die Fans zurück. Innen sieht man vom siebten Stock, wenn man über die Marmortreppe blickt, Michaels Leibwächter. Einer von ihnen ist ins Kreuzworträtsel der *International Herald Tribune* vertieft.

»Unglaublich, was, dieser Pop-Zirkus«, sagte Ravelstein. An diesem Morgen war der Professor ganz besonders glücklich. Er hatte der Leitung des Hauses zugesetzt, bis sie ihm diese begehrte Suite gab. In Paris – und im Crillon! Zum ersten Mal mit richtig viel Geld hier. Vorbei die Zeit der müffelnden Zimmer im Dragon Volant (oder wie immer es hieß) in der Rue du Dragon oder im Hôtel de l'Académie in der Rue des Saints Pères gegenüber der medizinischen Fakultät. Kein Hotel, das das Crillon an Stil und Luxus überträfe; während der Friedensverhandlungen waren hier die ganz großen Tiere aus Amerika einquartiert.

»Toll, was?« sagte Ravelstein mit einer seiner heftigen Bewegungen.

Ich stimmte ihm zu. Das Zentrum von Paris lag uns zu Füßen – die Place de la Concorde mit dem Obelisken, die Orangerie, die Chambre des Députés, die Seine mit ihren pompösen Brücken, Paläste und Gärten. Der Anblick war natürlich toll, aber heute war er noch toller, weil ihn Ravelstein vorführte, der noch letztes Jahr mit hunderttausend Dollar verschuldet gewesen war. Vielleicht auch mehr. Er machte bei mir immer Witze über seine »schwindenden Ressourcen«.

Er sagte dann: »Ich schwinde mit ihnen – weißt du, was der Begriff in Finanzkreisen bedeutet, Chick?«

»Schwindende Ressourcen? Ich kann's mir so ungefähr vorstellen.«

Schon bevor Ravelstein zu Geld gekommen war, hatte niemand daran gezweifelt, dass er unbedingt Armani-Anzüge brauchte und Koffer von Louis Vuitton, kubanische Zigarren, die in den USA nicht zu bekommen waren, Dunhill-Accessoires, Montblanc-Füller aus reinem Gold oder Kristallkelche von Lalique, um den Wein zu kredenzen – oder kredenzt zu bekommen. Ravelstein gehörte zu jenen großen Männern – groß, aber nicht dick –, deren Hände zittern, wenn sie kleine Aufgaben verrichten sollen. Grund dafür war keine Schwäche, sondern eine ungeheuer ehrgeizige

Energie, die ihn schüttelte, wenn sie sich entlud. Jedenfalls mussten seine Freunde, Kollegen, Schüler und Bewunderer nicht mehr einspringen, um seine luxuriösen Gewohnheiten zu subventionieren. Gottlob ging es inzwischen ohne den ausgefuchsten Tauschhandel mit den Kollegen um Jensen-Silberzeug oder Spode oder Quimper. Jetzt war er sehr reich. Er war mit seinen Ideen in die Öffentlichkeit gegangen. Er hatte ein schwieriges, aber erfolgreiches Buch geschrieben, ein inspiriertes, intelligentes Buch, eine Kriegserklärung, das sich gut verkauft hatte und weiterhin in beiden Hemisphären und auf beiden Seiten des Äquators verkaufte. Er hatte es ganz schnell geschrieben, aber es war ihm Ernst damit: keine Zugeständnisse, kein Populismus, keine geistige Hurerei, keine Entschuldigungen, nichts Präzeptorales. Er hatte alles Recht, so zu schauen, wie er schaute, während der Kellner uns das Frühstück hinstellte. Ravelsteins Intellekt hatte ihn zum Millionär gemacht.

Es ist kein geringes Verdienst, reich und berühmt zu werden, indem man genau das sagt, was man denkt – mit seinen eigenen Worten, kompromisslos.

An diesem Morgen trug Ravelstein einen blau-weißen Kimono. Ein Geschenk aus Japan, wo er im vergangenen Jahr aufgetreten war. Man hatte ihn gefragt, was ihm besondere Freude machen würde, und er hatte gesagt, er hätte gern einen Kimono. Dieses Exemplar, das einen Shogun geschmückt hätte, musste eine Maßanfertigung sein. Ravelstein war sehr groß. Er war nicht besonders elegant. Das schöne Teil trug er locker gegürtet und halb offen. Seine Beine waren ungewöhnlich lang und sahen nicht übermäßig gut aus. Seine Unterhosen hingen auf halbmast.

»Der Kellner hat mir erzählt, dass Michael Jackson das Essen des Crillon nicht schmeckt«, sagte er. »In seinem Privatjet bringt er sich immer seinen Koch mit. Der Koch des Crillon hat eine Boxernase. Seine Künste waren gut genug für Richard Nixon und Henry Kissinger, sagt er, und für eine ganze Horde von Schahs, Königen, Generälen und Premierministern. Aber dieser kleine Glamour-Affe mag es nicht. Gibt es nicht in der Bibel eine Stelle über verkrüppelte Könige, die unter dem Tisch des Mannes leben müssen, der sie bezwungen hat – und von dem leben, was vom Tisch herabfällt?«

»Ich glaube schon. Ich erinnere mich, dass man ihnen die Daumen abgeschnitten hat. Aber was hat das mit dem Crillon oder Michael Jackson zu tun?«

Abe lachte und sagte, er wisse es nicht genau. Es sei ihm nur so durch den Kopf geschossen. Hier oben vermischte sich der Diskant der Fans, der Pubertanten von Paris – Jungen und Mädchen, die im Chor schrien – mit dem Lärm der Busse, Lastwagen und Taxis.

Diese historische Show bildete unseren Hintergrund. Wir ließen uns den Kaffee schmecken. Ravelstein war bestens gelaunt. Dennoch unterhielten wir uns nur gedämpft, weil Nikki, Abes Gefährte, noch schlief. Zu Hause in den USA hatte sich Nikki daran gewöhnt, bis vier Uhr morgens Kung-Fu-Filme aus seiner Heimat Singapur anzuschauen. Auch hier blieb er die halbe Nacht auf. Der Kellner hatte die Schiebetür zugezogen, damit Nikkis kostbarer Schlaf nicht gestört werde. Gelegentlich sah ich durch das Fenster auf seine rundlichen Arme und das lange schwarze Haar, das ihm in Wellen auf die glänzenden Schultern fiel. Der hübsche Nikki war mit Anfang dreißig noch immer knabenhaft.

Der Kellner war eingetreten und brachte Walderdbeeren, *brioches*, Marmeladetöpfchen und jene Kännchen und Schälchen, die ich schon lange als Hotelsilber kannte. Während er ein Brötchen zum Mund führte, kritzelte Ravelstein mit großer Geste seinen Namen auf die Rechnung. Ich konnte schöner essen. Bei Ravelsteins Versuch, gleichzeitig zu essen und zu reden, hatte man das Gefühl, einem biologischen Vorgang beizuwohnen: er heizte sein System an und fütterte seine Ideen.

An diesem Vormittag drängte er mich wieder, in die Öffentlichkeit zu gehen, das zurückgezogene Leben aufzugeben und, wie er sich ausdrückte, »am öffentlichen Leben, an der Politik« teilzunehmen. Er wollte, dass ich es mit einer Biografie versuchte, und ich war einverstanden gewesen. Auf seinen Wunsch hatte ich eine Zusammenfassung von John Maynard Keynes' Darstellung der Argumente für deutsche Reparationszahlungen und die Aufhebung der alliierten Blockade von 1919 verfasst. Ravelstein gefiel meine Arbeit, er war aber noch nicht ganz zufrieden. Seiner Meinung nach hatte ich ein rhetorisches Problem. Ich sagte, dass die Überbetonung der einzelnen Fakten ein größeres Interesse an dem Projekt verhindere.

Ich kann es ja ruhig zugeben: In der Highschool hatte ich einen Englischlehrer namens Morford (wir nannten ihn den »verrückten Morford«), der uns Macaulays Aufsatz über Boswells *Leben Samuel Johnsons* lesen ließ. Ich weiß nicht mehr, ob das Morfords eigene Idee oder im Lehrplan vorgesehen war. Macaulays Aufsatz, im 19. Jahrhundert für die *Encyclopedia Britannica* geschrieben, erschien in Amerika bei der Riverside Press als Schulbuch. Ich las ihn mit heißen Ohren. Macaulay begeisterte mich mit seiner Version dieser Biografie, mit der »Gewundenheit« von Johnsons Kopf. Seither habe ich manche nüchterne Kritik an Macaulays viktorianischen Exzessen gelesen. Dennoch war ich nicht zu heilen – von meiner Schwäche für Macaulay wollte ich nicht geheilt werden. Dank seiner Schilderung sehe ich den armen zuckenden Johnson, wie er gegen jeden Laternenpfahl stößt, verdorbenes Fleisch isst und ranzigen Pudding.

Die Form der zu schreibenden Biografie wurde zum Problem. Johnson hatte selber ein Beispiel mit der Biografie seines Freundes Richard Savage geliefert. Dann natürlich Plutarch. Als ich Plutarch einem Gräzisten gegenüber erwähnte, tat er ihn als »simplen Literaten« ab. Hätte es aber ohne Plutarch *Antonius und Cleopatra* gegeben?

Dann erwog ich John Aubreys *Brief Lives.*

Aber ich will Ihnen die Liste ersparen.

Ich hatte versucht, Ravelstein Mr Morford zu beschreiben: Der verrückte Morford war vor der Klasse nie regelrecht betrunken, aber offensichtlich ein Säufer – er hatte diese rote Trinkernase. Jeden Tag trug er den gleichen Schlussverkaufsanzug. Er wollte einen nicht näher kennen, ebenso wenig wollte er, dass man ihn kennen lernte. Sein düsterer, abstrakter Alkoholikerblick war nie auf jemanden gerichtet. Die Augen unter seinen wirren Brauen starrten nur auf die Wände, durch die Fenster, in das Buch, das er las. Die beiden Bücher, die wir in jenem Semester bei ihm lasen, waren Macaulays *Johnson* und Shakespeares *Hamlet.* Trotz seiner Skrofulose, seines verlotterten Zustands, trotz seiner Wassersucht konnte Johnson Freundschaften pflegen und seine Bücher schreiben, und Morford seinerseits hielt den Stundenplan ein und hörte zu, wenn wir die Verse rezitierten: »Wie ekel, schal, flach und unersprießlich scheint mir das ganze Treiben dieser Welt!« Sein harter, kurzgeschorener Schädel, sein gerötetes Gesicht, die Hand, die er hinter dem Rücken verkrampfte. Im Ganzen flach und unersprießlich.

Ravelstein interessierte sich nicht besonders für meine Schilderung. Warum sollte er den Morford kennen lernen, an den ich mich erinnerte? Doch Abe hatte Recht, als er mich auf Keynes' Aufsatz hinwies. Keynes, der einflussreiche Wirtschaftstheoretiker und Staatsmann, den jeder als Autor der *Wirtschaftlichen Folgen des Friedensvertrages* kennt, schickte seinen Freunden in Bloomsbury Briefe und Memoranden, in denen er von seinen Erlebnissen nach Kriegsende berichtete, vor allem über die Reparationsverhandlungen zwischen den besiegten Deutschen und den

Staatsführern der Alliierten – Clemenceau, Lloyd George und die Amerikaner. Ravelstein, der sonst mit Lob geizte, versicherte mir, dass meine Wiedergabe der Keynesschen Notizen für seine Freunde in jeder Hinsicht erstklassig sei. Für Ravelstein war Hayek als Wirtschaftswissenschaftler bedeutender als Keynes. Keynes hatte seiner Meinung nach die Härte der Alliierten übertrieben und den deutschen Generälen und letztlich den Nazis in die Hände gearbeitet. Der Versailler Vertrag war längst nicht die Bestrafung, die er hätte sein sollen. Hitlers Kriegsziele von 1939 unterschieden sich nicht von denen des Kaisers im Jahr 1914. Doch von diesem gravierenden Fehler einmal abgesehen, verfügte Keynes über viele persönliche Vorzüge. Er hatte Eton und Cambridge absolviert und war von der Bloomsbury-Gruppe gesellschaftlich und kulturell auf Hochglanz gebracht worden. Die großen politischen Ereignisse seiner Zeit förderten seine Entwicklung und vervollkommneten ihn. In seinem Privatleben verstand er sich vermutlich als Uranier – ein britischer Euphemismus für Homosexualität. Ravelstein erwähnte, dass Keynes eine russische Ballerina geheiratet hatte. Er erläuterte mir, dass Uranus Aphrodites Vater war, ohne dass es einer Mutter bedurft hätte. Aphrodite entstand aus dem Schaum des Meeres. Er erzählte mir dergleichen nicht, weil er mich für ungebildet hielt, sondern weil er beschlossen hatte, dass ich in einem bestimmten Augenblick meine Gedanken in diese Richtung lenken sollte. Also erinnerte er mich daran, dass der Titan Kronos Uranos tötete und dessen Samen sich ins Meer ergoss. Und das hatte irgendwas mit den Reparationen zu tun oder mit der Tatsache, dass die immer noch unter der Blockade lebenden Deutschen damals Hunger litten.

Ravelstein, der seine Gründe haben musste, wenn er mich auf Keynes' Aufsatz hinwies, erinnerte sich am besten an die Passagen, in denen beschrieben wurde, wie wenig die deutschen Bankiers in der Lage waren, die Forderungen Frankreichs und Englands zu erfüllen. Die Franzosen hatten es auf die Goldreserven des Kaisers abgesehen und verlangten, dass das Gold auf der Stelle ausgehändigt werde. Die Engländer wollten sich mit Währungsreserven zufrieden geben. Einer der deutschen Unterhändler war Jude. Lloyd George verlor die Beherrschung und ging diesen Mann direkt an: Er lieferte ihm eine erstaunliche Judennummer, krümmte sich, buckelte, humpelte, spuckte, lispelte, drückte den Hintern raus und parodierte den spreizfüßigen jüdischen Gang. Keynes berichtete seinen Freunden in Bloomsbury davon in allen Einzelheiten. Ravelstein hielt nicht viel von den Bloomsbury-Intellektuellen. Er missbilligte ihr tuntenhaftes Auftreten, das schwule Mätzchenmachen, das ganze (seine Worte) »warme Getue«. An ihrer Leidenschaft für Klatsch wollte und konnte er nichts aussetzen, dafür liebte er selber Klatsch zu sehr. Aber für ihn waren sie keine Denker, sondern Snobs, und ihr Einfluss wirkte verheerend. Alle Spione, die die GPU oder der NKWD später in England rekrutierte, kamen aus dem Bloomsbury-Umfeld.

»Aber das ist dir glänzend gelungen, Chick, das mit Lloyd Georges ekelhafter *youpin*-Parodie.«

Youpin ist das französische Schimpfwort für einen Juden.

»Danke schön«, sagte ich.

»Ich würde nicht das Geringste daran ändern wollen«, sagte Ravelstein. »Aber du merkst schon, dass ich dir etwas Gutes tun will.«

Natürlich verstand ich seine Motive. Er wollte, dass ich seine Biografie schrieb, und mich gleichzeitig von meinen schlechten Gewohnheiten befreien. Seiner Meinung nach hatte ich mich im Privatleben verbunkert und sollte der Gemeinschaft wiedergewonnen werden. »Zu viele Jahre Innerlichkeit!« pflegte er zu sagen. Ich bräuchte dringend die Nähe zur Politik – nicht Lokal- oder Parteipolitik, auch nicht Bundespolitik, sondern Politik im Geiste von Aristoteles und Plato, wie sie in unserer Natur verwurzelt sei. Man kann sich nicht von seiner Natur abkehren. Ich musste Ravelstein zugeben, dass die Lektüre dieser Keynes-Texte und das Abfassen der Schrift darüber für mich wie ein Urlaub gewesen war. Ich hatte zur Menschheit zurückgefunden, ein Bad in der Menschlichkeit genommen. Es gibt Zeiten, da muss ich während der Stoßzeit U-Bahn fahren oder in einem überfüllten Kino sitzen – das meine ich mit einem Bad in Menschlichkeit. So wie Kühe Salz lecken müssen, sehne ich mich manchmal nach körperlichem Kontakt.

»Ich habe ein paar Ideen zu Keynes und der Weltbank, seinem Abkommen von Bretton Woods und zu seinem Angriff auf den Versailler Vertrag. Über Keynes weiß ich gerade so viel, dass ich seinen Namen in ein Kreuzworträtsel einfügen kann«, sagte ich. »Ich bin froh, dass du mich auf seine privaten Aufzeichnungen hingewiesen hast. Seine Freunde konnten seine neuen Eindrücke von der Friedenskonferenz wahrscheinlich kaum erwarten. Er ermöglichte ihnen einen Platz in der ersten Reihe der Weltgeschichte. Und ich vermute, dass Lytton Strachey und Virginia Woolf richtig süchtig waren nach diesen Insider-Informationen. Sie vertraten die edleren Interessen der britischen Gesellschaft. Es war ihre Pflicht, das zu erfahren – die Pflicht des Künstlers.«

»Und wie stand es mit dem jüdischen Anteil bei der ganzen Sache?« fragte Ravelstein.

»Der gefiel Keynes nicht sonderlich. Du erinnerst dich wahrscheinlich, dass er auf der Friedenskonferenz nur mit einem einzigen Mann Freundschaft geschlossen hat, mit einem jüdischen Mitglied der deutschen Delegation.«

»Nein, ein so gewöhnlicher Mann wie George Lloyd vermochte diese Bloomsburies natürlich nicht zu interessieren.«

Doch Ravelstein wusste die Vorteile eines linken Bundes zu schätzen. Er hatte seinen eigenen. Dazu gehörten Studenten, die er in Politischer Philosophie unterrichtet hatte, sowie alte Freunde. Die meisten von ihnen kamen, wie Ravelstein, aus der Schule von Professor Davarr und bedienten sich seines esoterischen Vokabulars. Einige der älteren Studenten Ravelsteins bekleideten wichtige Positionen in landesweit verbreiteten Zeitungen. Nicht wenige arbeiteten im Außenministerium. Einige unterrichteten am War College oder arbeiteten für den Nationalen Sicherheitsberater. Einer war ein Protegé von Paul Nitze. Ein anderer, ein Einzelgänger, hatte eine Kolumne in der *Washington Times*. Manche waren einflussreich, alle bestens informiert. Sie bildeten eine eng zusammenhängende Gruppe, eine Gemeinschaft. Ravelstein erhielt regelmäßige Berichte von ihnen, und wenn er zu Hause war, verbrachte er Stunden mit seinen Schülern am Telefon. Was sie ihm anvertrauten, behielt er mehr oder weniger für sich. Zumindest nannte er seine Quelle nicht. Selbst heute im Penthouse des Crillon hielt er das Handy zwischen den nackten Knien. Der japanische Kimono entblößte seine Beine, die bleicher waren als Milch. Ravelstein hatte die Unterschenkel eines Menschen, der im Sitzen arbeitet – langes Schienbein und wenig Wade, nicht gerundet. Vor einigen Jahren, nach seinem Herzanfall, hatten ihm die Ärzte Sport empfohlen. Also kaufte er sich ein teures Sweatshirt und elegante Turnschuhe. Ein paar Tage lang trabte er über die Aschenbahn, dann gab er auf. Fitness war nichts für ihn. Er sah seinen Körper als Fahrzeug – ein Motorrad, das er am Rande des Grand Canyon aufheulen ließ.

»Lloyd George überrascht mich nicht übermäßig«, sagte Ravelstein. »Er war ein streitsüchtiges kleines Arschloch. In den Dreißigern suchte er Hitler auf und hatte fortan eine hohe Meinung von ihm. Für politische Führer war Hitler der Traum. Alles, was er haben wollte, geschah, und zwar sofort.

Kein Durcheinander, kein Getue. Ganz anders als in der parlamentarischen Demokratie.« Ravelstein über die von ihm so genannte »Große Politik« reden zu hören, machte Spaß. Oft spekulierte er über Roosevelt und Churchill. Vor de Gaulle hatte er großen Respekt. Gelegentlich ging es mit ihm durch. Heute zum Beispiel sprach er von Lloyd Georges »Bitterkeit«.

»Bitterkeit ist gut«, wandte ich ein.

»Bei der Sprache waren uns die Briten überlegen. Vor allem als ihre Stärke ausblutete und Sprache eine ihrer wichtigen Ressourcen wurde.«

»So wie Hamlets Hure sich Luft machen muss in Worten.«

Mit seinem kahlen, machtvollen Kopf pflog Ravelstein entspannten Umgang mit großen Worten, wichtigen Themen und berühmten Männern, mit Jahrzehnten, Jahrhunderten, ganzen Zeitaltern. Und mit Entertainern wie Mel Brooks war er ebenso vertraut wie mit den Autoren der Antike, weshalb es ihm mühelos gelang, den Bogen von Thukydides' riesenhafter Tragödie zu dem von Brooks gespielten Moses zu schlagen. »Er kommt mit den Geboten vom Berg Sinai herunter. Gott hat ihm zwanzig gegeben, aber Mel Brooks entgleiten zehn, als er sieht, dass die Kinder Israels Veitstänze um das Goldene Kalb aufführen.« Ravelstein mochte diesen Catskill-Humor, und er besaß selber eine natürliche Begabung dafür.

Meine Keynes-Skizze gefiel ihm außerordentlich. Er erinnerte sich, dass Churchill Keynes einen Mann mit hellseherischer Intelligenz genannt hatte – Abe liebte Churchill. Als Wirtschaftswissenschaftler übertraf Milton Friedman die meisten, aber Friedman war ein fanatischer Anhänger des freien Marktes und konnte mit Kultur nichts anfangen, während Keynes über eine kultivierte Intelligenz verfügte. Allerdings schätzte er den Versailler Vertrag falsch ein und zeigte

Schwächen in der Politik, ein Thema, bei dem Ravelstein seine eigenen Vorstellungen hatte.

Abes »Leute« in Washington okkupierten sein Telefon so gründlich, dass ich die Vermutung äußerte, er beaufsichtige dort eine Schattenregierung. Er nahm das hin und lächelte, als wäre mein Verdacht seltsam und nicht etwa sein Verhalten. Er sagte: »Alle Studenten, die ich in den vergangenen dreißig Jahren ausgebildet habe, wenden sich noch immer an mich. Das Telefon ermöglicht gewissermaßen ein ständiges Seminar, in dem die politischen Fragen, mit denen sie es Tag für Tag in Washington zu tun haben, mit dem Plato abgeglichen werden, den sie vor zwei, drei Jahrzehnten studiert haben. Oder mit Locke, Rousseau oder sogar mit Nietzsche.«

Wer Ravelsteins Anerkennung erlangt hatte, durfte stolz drauf sein. Seine Studenten wandten sich immer wieder an ihn – Männer, die inzwischen die vierzig überschritten und von denen einige eine wichtige Rolle im Golfkrieg gespielt hatten, berieten sich stundenweise mit ihm. »Diese besonderen Beziehungen sind mir sehr wichtig – oberste Priorität.« Warum sollte Ravelstein, der wissen wollte, was in der Downing Street vor sich ging oder im Kreml, nicht ebenso Bescheid wissen wie seinerzeit Virginia Woolf, die Keynes' persönlichen Bericht über die deutschen Reparationen zu lesen bekam? Gut möglich, dass Ravelsteins Ansichten und Meinungen in politische Entscheidungen einflossen, aber darauf kam es nicht an. Ihm kam es darauf an, dass er weiter für die fortlaufende politische Erziehung seiner ehemaligen Schüler zuständig sein konnte. Auch in Paris hatte er seine Jünger. Männer, die seine Seminare an der École des hautes Etudes besucht hatten und vielleicht gerade von einer Reise nach Moskau zurückkamen, meldeten sich ebenfalls am Telefon.

Es gab sexuelle Beziehungen und intime Vertrauensverhältnisse. Zu Hause hatte er neben dem großen schwarzen

Ledersofa ein elektronisches Armaturenbrett, das er virtuos zu bedienen wusste. Ich hätte nicht damit umgehen können. Ich verstehe nichts von Technik. Ravelstein aber mit seinen zitternden Händen kontrollierte seine Instrumente wie ein Prospero.

Jedenfalls brauchte er sich jetzt keine Sorgen mehr wegen der Telefonrechnung zu machen.

Aber wir befinden uns immer noch oben im Hôtel Crillon.

»Deine Instinkte sind gut, Chick«, sagte er. »Schade, dass du so gar kein Talent zum Nihilismus hast. Céline mit seiner nihilistischen Komödie oder Farce würde dir viel besser stehen. Die betrogene Frau, die zu ihrem Freund Robinson sagt: ›Warum sagst du nie, Ich liebe dich? Was soll so besonders sein an dir? Bei dir wird er steif wie bei jedem anderen auch. *Quoi! Tu ne bandes pas?*‹ Ein steifer Schwanz ist für sie das Gleiche wie Liebe. Doch der Nihilist Robinson hat nur bei einem seine Prinzipien, er will bei den wenigen Dingen, auf die es wirklich ankommt, nicht lügen. Er ist zu jeder Obszönität bereit, aber irgendwann ist Schluss. Die tödlich beleidigte Hure erschießt ihn schließlich, weil er nicht sagen will: ›Ich liebe dich!‹«

»Will Céline damit sagen, das mache ihn authentisch?«

»Es bedeutet, dass Schriftsteller uns zum Lachen und zum Weinen bringen sollen. Das will die Menschheit haben. Die Szene mit Robinson ist eine Reprise des mittelalterlichen Dramas, wo die verworfensten Verbrecher zur Heiligen Jungfrau Maria zurückfinden. Aber damit wir uns nicht missverstehen: Ich möchte, dass du über mich wie über Keynes schreibst, nur breiter angelegt. Außerdem bist du zu freundlich mit ihm umgegangen. Das möchte ich nicht. Sei so streng zu mir, wie du willst. Du bist doch nicht das Schätzchen, nach dem du aussiehst, und vielleicht gelingt dir ja mit meiner Biografie der Befreiungsschlag.«

»Von was soll ich mich eigentlich freimachen?«

»Von dem, was dich beherrscht – über dir hängt irgendein Damoklesschwert.«

»Nein«, sagte ich. »Es heißt Dummoklesschwert.«

Hätte unser Gespräch in einem Restaurant stattgefunden, die anderen Gäste hätten gedacht, wir erzählten uns Pikanterien und würden uns königlich dabei amüsieren. »Dummoklesschwert« war ein Witz nach Ravelsteins Tasse, und er lachte wie das verwundete, sich aufbäumende Pferd auf Picassos *Guernica*.

Ravelsteins Vermächtnis für mich war ein Thema – er wollte mir ein Thema geben, das beste womöglich, das ich je hatte, vielleicht sogar das einzige von Bedeutung. Dieses Vermächtnis war jedoch nur um den Preis zu haben, dass er vor mir starb. Sollte ich ihm im Tod vorangehen, würde er natürlich kein Erinnerungsbuch über mich schreiben. Alles, was über eine Seite hinausging, die bei einem Gedenkgottesdienst vorgetragen würde, wäre undenkbar gewesen. Dabei waren wir engste Freunde; es gab keine besseren. Wir lachten über den Tod, und der Tod schärft natürlich den Sinn für das Komische. Aber auch wenn wir zusammen lachten, hieß das nicht, dass wir aus dem gleichen Grund lachten. Natürlich war es komisch, dass ausgerechnet seine in Buchform gebrachten ernsthaften Anliegen Ravelstein zum Millionär gemacht hatten. Nur der allzeit findige Kapitalismus war in der Lage, Gedanken, Ansichten und Lehren in eine verkäufliche Ware zu verwandeln. Denn man darf nicht vergessen, dass Ravelstein vor allem Lehrer war. Er gehörte keineswegs zu jenen Konservativen, die den freien Markt vergöttern. In der Politik und bei Angelegenheiten der Moral behielt er sich seine eigene Meinung vor. Doch geht es mir nicht darum, hier seine Gedanken vorzutragen, ich möchte ihnen vielmehr im Moment lieber aus dem Weg gehen. Um es ganz kurz zu machen: Er war ein Erzieher. Fasste seine Gedanken in einem Buch zusammen, das ihn aberwitzig reich machte. Gab die Dollars beinah ebenso schnell wieder aus, wie sie hereinkamen. Eben lag ihm wieder ein neuer Buchvertrag über fünf Millionen Dollar vor. Auch bei den üblichen Vortragsreisen konnte er Spitzenhonorare fordern. Und schließlich war er ein gebildeter Mann. Niemand bestritt das. Man muss schon gebildet sein, wenn man die ganze Komplexität der Moderne erfassen und ihre menschlichen Kosten beziffern will. Bei Partys wirkte er vielleicht manchmal etwas seltsam, doch wenn er auf einem Podest stand, merkte man, wie gut seine Argumente begründet waren. Dann wurde überdeutlich, worüber er sprach. Die Öffentlichkeit betrachtete die weiterführende Ausbildung als Grundrecht. Das Weiße Haus bestätigte es. Studenten gab es wie Sand am Meer. Die durchschnittliche Studiengebühr betrug dreißigtausend Dollar pro Jahr. Was aber lernten die Studenten? Die Universitäten waren freizügig und lax. Der Puritanismus früherer Jahre war verschwunden. Alles wurde relativiert, und was in Santo Domingo richtig war, war in Pango-Pango falsch. Moralische Maßstäbe hatten ihre Verbindlichkeit verloren.

Ravelstein war aber keineswegs lustfeindlich oder ein Gegner der Liebe. Im Gegenteil sah er in der Liebe den womöglich größten Segen der Menschheit. Ohne Sehnsucht war die menschliche Seele deformiert, ihres höchsten Gutes beraubt, zum Tode erkrankt. Man bot uns ein biologisches Modell an, das die Seele abschrieb und stattdessen betonte, wie wichtig ein orgiastischer Spannungsabbau sei (Biostatik und Biodynamik). Ich habe nicht vor, hier auf die erotischen Lehren von Aristophanes und Sokrates oder die der Bibel einzugehen. Da müssen Sie schon Ravelstein im Original lesen. Für ihn waren Jerusalem und Athen die Zwillingsquelle der Zivilisation. Jerusalem und Athen sind nichts für mich. Aber bitte sehr – ich selber war zu alt, um Ravelsteins Schüler zu werden. Hier muss ich nur erwähnen, dass er sogar im Weißen Haus und in Downing Street sehr ernst genommen wurde. Mrs Thatcher lud ihn nach Chequers ein. Auch der Präsident vernachlässigte ihn nicht. Reagan bat ihn zum Essen, und Ravelstein gab ein Vermögen für Frack, Kummerbund, diamantene Kragenknöpfe und Lackschuhe aus. Ein Kolumnist der *Daily News* schrieb über Ravelstein, dass Geld für ihn etwas sei, das man von der hinteren Plattform eines anfahrenden Zuges aus wegwarf. Ravelstein brüllte vor Lachen, als er mir den Artikel zeigte. Das ganze Gewese machte ihm ungeheuren Spaß. Mir selber fehlten natürlich seine Voraussetzungen für diesen Spaß. Die gewaltigen hydraulischen Kräfte des Landes hatten ihn erfasst, nicht mich.

Zwar war ich eine Reihe von Jahren älter als Ravelstein, aber wir waren eng befreundet. Beide waren wir studentischen Scherzen nicht abgeneigt, und das ebnete die Unterschiede zwischen uns ein. Jemand, der mich gut kannte, sagte einmal, dass ich unschuldiger sei, als das einem Erwachsenen zustünde. Als wäre ich aus eigenem Entschluss naiv gewesen! Nebenbei gesagt, verstehen es auch extrem naive Menschen, ihre Interessen zu wahren. Selbst sehr schlichte Frauen wissen, wann es Zeit ist, bei einem schwierigen Ehemann Schluss zu machen – oder wann sie das Geld vom gemeinsamen Bankkonto holen müssen. Ich machte mir keine großen Gedanken um meine Selbsterhaltung. Doch glücklicherweise – oder vielleicht auch nicht – lebten wir im Zeitalter des Füllhorns, in der die zivilisierten Völker den Überfluss erleben dürfen. Materiell gesehen war es nie einfacher, eine große Bevölkerung vor Hunger und Krankheit zu bewahren. Und diese teilweise Entbindung vom Überlebenskampf macht die Menschen naiv. Damit will ich sagen, dass sich niemand um ihre Wunschvorstellungen kümmert. Nach einer ungeschriebenen Vereinbarung beginnt man die Bedingungen zu akzeptieren, mit denen die anderen auftreten, auch wenn sie sich unweigerlich als falsch herausstellen. Man hat die eigenen kritischen Fähigkeiten abgetötet. Man erstickt seine eigene Klugheit. Ehe man sich versieht, muss man nach der Scheidung eine astronomische Summe an eine Frau zahlen, die mehr als einmal erklärt hat, dass sie in Gelddingen so was von unbeleckt sei.

Um einen Mann wie Ravelstein zu beschreiben, empfiehlt sich wahrscheinlich die musivische Methode.

An diesem Junimorgen in Paris war ich nicht so sehr wegen des biografischen Aufsatzes in seine Luxussuite im Penthouse gekommen, sondern weil ich mir von ihm Angaben über seine Eltern und seine Jugend erhoffte. Ich brauchte nicht mehr Einzelheiten, als ich verwenden konnte, und war mittlerweile in groben Zügen mit seiner Lebensgeschichte vertraut. Die Ravelsteins stammten aus Dayton in Ohio. Seine Mutter, ein regelrechtes Kraftwerk, hatte die Johns Hopkins University absolviert. Seinem Vater blieb der Erfolg versagt. Er vertrat eine große landesweite Organisation und war nach Dayton verbannt. Ein dicker, neurotischer, kleingewachsener Mann, als Vater aber hysterisch und auf Disziplin versessen. Wenn der kleine Abe bestraft wurde, musste er sich nackt ausziehen und wurde dann mit den Hosenträgern seines Vaters verprügelt. Abe bewunderte seine Mutter, hasste seinen Vater und verachtete seine Schwester. Doch Keynes, um noch mal einen Blick auf ihn zu werfen, hatte über Clemenceaus Familiengeschichte wenig zu sagen. Clemenceau war ein erfahrener Zyniker; er verachtete die Deutschen und misstraute ihnen; am Verhandlungstisch trug er graue Glacéhandschuhe. Aber wir wollen die Handschuhe übergehen – das hier soll ja keine Psycho-Biografie werden.

An diesem Vormittag hatte Ravelstein allerdings keine Lust, sich nach seiner Jugend befragen zu lassen.

Die Place de la Concorde verlor allmählich ihre morgendliche Frische. Der Verkehr unten hatte nachgelassen, dafür verstärkte sich die Junihitze und stieg noch an. In der Sonne verlangsamte sich unser Puls. Nach der ersten Gefühlsaufwallung meldete sich das Herz wieder in diesem Leben, das durch einen unvollständigen Sieg über viele Absurditäten endlich gerechtfertigt war und zu dem auch gehörte, dass Abe Ravelstein, ein Akademiker, ein miserabler Professor für Politische Philosophie, seinen Platz ganz oben in Paris fand, unter Geschäftsführern im Crillon oder den Vorstandsvorsitzenden im Ritz oder den Playboys im Hôtel Meurice. In der Sonne geriet unsere Unterhaltung ins Stocken, und er schlummerte mit seinen hemisphärisch hochgezogenen Augenbrauen eine Weile ein. Seine Lippen, die gespitzt waren, um noch mehr zu sagen, sagten erst einmal nichts. Man ertappte sich dabei, auf seinem kahlen Schädel nach Fingerabdrücken dessen zu suchen, der ihn geformt hatte. Er selber war einen Augenblick woanders; er hatte diese Aussetzer von Zeit zu Zeit. Obwohl er die Augen offen hielt, sah er einen möglicherweise gar nicht. Da er kaum eine Nacht durchschlief, war es für ihn nicht weiter ungewöhnlich, dass er vor allem bei warmem Wetter kurz wegsackte, döste, entschwebte; zwei lange Arme hingen über die Lehnen seines Stuhls; dazu die seltsame Form seiner ungleichmäßigen Füße. Einer war drei Nummern größer als der andere. Schuld an seiner Verfassung war nicht bloß die gestörte Nachtruhe, es war die Aufregung, das Ausquetschen, die Anspannung durch seine Freuden, sein intellektuelles Leben.

Die Erschöpfung, in die er an diesem Vormittag sank, verdankte sich vermutlich dem großen Essen, das er uns am Abend zuvor gegeben hatte, eine außergewöhnliche Party an der Place de la Madeleine *chez Lucas Carton*. Wenn man sämtliche Gänge aß, war man unweigerlich erledigt. Als Hauptgericht gab es Huhn in Honig und in Lehm ausgebacken. Das altgriechische Rezept hatten Archäologen vor kurzem in einer ägäischen Grabungsstätte gefunden. Wir aßen dieses köstliche Gericht in der Gegenwart von nicht weniger als vier Kellnern. Der *sommelier* mit dem Abzeichen seines Amtes an der Schlüsselkette sorgte dafür, dass die Gläser regelmäßig nachgefüllt wurden. Zu jedem Gang wurde der passende Wein gereicht, während die Kellner, Akrobaten vergleichbar, das Porzellan und das Silberbesteck wechselten. Ravelstein erglühte in wildem Glück, lachte und stotterte wie immer, wenn er betrunken war, und begann jeden Teil seiner langen Sätze mit »Da-a, da-ha, da-has ist die beste europäische Küche – di-, dihi-, dieser Chick hängt den Skeptiker raus, wenn es um die Franzosen geht. Er, de-her denkt, dass ihre Küche alles ist, was sie mit einigem Stolz vorweisen können nach der Erniedrigung von da-ha, da-ha damals 1940, als Hitler dieses Siegestänzchen vollführte. Chick erkennt *la France pourrie* in Sartre, im Beschimpfen der USA da-ha und in der Verehrung für den Stalinismus, in ihrer Philosophie und Linguistik. Da-ha, di-hiese Hermeneutiker – er nennt sie *Harmo*neutiker, sind winzige Sandwiches, die Musiker während der Pause essen. Aber du musst zugeben, dass du nirgendwo sonst ein solches Essen kriegst. Schau nur, wie Rosamund strahlt! Endlich eine Frau, die exquisites Essen und da-ha, die-hie Zubereitung durch den Koch zu schätzen weiß. Nikki auch, er weiß, was Kochkunst ist – das wirst du nicht bestreiten, Chick.«

Nein, würde ich nicht. Nikki besuchte eine Schweizer Hotelfachschule. Mehr kann ich nicht dazu sagen, weil ich nicht Experte genug bin, um die exakten Details wiederzugeben. Nikki war in jedem Fall ein ausgebildeter *maître de*. Er bekam regelmäßig einen Lachkrampf, wenn er den Cutaway seiner Branche für Ravelstein und mich vorführte und sich mit seinen berufsmäßigen Insignien schmückte.

Das Essen am Abend zuvor hatte zu meinen Ehren stattgefunden. Damit wollte Ravelstein seinem Freund Chick für die Unterstützung danken, die dieser ihm bei der Arbeit an seinem Bestseller gewährt hatte. Das ganze Buch sei ursprünglich meine Idee gewesen, sagte er. Es wäre niemals geschrieben worden, hätte ich ihn nicht dazu gedrängt. Abe gab das auf eine elegante Art immer zu – »Chick hat mich darauf gebracht«.

Es gibt eine Parallele zwischen dem Niedergang der Innenstädte und der geistigen Auflösung der USA, der Siegermacht des Kalten Kriegs, der einzigen verbliebenen Supermacht. Und es gibt eine Möglichkeit, beides zu entschärfen. Davon handelten Ravelsteins Bücher und Artikel. Er führte seine Leser von der Antike bis zur Aufklärung und dann – über Locke, Montesquieu und Rousseau weiter zu Nietzsche und Heidegger – zur Gegenwart, ins High-Tech-Amerika der großen Konzerne, seiner Kultur und seiner Vergnügungsindustrie, seiner Presse, seinem Erziehungssystem, seinen Denkfabriken, seiner Politik. Er vermittelte das Bild der Massendemokratie und das dafür charakteristische – beklagenswerte – menschliche Ergebnis. In seinem Seminarraum (und die Vorlesungen waren immer überfüllt) hustete, stotterte, rauchte, brüllte, lachte er und elektrisierte seine Studenten, debattierte mit ihnen, reizte sie zum Kampf Mann gegen Mann, prüfte sie, hämmerte auf sie ein. Er fragte nicht: »Wo wirst du die Ewigkeit verbringen?« wie diese religiösen Endzeitpropheten, sondern er fragte: »Was hast du deiner Seele in dieser modernen Demokratie zu bieten?«

Dieser hoch gewachsene Knabe in Nadelstreifen mit seinem kahlen Kopf (immer fürchtete man sich dabei vor etwas gefährlich Bleichem, vor bleicher Gewalt, den Einkerbungen) stieg nicht vorn auf das Podest, um die Zuhörer mit der korrekten Abfolge der Epochen (Zeitalter des Glaubens; Zeitalter der Vernunft; Klassik und Romantik) tödlich zu langweilen. Er trat auch nicht als Akademiker auf oder als angestellter Universitätsrebell, der zu revolutionärem Verhalten ermutigte. Die Streiks und Campus-Besetzungen der Sechziger hatten das Land erheblich zurückgeworfen, sagte er. Er buhlte nicht um die Studenten, indem er Herrenrunden organisierte oder schockierte – sie unterhielt, wie das schauspielernde Dozenten tun – oder indem er ständig *»shit!«* oder *»fuck!«* rief. Er hatte so gar nichts vom wilden Campus-Mann an sich. Seine Schwächen waren unverkennbar. Er war geradezu besessen von dem Bewusstsein, wegen seiner Fehler oder Irrtümer unterzugehen. Doch bevor er unterging, schilderte er einem noch Platos Höhle. Er erzählte von der Seele, von der mageren und schnell schwindenden Seele, die noch schneller schwand.

Er zog begabte Studenten an. Seine Seminare waren immer überfüllt. Und bald kam ich auf den Gedanken, dass er das, was er *viva voce* aufführte, nur zu Papier zu bringen brauchte. Nichts wäre leichter für Ravelstein, als ein erfolgreiches Buch zu schreiben.

Um ganz offen zu sein, hatte ich es auch satt, immer von seinem unzureichenden Gehalt zu hören, seinem byzantinischen Borgverhalten und den Geschäften und Machenschaften, mit denen er seine Schätze verpfändete – seine Jensen-Teekanne oder seine alten Quimper-Teller. Nachdem ich mir eher gereizt als interessiert die Geschichte dieser schönen Jensen-Teekanne angehört hatte, die sich als Sicherheit für ein Darlehen von fünftausend Dollar fünf Jahre in der Hand von Cecil Moers, einem seiner Doktoranden, befunden hatte (und von diesem schließlich für zehntausend Dollar an einen Händler verkauft worden war), sagte ich zu Ravelstein: »Wie lang soll ich mir eigentlich deiner Meinung nach diese langweilige Geschichte von dieser langweiligen Teekanne und all deinen anderen langweiligen Luxusartikeln noch anhören? Abe, wenn du über deine Verhältnisse lebst, wenn du ein am Hungertuch nagender Aristokrat bist, der ein Opfer seines Verlangens nach schönen Dingen ist, warum verbesserst du dann diese Verhältnisse nicht?«

Als Antwort – ich erinnere mich genau – führte Ravelstein seine Hände an die Ohren. Diese Hände waren sorgfältig manikürt, die Ohren abstoßend. »Wie denn – soll ich nachts für einen Begleitservice arbeiten?«

»Der größte Tänzer bist du leider nicht. Aber du könntest dich als Konversationspartner für Abendessen verdingen. Tausend Dollar pro Abend vielleicht ... Nein, bei dir schwebt mir ein Buch vor: Du könntest aus deinen Vorlesungsskripten ein allgemein verständliches Buch machen.«

»Klar«, sagte er, »wie Fieldings armer Pastor Adams, der nach London geht und seine Predigten drucken lässt. Der Pastor brauchte Geld, und außer seinen Predigten hatte er nichts zu verkaufen. Er hatte sie niedergeschrieben. Aber ich habe nicht einmal Notizen. Der Rat, den du mir gibst, Chick, ist der Rat eines Autors ohne Publikationsprobleme. Du erinnerst mich an Dwight Macdonald. Er sagte, als Venetsky, einer seiner Freunde, völlig pleite war – und in seiner Geldnot nicht mehr ein noch aus wusste –: ›Wenn du so in der Klemme steckst, Venetsky, warum verkaufst du dann nicht eine deiner Anleihen? Die kann man doch immer verkaufen.‹ Er kam gar nicht auf die Idee, dass Venetsky keine Anleihen haben könnte. Die Macdonalds hatten welche, die Venetskys nicht.«

»Macdonald spielt Marie Antoinette.«

»Genau!« rief Ravelstein lachend. »De-der alte Witz aus der großen Wirtschaftskrise, wo der Landstreicher die alte Dame anhält und sagt: ›Ma'am, ich konnte drei Tage lang keinen Bissen essen.‹ Und sie: ›Ach, Sie armer Mann, Sie müssen sich dazu zwingen.‹

»Für mich ist das eine todsichere Sache«, sagte ich zu Ravelstein. »Du brauchst nur ein Exposé zu schreiben. Zumindest bekommst du einen kleinen Vorschuss dafür. Wenigstens 2 500 Dollar. Ich vermute, er liegt näher bei 5 000. Selbst wenn du von dem Buch nie ein einziges Wort schreibst, kannst du damit einen Teil deiner Schulden abzahlen und hast beim Pumpen wieder Kredit. Das kann doch gar nicht schief gehen!«

Da biss er an. Einen Verlag um ein paar tausend Dollar zu prellen und sich gleichzeitig die Freiheit für Handel und neue Geschäfte zu verschaffen, das hatte einen enormen Reiz für ihn. In seiner ganzen Haltung zeigte Ravelstein nichts Kleinliches. Aber er rechnete nicht damit, dass mein utopisches Gedankenspiel zu irgendwas führen könnte. Er hatte sich an das Schauspiel kleinerer Intrigen gewöhnt, wo er ironisch und satirisch seine außergewöhnliche Bedeutung und sein Können übertreiben und betonen konnte. Das Exposé wurde also entworfen und abgeschickt, ein Vertrag unterschrieben und der Vorschuss gezahlt. Die unschätzbare silberne Jensen-Teekanne war zwar für immer verloren, aber Ravelstein verfügte wieder über einen anständigen Kreditrahmen. Er telegrafierte Geld an Nikki in Genf, und der kaufte sich ein neues Outfit von Gianfranco Ferré. Nikki besaß die Instinkte eines Prinzen, und er zog sich auch so an; Ravelstein sah in ihm einen intelligenten jungen Mann, der unbedingt das Recht hatte, entsprechend aufzutreten. Das hatte nichts mit Stil zu tun oder mit der Art, wie er sich gab. Wir sprechen hier von der Natur eines jungen Mannes und nicht von seiner Taktik.

Ravelstein war dann selber überrascht, als er das Buch schrieb, für das er einen Vertrag hatte. Nicht weniger überrascht waren seine Freunde und die drei oder vier Generationen von Studenten, die er unterrichtet hatte. Einige waren nicht damit einverstanden. Ihnen widerstrebte, was sie als

Verallgemeinerung oder Entwertung seiner Ideen sahen. Aber Unterrichten, und selbst wenn es sich um Plato oder Lukrez, um Machiavelli oder Bacon und Hobbes handelt, ist immer eine Art von Verallgemeinerung. Was diese großen Geister gedacht hatten, lag seit Jahrhunderten gedruckt vor und war einem großen Publikum zugänglich, das gar nichts von ihrer geheimnisvollen Bedeutung wusste. Alle großen Texte, so glaubte und lehrte er, besaßen nämlich eine geheimnisvolle Bedeutung. Das muss meiner Meinung nach erwähnt werden, und damit hat es sich auch schon. Schließlich ist noch das schlichteste menschliche Wesen esoterisch und zugleich durch und durch rätselhaft.

Noch eine merkwürdige Kleinigkeit von diesem Abend bei *Lucas Carton*, wo es zum Abschluss einen Wein gab. Wir hatten die Mündung des Festes erreicht und blickten wieder einmal in den weiten Golf der Alltäglichkeit. Ravelstein zückte sein französisches Scheckheft. Nie zuvor hatte er ein Konto in Frankreich besessen. Lange Jahre hatte er die französische Zivilisation als Tourist oder aus halber Distanz verehrt, hatte großartig auftreten wollen und war doch durch seine bescheidenen Ressourcen eingeschränkt gewesen, pleite. Auf unserer Seite des Atlantiks gab es eine schattenhafte Parallele dazu: Als Jude ist man gleichzeitig Amerikaner, aber doch auch wieder nicht. Als würde man in die Tasche greifen, um ein grandseigneurales Trinkgeld zu hinterlassen, und findet kaum mehr als ein paar Fusseln im Saum. Ravelstein aber schrieb den Scheck mit seiner zitternden Hand in wahrer Ekstase. Der Kellner hatte die Rechnung übrigens mit einem Schälchen Schokoladentrüffeln gebracht, und Ravelstein wäre fast geplatzt, als er sah, wie Rosamund ihre Tasche aufmachte und die kleinen spitzen, mit Kakao bestäubten Pralinen einpackte. »Nimm sie! Nimm alle, lass bloß keine übrig«, sagte Ravelstein, der jüdische Komiker. Er erhob seine brüchige Nachtclubstimme.

»Das sind essbare Souvenirs. Immer wenn du eins davon isst, denkst du an dieses Fest zurück. Du kannst es in dein Tagebuch schreiben und dich daran erinnern, wie kühn und mutig du warst, als du die Trüffel eingesackt hast!«

Wer sich nicht an die Regeln hielt, stieg in Ravelsteins Achtung. Später sagte er gelegentlich zu Rosamund: »Spiel mir doch nicht die wohlerzogene junge Dame mit dem Spitzendeckchen aus Papier vor. Ich habe gesehen, wie du Pralinen bei *Lucas Carton* geklaut hast.« Er mochte kleinere Verbrechen oder wenn man sich danebenbenahm. Gleich unter der Oberfläche einer solchen Vorliebe konnte man immer Ideen ausmachen. In diesem Fall bestand die Idee darin, dass uniformes gutes Benehmen ein ganz schlechtes Zeichen sei. Zudem hatte Ravelstein selber eine Schwäche für Süßigkeiten – für das, was er *friandise* nannte. Wenn er vom Büro aus nach Hause ging, kehrte er oft in einem Laden ein und kaufte sich eine Tüte Bonbons für Kinder. Er stopfte sich mit gezuckertem Fruchtgummi voll. Am liebsten mochte er Halbmonde mit Limonengeschmack.

Der besondere Reiz an Rosamunds Trüffelklau lag darin, dass sie eine sehr hübsche, wohlerzogene, intelligente junge Frau mit den besten Manieren ist. Es gefiel ihm, dass sie sich in einen alten Knacker wie mich verliebt hatte. »Es gibt eine besondere Sorte Frauen, die ein Faible für alte Männer hat«, sagte er. Wie ich schon andeutete, zog ihn unkonventionelles Verhalten besonders an, erst recht, wenn Liebe im Spiel war. Sehnsucht galt ihm sehr viel. Wenn man nach Liebe suchte, sich verliebte, dann verzehrte man sich nach der verlorenen anderen Hälfte, von der Aristophanes gesprochen hatte. Nur dass es gar nicht Aristophanes war, sondern Plato in einer Rede, die er Aristophanes zuschrieb. Im Anfang waren Männer und Frauen rund wie die Sonne und wie der Mond, sie waren männlich und weiblich zugleich und besaßen zwei unterschiedliche Geschlechtsorgane. Gelegentlich waren auch beide Geschlechtsorgane männlich. So jedenfalls der Mythos. Sie waren stolze, autarke Wesen. Sie trotzten den Göttern auf dem Olymp, die sie dafür bestraften, indem sie sie in zwei Hälften zerteilten. An dieser Verstümmelung hat die Menschheit zu leiden. Generation für Generation suchen wir nach der fehlenden Hälfte, weil wir wieder eins sein wollen.

Ich war kein Gelehrter. Wie alle oder doch die meisten Studenten meiner Generation hatte ich Platos *Gastmahl* gelesen. Für mich eine wunderbare Unterhaltung. Doch Ravelstein ließ es mich wiederholen. Nicht buchstäblich wiederholen. Aber wenn man ständig mit ihm zusammen war, wurde man immer wieder auf das *Gastmahl* zurückverwiesen. Mensch sein hieß, abgespalten, verstümmelt zu sein. Der Mensch ist unvollständig. Zeus ist ein Tyrann. Auf dem Olymp herrscht Tyrannei. Die Arbeit der Menschheit in ihrem abgespaltenen Zustand besteht darin, nach der fehlenden Hälfte zu suchen. Und nach so vielen Generationen ist die wahre Entsprechung einfach nicht mehr zu finden. Eros ist ein Ersatz, den Zeus gewährt – und er hat möglicherweise seine eigenen taktischen Gründe dafür. Und die Suche nach unserer verlorenen Hälfte ist hoffnungslos. Das sexuelle Zusammensein gewährt einem vorübergehend Selbstvergessenheit, doch das schmerzliche Wissen um die Verstümmelung weicht nie.

Mitternacht war eben vorbei, als wir schließlich aufstanden, um zu gehen. Auf der anderen Straßenseite waren wunderschöne Orchideen arrangiert. Das Licht und die Farben des Blumengeschäfts zogen uns an, und wir überquerten die leere Straße. In der Schaufensterscheibe befand sich eine senkrechte Öffnung – zwei messinggefasste Einschnitte –, damit der Duft der Blumen in das Kohlenmonoxid der Place de la Madeleine strömen konnte. Noch mehr französische Verführung. Die Nutten, Ravelstein erinnerte mich daran, standen immer vor der großen Kirche, in der alle Staatsbegräbnisse stattfanden.

So war Ravelstein. Wenn man das nicht wusste, kannte man ihn überhaupt nicht. Ohne ihre Sehnsucht war die Seele wie ein gebrauchter Schlauch, der vielleicht für einen Sommer am Strand ausreichte, mehr nicht. Begabte Männer und Frauen, die jungen vor allem, widmeten sich der Jagd nach Liebe. Den Bürger hingegen beherrschte seine Angst vor einem gewaltsamen Tod. So knapp lassen sich Ravelsteins wichtigste Anliegen zusammenfassen.

Natürlich ist mir bewusst, dass ich ihm unrecht tue, wenn ich mich so schlicht ausdrücke. Er war ein sehr komplexer Mann. War es wirklich auch seine Auffassung (die Plato Aristophanes zuschreibt), dass wir nach dem anderen suchen, der ein Teil von uns ist? Nichts vermochte ihn so zu rühren wie ein echtes Beispiel für diese Suche. Bei jedem in seiner Bekanntschaft suchte er ständig nach Anzeichen dafür. Natürlich galt das auch für seine Studenten. Ungewöhnlich, dass ein Professor die jungen Menschen in seinen Seminaren als Schauspieler in diesem atemberaubenden ewigen Drama betrachtete. Wenn sie ankamen, befahl er ihnen, in einem ersten Schritt ihre Familie zu vergessen. Ihre Väter besaßen Läden in Crawfordsville in Indiana oder in Pontiac in Illinois. Die Söhne grübelten lange und gründlich über den *Peloponnesischen Krieg* nach, über das *Gastmahl* und *Phaidros* und waren nicht weiter überrascht, als sie bald vertrauter mit Nikias und Alkibiades waren als mit dem Milchlieferanten und dem Geschäft an der Ecke. Schritt für Schritt gewann Ravelstein ihr Vertrauen. Sie erzählten ihm ihre Geschichten. Sie verschwiegen ihm nichts. Erstaunlich, wie viel Ravelstein über sie erfuhr. Natürlich lag es auch an seiner Leidenschaft für Klatsch, dass er an die gewünschte Information kam. Er übernahm nicht nur die Ausbildung seiner Studenten, sondern formte sie auch, teilte sie in Gruppen und

Untergruppen auf und ordnete sie nach sexuellen Kategorien, die er für angemessen hielt. Einige wurden Ehemann und Vater, andere schwul – die Normalen, die Unnormalen, die Tiefsinnigen, die Unterhaltsamen, die Spieler, Zocker, schließlich die geborenen Gelehrten, jene mit einer besonderen Begabung für Philosophie; Liebhaber, Arbeiter, Spieler, Bürokraten, Narzissten, Jäger. Über all das dachte er lange nach. Er hatte seine eigene Familie gehasst und abgeschüttelt. Den Studenten sagte er, sie seien auf die Universität gekommen, um etwas zu lernen, was bedeutete, dass sie sich von den Ansichten ihrer Eltern freimachen müssten. Er würde sie in ein besseres Leben hineinführen, ein abwechslungsreiches, buntes Leben, in dem die Vernunft regierte, das aber deshalb nicht freudlos sein müsste. Wenn sie Glück hätten, wenn sie die Intelligenz und den Willen aufbrächten, würde er ihnen das denkbar größte Geschenk machen, sie durch Plato geleiten, in die esoterischen Geheimnisse des Maimonides einführen, sie die richtige Deutung von Machiavelli lehren und sie mit der höheren Menschlichkeit von Shakespeare bekannt machen und so weiter – bis hin zu Nietzsche und darüber hinaus. Er hatte ihnen kein akademisches Angebot zu machen, dazu war sein Programm viel zu unorthodox. Aber es klappte, war im Großen und Ganzen wirkungsvoll. Kein Einziger seiner Studenten erreichte Ravelsteins Bandbreite. Doch die meisten waren sehr intelligent und auf die angenehmste Weise einzigartig. Er wollte, dass sie einzigartig seien. Er mochte die verrückteren Studenten – für seinen Geschmack konnten sie gar nicht verrückt genug sein. Aber natürlich mussten sie über ein Grundwissen verfügen, und sie mussten sich verflucht gut dabei auskennen. »Schließlich ist *er* doch der Spinner«, sagte er über den einen oder anderen. »Hast du den Sonderdruck seines letzten Artikels bekommen – ›Historizismus und Philosophie‹? Ich habe ihm gesagt, er solle ihn dir ins Fach legen.«

Ich hatte ihn angeschaut. Ich kam mir vor wie eine Ameise, die die Anden zu überqueren versucht.

Ravelstein drängte seine jungen Männer, sich von ihren Eltern zu befreien. Doch in dem Bund, den er um sich herum aufbaute, übernahm er allmählich die Rolle eines Vaters. Wenn sie nicht gut genug waren, das versteht sich, dann zögerte er nicht, sie hinauszusetzen. Doch sobald sie seine Vertrauten geworden waren, plante er ihre Zukunft. Zu mir sagte er dann: »Ali ist der gescheiteste von allen. Bist du mit dem irischen Mädchen einverstanden, mit dem er zusammenlebt?«

»Oft habe ich sie ja nicht gesehen. Sie ist wohl sehr gescheit.«

»Gescheit sein ist nur die erste Voraussetzung. Sie hat ihre juristische Laufbahn aufgegeben, um bei mir zu studieren. Sie hat außerdem ganz besonders tolle Möpse. Ali und sie leben seit fünf Jahren zusammen.«

»Dann hat sie richtig in ihn investiert.«

»Ah, ich verstehe, was du meinst. Obwohl es sich bei dir anhört, als ginge es um eine Unternehmensbeteiligung, und vergiss nicht, er ist Moslem, sie aber monogam. Er stammt aus einer ägyptischen Großfamilie, also einer richtigen Menschenpyramide.« Er überlegte, ob es für Moslems unüblich sei, sich zu verlieben. Sein ewiges Interesse galt der leidenschaftlichen Liebe. Doch im Vorderen Orient wurden Ehen normalerweise arrangiert. »Edna jedenfalls kann es auf ihre Art mit jeder Pyramide aufnehmen.« Er hatte auch Edna studiert. Diese Liebschaften zwischen den Studenten beschäftigten ihn heftig. »Sie ist eindeutig nicht der oberflächliche Typ und außerdem sehr hübsch.«

Wie schon erwähnt, wollten wir das Erinnerungsbuch besprechen, das ich schreiben sollte, doch heute war kein guter Tag für biografische Details. »Eigentlich habe ich keine Lust, noch mal in die alten Zeiten hinabzusteigen«, sagte Abe,

»meine patente Mutter, die an der Johns Hopkins war, Jahrgangsbeste. Und mein strohköpfiger Vater, der mir verübelte, dass ich es nicht in die Phi Beta Kappa schaffte. In allen wichtigen Fächern hatte ich beste Noten. Bei den Pflichtkursen war B und C als Note gut genug. Aber ganz gleich, wie weit ich kam – Gastvorlesungen in Yale oder Harvard –, mein Vater warf mir bis zum letzten Tag vor, dass ich es nicht in diesen elitären Akademikerverein geschafft hatte. Sein Kopf war wie ein Sumpf in Georgia – Okefenokee und darüber ein Schwarm neurotischer Glühwürmchen. Natürlich war er ein Versager, aber mit irgendwelchen verborgenen Vorzügen – nur waren sie dermaßen tief vergraben, dass keiner sie je wieder gefunden hat.«

Dann blieb Ravelstein stehen und sagte: »Ich glaube, heute Vormittag will ich lieber in der Rue St-Honoré flanieren …«

»Oder was noch vom Vormittag übrig ist.«

»Rosamund wird noch ein wenig schlafen. Mit dem Glanz der letzten Nacht haben wir sie erschöpft – eine schöne Frau beim Essen mit drei begehrenswerten Männern. Vor ein Uhr fällst du deiner Frau bloß lästig. Ich möchte mir bei Lanvin einen sportlichen Mantel kaufen und brauche deinen Rat. Dem Verkäufer habe ich gesagt, ich würde noch am Vormittag vorbeikommen. Heute bin ich ziemlich benommen – ich bin grade weggedämmert. Diese Trägheit ist mir ganz besonders zuwider …«

Wir verließen das Penthouse. Der Augenblick war besonders gut gewählt, denn ein paar Stockwerke weiter unten hielt der Fahrstuhl an, und Michael Jackson kam mit seiner Entourage herein. Da stand er also in einer seiner Pailletten-uniformen, Gold auf schwarzem Grund – hauteng. Seine Locken waren ganz frisch, sein dünnes Lächeln züchtig. Unwillkürlich suchte man in seinem Gesicht nach Anzeichen von Schönheitschirurgie. Für mich befand er sich in einem schwermütigen Übergangsstadium. Jugendlicher Held, staubgrau, wie ein Kaminkehrer.

Ravelstein, der den Bodyguards an Größe nicht nachstand – er war vielleicht sogar größer, besaß aber bestimmt nicht ihre Kraft –, genoss diesen kurzen Kontakt. So war er – das reine Vergnügen des Augenblicks beanspruchte ihn völlig.

Im Erdgeschoss bahnten die Bodyguards einen Weg für Jackson, als würden sie schwimmen, Brust. In der Lobby befanden sich sehr viele Menschen. Die große Masse wartete draußen, auf der Straße, hinter der Barrikade, die die Polizei errichtet hatte. Wir aber wurden zusammengepresst und hinter einer vergoldeten Kordel zurückgehalten. Der Star spazierte hinaus und winkte vorsichtig den Hunderten von schreienden Groupies. Abe Ravelstein fand nicht das Geringste dabei, hinter dem Absperrseil warten zu müssen. Paris war heute genau, wie Paris sein sollte. Die Könige, die Versailles entwarfen, beauftragten die Architekten, die großartigen öffentlichen Plätze der Stadt zu bauen. Heute waren sie das Bühnenbild für Ravelstein. In der neuen Ordnung der Dinge war er einer der Granden, führte Kreditkarten und Schecks mit sich und war bereit, seine Dollars auszugeben – hätte es ein besseres Hotel als das Crillon gegeben, Abe wäre dort abgestiegen. Ravelstein war jetzt ein bedeutender Mann. Rechnungen gingen auf seine Kreditkarte und zu Lasten eines Kontos bei Merrill Lynch. Ravelstein schaute selten auf seine Auszüge. Nikki, der das gar nicht sollte, sah sie sich gelegentlich an. Er wollte Abe bloß schützen. Dank Nikki wurde in Singapur ein Betrüger entdeckt, der im großen Stil agierte. Jemand hatte Abes Visacard benutzt, um einen Betrag von 30 000 Dollar auflaufen zu lassen. »Die Unterschrift war erkennbar gefälscht«, sagte Abe, der sich nicht groß aufregte. »Visa hat sich drum gekümmert. Internationale elektronische Betrugsmanöver sind an der Tagesordnung. Die Gauner haben kapiert, dass sie die Hochtechnologie überlisten müssen wie erfinderische Bakterien, die alle Tabletten austricksen, während die klügsten Forscher in Labors überlegen, wie sie die Nase vorn behalten können. Kleine Campus-Genies überlisten das Pentagon.«

Auf der Rue St-Honoré war Ravelstein vollkommen glücklich. Wir spazierten von einem Schaufenster zum nächsten.

Die Pariser sagen *lèche-vitrines* für Schaufensterbummel – die Scheibe ablecken. Das erfordert vollkommene Muße, und der Vormittag war schon beinah für das Frühstück draufgegangen. Dennoch trödelten wir vor den ausgestellten Socken und Krawatten und Maßhemden. Dann gingen wir ein wenig schneller. Ich sagte Abe, dass mich dieser ausgestellte Luxus nervös mache. Zu viele Angebote. Es überforderte mich, wenn von links und rechts an mir gezerrt wurde.

»Mir fällt auf«, sagte Ravelstein, »dass dein Modebewusstsein seit deiner Heirat stark nachgelassen hat. Du warst doch mal fast ein Dandy.«

Bedauern lag in seiner Stimme. Gelegentlich kaufte er mir eine Krawatte – eine, die ich mir selber nie ausgesucht hätte. Diese geschenkten Krawatten demoralisierten mich; sie erinnerten mich daran, dass ich keinen Schick mehr besaß. Doch es steckte noch mehr dahinter. Ravelstein war kräftiger als ich. Er hatte ein ganz anderes Auftreten. Weil er größer war, wirkten die Sachen an ihm viel dramatischer. Ich wäre der Letzte gewesen, der das bestritt. Um wirklich gut auszusehen, musste ein Mann groß sein. Der tragische Held muss die anderen an Größe überragen. Zwar hatte ich Aristoteles seit Ewigkeiten nicht mehr gelesen, aber an dieses Detail aus der *Poetik* erinnerte ich mich.

In der mit dem ganzen Glanz der französischen Geschichte und Politik erfüllten Rue St-Honoré, wo all die besonderen Ansprüche der französischen Zivilisation geltend gemacht wurden, kam mir die alte Music-Hall-Nummer »The Man

Who Broke the Bank at Monte Carlo« in den Sinn. Da ist ein *flâneur,* und er spaziert durch den Bois de Boulogne, pfeift, pfeift ein Liedchen, foppt die Leute, lüpft sein Hütchen.

Ein Ereignis ist erst dann ein Ereignis, wenn es sich in Paris zugetragen hat oder dort wenigstens darüber geredet wird. Dieser platzende alte Ofen, Balzac, hat das als erstes Grundgesetz aufgestellt. Wofür Paris sich nicht interessierte, existierte nicht.

Ravelstein wusste zu viel über die moderne Welt, um daran zu glauben. Schließlich war Ravelstein der Mann mit der privaten Telefonzentrale, mit diesen komplizierten Armaturen und Blinklichtern und der allerneuesten Stereoanlage, die Palestrina auf Originalinstrumenten spielte. Leider war Frankreich nicht mehr der Ort, an dem Entscheidungen fielen und die Aufklärung stattfand. Der Cyberspace war nicht hier erfunden worden. Frankreich zog nicht mehr die bedeutendsten Intellektuellen der Welt sowie den übrigen kulturellen *schtuss* an. Es war vorbei mit den Franzosen. Mit de Gaulle, dieser menschlichen Giraffe, die alles durch ihre geblähten Nüstern einsog. Churchill hatte über ihn gesagt, er verüble England, das es zu Hilfe geeilt und *la France* damit beleidigt habe. Der erhabene Militär, der in die Baumwipfel der spätmodernen Welt schaute und den Gedanken nicht ertrug, dass sein Land Hilfe brauchte.

Abe fiel immer etwas ein, um Ereignisse auszuschmücken oder zu dokumentieren. »›Frankreich ohne Armee ist nicht mehr Frankreich‹ – ebenfalls Churchill.« Das gefiel mir an unserer Unterhaltung. Ich konnte zwar nicht mithalten, aber ich hörte es gern. Ravelstein war unvergleichlich besser. Sein besonderes Hobby war die Politik. Da hatte das heutige Frankreich natürlich nichts mehr zu bieten. Nur die Lebensart war ihnen geblieben; daraus schlugen sie ihr Kapital. Aber sie blufften, und sie wussten, dass sie dummes Zeug redeten. Doch noch immer verstanden sie sich auf die Kunst der Intimität. Das Essen stand noch immer hoch im Kurs – ein Beispiel war der Abend zuvor bei *Lucas Carton* gewesen. In jedem *quartier* gab es die Gemüsemärkte, die guten Bäckereien, die *charcuterie* mit ihren Köstlichkeiten. Dann die großen Schaufenster mit Dessous. Die schamlose Liebe zu feinstem Bettzeug. *»Viens, viens dans mes bras, je te donne du chocolat.«* Herrlich, diese Offenheit im Privaten, für das lebende Wesen und seine Bedürfnisse. Die Hochglanzmagazine in New York versuchten es nachzumachen, kriegten es aber nie hin … Und dann das französische Straßenleben! »Amerikanische Wohngebiete sind zu neunzig Prozent menschliches Ödland. Hier lebt sich die Menschheit noch aus«, sagte Ravelstein.

Der Sünder Ravelstein wusste sexuelle Streiche zu schätzen. Er genoss *louche* Begegnungen, dubiose und zweideutige. Für ein bestimmtes Verhalten oder Fehlverhalten war Paris noch immer der beste Ort. Ravelstein ging, lächelte, erläuterte, stotterte, aber nicht aus Schwäche, sondern aus Überfluss. Das berühmte Pariser Licht fiel gebündelt auf seinen kahlen Schädel.

»Wie weit ist es noch bis zu diesem Laden?«

»Nicht so ungeduldig, Chick. Bei dir hat man immer den Eindruck, es gäbe für dich noch etwas Wichtigeres als das, was du gerade machst.«

Ich verteidigte mich nicht, versuchte es nicht mal, Lanvin, unser Ziel, war nicht weit, aber wir wurden unterwegs durch die verschiedensten Läden aufgehalten. Optiker ließen Ravelstein immer anhalten. Er kannte jede erdenkliche Brillenfassung. Damit war er nicht allein. Nach einer Umfrage besaß die amerikanische Frau durchschnittlich drei Sonnenbrillen. – »O, streite nicht, was nötig sei«, wie der arme Lear den Überfluss verteidigt. Abe liebte Brillen; er kaufte sie auch als Geschenk. Er schenkte mir eine zum Zusammenklappen, die in ein kleines Etui für eine Außentasche passte. Er schwor den Kontaktlinsen ab, nachdem ihm eine in die Spaghettisoße gefallen war, die er gerade kochte. Rosamund und ich waren an jenem Abend bei ihm zum Essen, und wir machten Witze über diese neue Form von Hintersicht. – Oder konnte der Mensch Kontaktlinsen verdauen? Wie angeblich Strauße Metall?

»Was hat dieses Lanvin-Jackett, das deine zwanzig anderen nicht haben?« wollte ich sagen. Dabei wusste ich ganz genau, dass es in Abes Kopf alle möglichen Unterschiede gab, die alle mit Verschwendungssucht und Knauserigkeit, mit Großzügigkeit und Geiz zu tun hatten. Die Eigenschaften eines Mannes mit großer Seele. Ich wollte nicht, dass er wieder damit anfing. Das wollte nicht einmal er an diesem Vormittag.

Zu Hause im Mittleren Westen und vor noch gar nicht so langer Zeit, als er noch ziemlich in der Klemme steckte und sich über seine Garderobe beklagte, nahm ich ihn einmal mit in die Stadt zu meinem Schneider Gesualdo, damit der ihm einen Anzug anmaß. In Gesualdos Loft entschied Abe sich für einen kühnen Flanellstoff aus einer guten schottischen Weberei. Wir hatten drei oder vier Anproben, und für meine Begriffe war das Ergebnis sehr elegant. Kostete mich eine Kleinigkeit. Damals hatte ich gerade ein Buch am unteren Ende der Bestsellerliste; über einen mittleren Rang kam es zwar nie hinaus, aber ich war mehr als zufrieden. Als Kind der großen Wirtschaftskrise war ich mit halbwegs manierlichen Einnahmen zufrieden. Meine Maßstäbe stammten aus den mageren Dreißigern. Für fünfzehnhundert Dollar hätten wir einen erstklassigen Anzug kriegen müssen. Selbst in meiner Dandy-Zeit (ich hatte eine sehr kurze modebewusste Phase) habe ich nie mehr als fünfhundert für einen Anzug ausgegeben. Das entsprach etwa dem, was Studenten investierten, die eben die juristische Abschlussprüfung bestanden hatten. Wenn sie später in eine Kanzlei eintraten, gingen sie nicht mehr zu Gesualdo. Sie suchten sich elegantere Schneider, zu deren Kundschaft Chirurgen gehörten, Berufssportler und Gangster.

Ravelstein und ich kabbelten uns wegen Gesualdos Anzug. »Chick, pass auf«, sagte Ravelstein. »Der wahre Wert dieses Anzugs liegt nicht in seinem Schnitt, auch nicht in der Verarbeitung …«

»Du und Nikki, ihr habt euch über den Anzug lustig gemacht, als du ihn zu Hause angezogen hast. Du hast ihn nur einmal getragen, um mir eine Freude zu machen.«

»Ich kann nicht leugnen, dass er mir nicht tragbar schien.«

»*Tragbar* ist noch harmlos. Ihr beide hättet ihn ja nicht mal einer Schaufensterpuppe angezogen.«

Der Kettenraucher Ravelstein zündete sich eine Zigarette an und bog den Oberkörper zurück, vielleicht weil er der Flamme ausweichen wollte, vielleicht weil er heftig lachen musste. Als er endlich sprechen konnte, sagte er: »Es war jedenfalls kein Lanvin. Du wolltest mir etwas Gutes tun. Das war großzügig, Chick, und Nikki hat das auch sofort bestätigt. Aber Gesualdo ist längst nicht mehr auf dem Laufenden. Er macht mafiose Anzüge, aber eben nicht für die Paten, sondern eher für die Soldaten, für die untern Chargen.«

»Dann weiß ich ja, wie ich angezogen bin.«

»Du kümmerst dich nicht um Mode. Labels interessieren dich nicht. Du hättest mir den Schotter geben sollen, den du an Gesualdo bezahlt hast, und ich hätte den Rest irgendwie aufgetrieben und dafür einen anständig geschnittenen Anzug bekommen.«

Wir waren ganz und gar offen zueinander. Man konnte sprechen, ohne den anderen zu beleidigen. Für uns beide gab es nichts, was zu persönlich, zu peinlich war, nichts war zu widerlich oder zu kriminell. Manchmal hatte ich das Gefühl, dass er mir seine strengsten Urteile ersparte, wenn ich noch nicht stark genug war, um sie zu ertragen. Auch ich habe ihn manchmal geschont. Dennoch war es eine gewaltige Erleichterung für mich, dass ich über Schwächen und Niedrigkeiten mit ihm so unverblümt sprechen konnte wie mit mir selber. In der Selbsterkenntnis war er mir weit voraus. Doch jedes persönliche Gespräch verwandelte sich schließlich in guten, sauberen nihilistischen Spaß.

»Mag sein, dass ein nicht analysiertes Leben nicht lebenswert ist. Kann aber auch sein, dass man sich nach der Analyse wünscht, man wäre tot«, sagte ich zu ihm.

Ravelstein war begeistert. Er lachte, bis sich seine Augen himmelwärts verdrehten.

Aber ich bin noch nicht fertig mit Paris im Frühling.

Das unglaubliche Jackett bei Lanvin war aus wunderschönem Flanell, seidig weich und zugleich fest. Die Farbe erinnerte mich an einen Labrador – golden, und in den Falten blitzte es auf. »Das sind die Jacketts aus den Anzeigen in *Vanity Fair* und den anderen Modemagazinen. Normalerweise werden sie da von unrasierten harten Jungs getragen, die nach körperlicher Schwerarbeit aussehen oder gleich wie Vergewaltiger, die nichts aber auch gar nichts anderes zu tun haben, als im Glorienschein ihres schmutzigen Narzissmus zu erstrahlen.« Man stellt sich einen solchen Stoff gar nicht an einem schwerfälligen intelligenten Menschen vor – die Brust schon etwas fett oder mit Schwimmreifen um die Hüfte. Dabei ist es ein angenehmer Anblick.

Ich empfahl Ravelstein den Kauf des Jacketts von Lanvin.

Er kostete 4500 Dollar, und Ravelstein zahlte mit seiner goldenen Visacard, weil er seinen Kontostand bei der *Crédit Lyonnais* nicht auswendig wusste. Visa bewahrt einen vor Betrügereien und garantiert den offiziellen Wechselkurs des Tages, an dem damit eingekauft wird.

Auf der Straße fragte er mich, ob sich die Farbe auch im Tageslicht hielte. Er war hochzufrieden, als ich ihm versicherte, sie sei atemberaubend.

Als Nächstes gingen wir zu Sulka, wo er sich die Maßhemden ansah, die er bestellt hatte. Sie sollten einzeln in widerstandsfähige Plastikschachteln verpackt ins Crillon geliefert werden. Dann gingen wir in die Präsentationsräume von Lalique, weil er nach Lampen und Schaltern für zu Hause suchte.

»Und für das Hutgeschäft Gelot sollten wir uns noch eine halbe Stunde aufheben.«

Bei Gelot gab ich auf und kaufte mir einen grünen weichen Hut aus Cordsamt. Abe sagte, ich müsse ihn haben. »Er gefällt mir an dir. Du könntest etwas mehr Entschiedenheit vertragen. Du machst nicht genug aus dir«, sagte er. »Du bist verdammt noch mal zu bescheiden, Chick. Das ist unvorteilhaft, weil jeder, der dich anschaut, sofort sieht, dass du arrogant und größenwahnsinnig bist. Wenn du selber zu geizig bist, übernehme ich den Hut ...«

»Meine Eltern hatten grüne Sofas zu Hause«, sagte ich. »Gebraucht, aber Samt. Ich zahle selber, ich kaufe ihn um der alten Zeiten willen.«

»Für Juni ist er vielleicht zu schwer.«

»Ich hoffe im Oktober noch am Leben zu sein.«

Er trug sein Lanvin-Jackett in der Rue de Rivoli. Der Louvre und die Parks lagen links von uns. Die Arkaden waren voller Touristen.

»Dort am Palais Royal«, Ravelstein deutete vage in die Richtung, »ging Diderot täglich am späten Nachmittag spazieren. Dort führte er auch seine berühmten Gespräche mit Rameaus Neffen.« Doch Ravelstein war ganz und gar nicht wie der Neffe – dieser Musiklehrer und Schnorrer. Er war auch Diderot überlegen. Eine weit größere und bedeutendere Person mit umfassender Ausbildung in Geschichte, vor allem in Moralgeschichte und politischer Theorie. Ich fühlte mich immer zu Menschen hingezogen, die in einem weiten Sinn ordentlich waren, die die Welt vermessen und ihre Zusammenhänge erklärt hatten. Ravelstein wirkte nur mit seinem »da-as, da-has« unzusammenhängend. Wir hatten zu Hause in Amerika einen Freund, der uns immer sagte: »Ordnung ist selber charismatisch.« Was nur ein anderer Ausdruck ist für »Die Musik hat ihre Reize« und so weiter.

Zufällig sprachen wir gerade über einen Charismatiker, der Rakhmiel Kogon heißt oder hieß. Rakhmiel war dem Schauspieler Edmund Gwenn, der in *Miracle on 34th Street* einen Santa Claus bei Macy's spielte, wie aus dem Gesicht geschnitten. Doch Rakhmiel war kein gutmütiger Santa Claus, sondern ein gefährlicher Mann mit einer rotäugigen finsteren Grimasse und einem Gesicht, in dem die Zornmuskeln besonders stark entwickelt waren. Ein Choleriker. Wie Santa Claus kam er durch den Kamin, aber er wollte Ärger machen.

Ravelstein und ich brauchten kein Mittagessen – das zehngängige Bankett bei *Lucas Carton* nahm einem den Appetit bis zum nächsten Abendessen –, aber wir ließen uns nieder, um einen Kaffee zu trinken. Ravelstein war bereits bei seiner zweiten Schachtel Marlboro, und im Café de Flore, das er regelmäßig aufsuchte, bestellte er *»un espresso très serré«*. Im Flore machten sie ihn besonders stark für ihn. Dass seine dicken Finger zitterten, als er nach der Tasse griff, lag nicht etwa daran, dass er nervlich beansprucht war. Es war nur ein Überschuss an Aufregung. Das Koffein hatte am wenigsten damit zu tun.

Er sagte: »Rakhmiel war einer meiner ersten Lehrer. Später hat er an der London School of Economics unterrichtet. Dann in Oxford, wo er zum Briten konvertierte. Teilte seine Zeit zwischen den USA und England. Ein ernsthafter Mensch, der mit sich selber nicht im Reinen ist. Aber ich habe ihm viel zu verdanken – zum Beispiel meine gegenwärtige Position. Ich lebte in Minnesota in der Verbannung, und er verschaffte mir die Berufung, die ich haben wollte ...«

»Oder fast das, was du wolltest ...«

»Das stimmt. Ich bin der einzige Professor von Rang, der keinen Stiftungslehrstuhl hat. Nach allem, was ich für die Universität getan habe ... Und der einzige Stuhl, den mir die Verwaltung anbietet, ist der elektrische.«

Doch Ravelstein war ungewöhnlich gefeit gegen solche Vorurteile und Beschwerden. Außerdem ist das nicht der richtige Ort dafür. Vielleicht komme ich später darauf zurück. Wahrscheinlich nicht. Jedenfalls ist es nicht das, was ich hier mitteilen sollte. Ich hatte versprochen, mich Ravelstein musivisch zu nähern.

Bei Tisch machte er eine seltsame Figur. Seine Essmanieren waren gewöhnungsbedürftig. Mrs Glyph, die Gattin des Mannes, der seine Fakultät gegründet hatte, sagte ihm einmal, er brauche nicht damit zu rechnen, dass sie ihn je wieder zum Essen einladen würde. Sie war eine ungewöhnlich reiche Dame, hatte es mit der Hochkultur und verstand sich als Gastgeberin durchreisender Berühmtheiten. An ihrem Tisch hatten R. H. Tawney und Bertrand Russell gegessen und irgend so ein französischer Thomist, auf dessen Namen ich nicht mehr komme (Maritain?), sowie reichlich Literaten, Franzosen vor allem. Abe Ravelstein, damals erst Dozent an der Fakultät, durfte bei einem Essen zu Ehren von T. S. Eliot dabei sein. Als er ging, sagte Marla Glyph zu Abe Ravelstein: »Sie haben die Cola aus der Flasche getrunken, und T. S. Eliot hat es gesehen – und ihn schauderte.«

Ravelstein verpetzte sich damit selber. Und die selige Mrs Glyph. Sie war in ein riesenhaftes Vermögen hineingeboren worden, und ihr Mann war ein bedeutender Orientalist. »Menschen, die sich einen glamourösen Anstrich geben, erfinden nach und nach ihre ganz besondere Bedeutung«, sagte Ravelstein. »Schließlich haben sie sich ein irisierendes Hirngespinst zusammengestrickt. Sie verwandeln sich in eine Art strahlender Libellen und schwirren durch eine vollkommen unwirkliche Atmosphäre. Dann schreiben sie Aufsätze, Gedichte, ganze Bücher übereinander ...«

»Ungeschlachtes, jüdisches Benehmen bei einem Lunch für eine Berühmtheit – einen unglaublich wichtigen Besucher«, sagte ich.

»Und was wird T. S. von uns denken!«

Aber irgendwie kann ich nicht glauben, dass das Trinken aus der Colaflasche schon das ganze Verbrechen war. (Was hatte eine Colaflasche überhaupt am Tisch verloren!) Die Frauen der Professoren wussten, dass sie, wenn Ravelstein zum Abendessen kam, hinterher reichlich zu putzen hatten – das Kleckern, Spritzen, Bröseln, seine Ekel erregende Serviette, die unter dem Tisch verteilten Fleischstücke, der Wein, den er freigebig verschüttete, wenn er über einen Witz lachte; ganze Gänge, die er nicht mochte und bereits nach einem Bissen zu Boden gleiten ließ. Die erfahrene Gastgeberin breitete Zeitungen unter seinem Stuhl aus. Ihn hätte das nicht gestört. Er kümmerte sich nicht groß um derlei Trivialitäten. Jeder von uns weiß doch, was los ist. Abe wusste es auch – er wusste, was man offen aussprach und was man wegwischte. Wer ihm seine Tischsitten vorgeworfen hätte, der hätte sich auch gleich als Spießbürger offenbaren können.

Ravelstein hatte seine Freude an diesem Satz: »An ihrem Tisch durfte sich kein Jid so schlecht benehmen.«

Professor Glyph, ihr Mann, kannte diese Vorurteile nicht. Groß gewachsen, würdig und im Benehmen konservativ; seine Augen schienen auf etwas anderes gerichtet, auf entferntere Gegenstände, die ihm unterhaltsamer vorkamen – ich meine unterhaltsamer als Ravelstein. Glyphs kleine, weit auseinander stehende Augen waren angenehm und tolerant; die Haare trug er in der Mitte gescheitelt. Die Haare eines gebildeten Mannes, eines berühmten Gelehrten. Er hatte vornehmlich Franzosen als Freunde, berühmte Franzosen, die Namen wie Bourbon-Sixte trugen und entweder Mitglieder der Académie Française waren oder wenigstens dafür nominiert. Glyph wurde von seiner Frau und den Bediensteten verwöhnt – eine Frau für die Wäsche, ein Koch und ein Dienstmädchen. Die Glyphs waren keine gewöhnlichen Akademiker – sie fühlten sich in London ebenso zu Hause wie in Paris. In St. Tropez oder einem dieser Dörfer hatten sie in der Nähe von Scott Fitzgerald und dessen Frau gewohnt. Und Glyph und seine Frau warfen auch nicht mit Namen um sich wie die üblichen Angeber. Sie waren ein reiches amerikanisches Paar, das einst zum Jazz Age gehört hatte. Sie hatten Picasso und Gertrude Stein gekannt.

Aus irgendeinem Grund sprachen Ravelstein und ich im Café de Flore über die beiden. An besonders angenehmen Tagen leide ich am frühen Nachmittag an einem Durchhänger – schönes Wetter macht es nur noch schlimmer. Der Glanz, mit dem die Sonne alles überzieht, der Triumph des Lebens und wie alles aufblüht, treibt mich zur Verzweiflung. Nie werde ich in der Lage sein, so viele Stunden mitzuhalten, in denen das Leben triumphiert. Mit Ravelstein habe ich nie darüber gesprochen, aber er hat es wahrscheinlich gespürt. Manchmal schien er für mich zu intervenieren.

»Glyph schätzte das Pont Royal; es war sein Lieblingshotel. Ganz in der Nähe«, sagte Ravelstein, »und stell dir vor – als Mrs Glyph starb, kam Glyph nach Paris, um hier um sie zu trauern. Er brachte ihre Aufsätze mit. Er wollte ein Buch mit ihren Aufsätzen herausbringen. Er ließ Rakhmiel Kogon kommen, damit er ihm helfe – Rakhmiel war in Oxford.«

»Warum kam Rakhmiel?«

»Er war dem alten Mann noch aus alten Zeiten verpflichtet. Glyph hatte Rakhmiel davor bewahrt, dass er rausgeschmissen wurde. Er beschützte ihn, gewährte ihm Zuflucht. Das war, ehe Rakhmiel das wurde, was akademische

Idioten ›eine überragende Erscheinung‹ nennen. Er kam also nach Paris und wohnte ebenfalls im Pont Royal, wenn auch nicht in einer Suite. Und jeden Morgen trat er an, um sich der Arbeit an Marla Glyphs Aufsätzen zu widmen. Jeden Morgen sagte Glyph: ›Ich bin erkältet. Marla würde mich heute nicht arbeiten lassen.‹ Oder er sagte: ›Ich muss zum Friseur. Marla würde sagen, ich bin längst überfällig.‹ Oder er verabredete sich mit einem Rochefoucauld oder einem Bourbon-Sixte, während Rakhmiel Ordnung in ihre Notizen brachte und ihre verrückten Aufsätze las. Aber immer wieder lockte ihn ihr Tagebuch, weil er so oft drin vorkam: ›*Wieder dieser schreckliche kleine Jude, R. Kogon.*‹ Oder: ›*Gebe mir alle erdenkliche Mühe, Herberts abstoßenden protégé Kogon zu ertragen, der jeden Tag jüdischer und unerträglicher wird – dieses unverschämte stenzenhafte Judengesicht . . .*‹«

»Hat dir das Kogon selber erzählt?« fragte ich.

»Worauf du dich verlassen kannst. Er sagte, sie war eine richtige Verdurin – gnadenloser sozialer Aufstieg. Wenn sie kultiviert sind, haben sie gleich noch etwas, von dem sie die Juden ausschließen können.«

»Aber kein normaler Mensch konnte doch Mrs Glyph für normal halten«, sagte ich.

»Hast du sie gekannt, Chick?«

»Ich bin erst nach ihrem Tod aufgetaucht. Glyph war eine gute Seele und ungewöhnlich großzügig. Er sprach von seiner ›seligen Frau‹, um dann als Witz hinzuzufügen, dass sie immer ›unselig spät‹ dran war. Die zweite Frau war reizend – manche Menschen treffen später die bessere Wahl. Sie war stark, großzügig und klug. Als er mich einmal zum Essen einlud, fragte er mich am Telefon in seiner formellen französischen Art, ob ich etwas gegen ›*gens de couleur*‹ einzuwenden hätte. Der Gast war eine fabelhafte Frau aus Martinique – die Frau eines berühmten Kunsthistorikers. War es dieser Rewald, der das Buch über Cézanne geschrieben hat?«

»Du hast immer Glück gehabt und dein Glück selten ausgeschöpft«, sagte Ravelstein.

An derlei war ich gewöhnt. Für Ravelstein war ich begabt und intelligent, aber ungebildet, naiv und passiv – nach innen gewandt. Er sagte, wenn ich mich in der richtigen Gesellschaft befände, sei ich ein begabter Unterhalter. Seinen Studenten versicherte er, es gebe kein wichtiges Thema, über das ich nicht nachgedacht hätte. – Das schon, aber was hatte ich aus all diesen wichtigen Themen gemacht?

Ravelstein war meinem Rat gefolgt und dadurch sehr reich geworden. Nach der Feier am vorigen Abend hatte Rosamund zu mir gesagt: »Es sollte ein großes Ereignis sein. Abe brachte seinen Dank und seine Zuneigung in das *Lucas-Carton*-Gastmahl ein – essen, trinken und reden wie im alten Athen.« Sie war eine von Ravelsteins gebildeten Groupies gewesen. Sie war gut in Griechisch. Wer bei Ravelstein studierte, musste Xenophon, Thukydides und Plato im Original lesen.

Ich musste zwar lachen, als sie ihren Lehrer auf diese Weise beschrieb, aber es stimmte. Anders als manch guter Beobachter vermochte sie auch noch klar zu denken. Das war eine von Rosamunds besonderen Begabungen. Außerdem liebte sie Ravelstein, gehörte zu seinen großen Bewunderern.

Der Kellner stellte Abe den dritten Espresso *serré* hin. Ravelstein umfasste die winzige Tasse mit seiner riesigen Patschhand und führte sie zum Mund. Ich hätte hoch gewonnen, wenn es eine Wette auf das Ergebnis gegeben hätte. Braune Flecken erschienen auf dem Revers seines neuen Jacketts. Es war unvermeidlich gewesen – Schicksal. Mit weit zurückgelegtem Kopf trank er noch immer seinen Espresso. Ich schwieg und versuchte nicht auf den großen braunen Fleck auf dem Lanvin-Jackett zu schauen. Jeder andere hätte bemerkt, dass irgendetwas vorgefallen war – jemand, der Geld etwas ernster nahm und der sich gewissermaßen der Verantwortung bewusst war, die mit dem Tragen eines Kleidungsstücks einhergeht, das 4500 Dollar gekostet hat. Ravelsteins Krawatten von Hermès oder Ermenegildo Zegna waren mit Brandmalen von Zigaretten gemustert. Ich versuchte sein Interesse auf Fliegen zu lenken. Ich sagte, unter seinem Kinn seien sie sicher. Er konnte mir folgen, wollte aber keine Fertigteile kaufen: Er habe nie gelernt, einen »Papillon« (wie er ihn nannte) zu knoten. »Meine Finger sind nicht ruhig genug«, sagte er.

»Nun ja«, sagte er, als er schließlich merkte, dass er sein Lanvin-Revers versaut hatte. »Ich habe wieder Mist gebaut.«

Darüber konnte ich nicht lachen.

Jetzt war eine Entscheidung fällig. Der Kaffeefleck war lustig, reiner Ravelstein. Hatte er selber gerade gesagt. Aber ich wollte es nicht komisch finden. Etwas förmlich schlug ich vor, er solle die Flecken beseitigen lassen. »Der Reinigungsdienst im Crillon macht das wahrscheinlich.«

»Glaubst du?«

»Wenn die es nicht können, ist sowieso nichts zu machen.«

Man musste schon darauf spezialisiert sein, den Sprüngen zu folgen, die sein Verstand vollführte. Man musste unterscheiden zwischen dem, was den Leuten an Verhaltensmaßregeln beigebracht worden war und dem, was sie im tiefsten Innern wirklich wollten. Manche Denker glauben, alle Menschen seien Feinde, würden einander fürchten und hassen. Im Naturzustand herrsche der Krieg aller gegen alle. In einem seiner Stücke hat uns Sartre gelehrt, die Hölle, das seien »die anderen« – Abe, das nur nebenbei, verabscheute Sartre und verachtete seine Ideen. Philosophie ist nicht meine Branche. Natürlich hatte ich Machiavelli und Hobbes auf dem College studiert, und vermutlich hätte ich mich damit auch durch eine Quiz-Show bluffen können. Ich verfügte über eine rasche Auffassungsgabe und hatte eine Menge von Ravelstein nur dadurch gelernt, dass ich ihn so sehr mochte. Ich »liebte und verehrte« ihn, wie ich es einem meiner Bekannten folgend sagen muss.

Dass ich den Reinigungsdienst des Crillon empfahl, sollte Abe darüber beruhigen, dass er den stärksten Kaffee des Café de Flore auf sein brandneues Jackett gekleckert hatte. Doch Abe legte keinen Wert darauf, von mir darüber hinweggetröstet zu werden, dass er nun einmal so war. Es hätte ihm besser gefallen, wenn ich über sein rücksichtsloses geiferndes Sabbern gelacht hätte, seine tölpelhaften Zuckungen. Er schätzte die simple Komödie, die Klassiker des Vaudeville, beißende Bemerkungen, die direkte Art und den ungekünstelten Spaß. Mein weichliches, liberales, Lass-uns-das-Beste-draus-machen-Motiv, meine blödsinnige Freundlichkeit gefielen ihm deshalb überhaupt nicht.

Abe hielt nicht das Geringste von Freundlichkeit. Wenn Studenten seinen Ansprüchen nicht genügten, sagte er einfach: »Ich habe mich in Ihnen getäuscht. Das hier ist nichts für Sie. Ich möchte Sie hier nicht mehr sehen.« Die Gefühle der Verstoßenen interessierten ihn nicht. »Ist ihnen zuträglicher, wenn sie mich hassen. Das schärft den Verstand. Es gibt sowieso viel zu viel therapeutischen Krampf.«

Er sagte, dass mich alle möglichen Figuren bedrängten und meine Zeit verschwendeten. »Du brauchst nur ein gutes Buch über Abe Lincoln zu lesen«, empfahl er mir. »Da wirst du merken, wie ihn die Leute während des Bürgerkriegs wegen irgendwelcher Jobs, Rüstungsaufträge, Konzessionen, Konsulatsstellen und verrückten militärischen Ideen nervten. Als Präsident aller Amerikaner glaubte er, er müsse mit all diesen Parasiten, Spinnern und Lobbyisten sprechen.

Dabei stand er die ganze Zeit in einem Strom aus Blut. Die Kriegswirtschaft hatte ihn zum Tyrannen gemacht – er musste sogar das Habeas-Corpus-Recht außer Kraft setzen. Es gab ein höheres tsi-tsa-ts Ziel. Er musste verhindern, dass sich Maryland den Sezessionisten anschloss.«

Ich hatte natürlich andere Bedürfnisse als Ravelstein. In meiner Branche muss man großzügiger sein, muss mit allerhand Zweideutigkeiten einverstanden sein und ein brutales Urteil vermeiden. Vielleicht ist diese Zurückhaltung tatsächlich nichts anderes als *naiveté*. Aber nicht nur: in der Kunst gewöhnt man sich an den vorgesehenen Ablauf. Man kann Menschen nicht einfach abschreiben oder sie dorthin schicken, wo der Pfeffer wächst.

Andererseits war ich, wie Ravelstein beobachten konnte, durchaus bereit, ein Risiko einzugehen – übermenschlich bereit. »Menschenmäßige Risiken«, wie er sich ausdrückte. »Es ist alles in allem schwierig, jemanden zu finden, der umsichtiger ist als du, Chick. Wenn ich mir dein Leben so anschaue, tendiere ich dazu, an das *fatum* zu glauben. Du hast ein *fatum*. Du traust dich wirklich, den Kopf rauszustrecken. Und vielleicht sogar noch mehr als da-ha-den Kopf. Aber was ich eigentlich sagen will: Dein Leitsystem ist extrem mängelbehaftet.«

Und genau diese Absurdität sagte Ravelstein zu. »Nie gibst du dich mit der sicheren Alternative zufrieden, wenn es auch eine riskante gibt. Du bist, was man früher, als solche Worte noch im Schwang waren, nutzlos nannte. Wir haben doch längst die Nase voll von diesen Charakterstudien, diesen Störungen. Vielleicht ist Gewalt auch deswegen so beliebt, weil wir diese psychiatrischen Gutachten satt haben und es uns Spaß macht, wenn wir sehen, wie die Leute mit automatischen Waffen weggepustet werden, im Auto explodieren, erdrosselt oder von Tierpräparatoren ausgestopft werden. Die Probleme anderer stehen uns doch bis hier – und die spielerische Vernichtung dieser Lumpen im Grand-Guignol-Stil ist noch immer nicht genug.«

Er hob dann gern die langen Arme über das Licht, das sich auf seinem Schädel sammelte, und stieß einen theatralischen Schrei aus.

Vielleicht handle ich mir ja mit diesem Bericht den Vorwurf der Misanthropie ein. Ravelstein war alles andere als ein Misanthrop oder Zyniker. Niemand war großzügiger als er – ein Reservoir, eine Energiequelle für alle Studenten, die er aufnahm. Viele kamen mit der guten demokratischen Maßgabe, dass er allen gefällig sein und ihnen seine Ideen vermitteln müsse. Natürlich wehrte er sich dagegen, benutzt oder genossen oder von Faulenzern angezapft zu werden. »Ich bin nicht das Rohr in Saratoga Springs, wohin die Juden aus der Bronx im Sommer mit ihren Bechern kamen, um kostenloses, Leben spendendes Wasser zu trinken – ein Mittel gegen Verstopfung oder Arterienverkalkung. Ich bin keine kostenlose Ware oder ein Geschenk für die Öffentlichkeit. Wie sich dann herausstellte, war das wundertätige Wasser Krebs erregend. Schlecht für die Leber, und noch schlechter für die Bauchspeicheldrüse.« Er musste darüber lachen – allerdings gequält.

Wenn diese Leute nicht mit Bussen und Zügen hingepilgert gekommen wären, um das Saratoga-Wasser zu trinken, hätten sie in Flatbush oder Brownsville etwas gegessen oder getrunken, das nicht weniger tödlich gewesen wäre. Wie soll man all die Gefahren statistisch erfassen, die im Tabak, in Konservierungsmitteln, im Asbest, in den ganzen Schädlingsbekämpfungsmitteln oder den Kolibakterien ungekochter Hühner an den Händen der Küchenhilfen lauerten. »Was könnte bourgeoiser sein als die Angst vorm Tod«, pflegte Ravelstein zu sagen. Diese kleinen Anti-Predigten trug er possenhaft vor. Er erinnerte mich an die tanzenden Flickenpuppen, jene Clowns der Zwanziger, die mit ihren lumpenbekleideten kraftlosen langen Armen winkten und sich ein groteskes Lächeln ins Pudergesicht gemalt hatten. Ravelsteins ernsthafte Anliegen »koexistierten« (um ein Wort aus der Politik des 20. Jahrhunderts zu benutzen) mit seinen Narreteien. Diese Seite an ihm bekamen nur seine Freunde zu sehen. Wenn die Situation es erforderte, konnte er die erforderliche Korrektheit aufbringen, aber nicht, um damit den akademischen Kleinkrämern entgegenzukommen, sondern weil es um wichtige Themen ging – Dinge, die den Sinn und Zweck unserer Existenz betrafen, die angemessene Betreuung der menschlichen Seele beispielsweise –, war er so verlässlich und ernsthaft wie die hingebungsvollsten großen Lehrer. Ravelstein war dynamisch und hart. Dennoch erlaubte er sich gelegentlich ein bisschen Allotria, selbst wenn er einen der platonischen Dialoge behandelte.

Manchmal sagte er: »Ja, ich spiele den *pitre.*«

»Den Normalen.«

»Den Narren.«

Wir hatten beide eine Zeit lang in Frankreich gelebt. Die Franzosen sind wahrhaft gebildet – oder waren es. Sie hatten in diesem Jahrhundert einiges abgekriegt. Doch noch immer besaßen sie das Gefühl für schöne Dinge, für Muße, für Lesen und Gespräche; sie verachteten die kreatürlichen Bedürfnisse nicht – die menschliche Grundausstattung. Das halte ich den Franzosen immer zugute.

In jeder Straße kann man ein Baguette kaufen, Unterhosen *taille grand patron,* Bier, Schnaps, Kaffee oder *charcuterie.* Ravelstein war Atheist, aber es gab keinen Grund, warum ein Atheist nicht von der Sainte Chapelle beeinflusst sein oder nicht Pascal lesen sollte. Für einen kultivierten Menschen gab es keine bessere Umgebung, keine angenehmere Atmosphäre als Paris. Ich selber hatte mich oft genug von den Parisern bedrängt und verachtet gefühlt. Vichy war für mich nicht nur ein Ergebnis der Besetzung durch die

Nazis. Über die Kollaboration und den Faschismus dachte ich mir mein Teil schon selber.

»Ich weiß nicht, woran es liegt, an deiner jüdischen Nervosität oder deinem unnatürlichen Bedürfnis, mit offenen Armen aufgenommen zu werden«, sagte Ravelstein. »Vielleicht meinst du auch, dass die Franzmänner undankbar sind. Ich glaube, der Beweis, dass man in Paris besser lebt als in Detroit oder Newark oder Hartford, ist nicht allzu schwer zu führen.«

Eine kleine Meinungsverschiedenheit, die nicht grundsätzlich war. Abe besaß berühmte Freunde in Paris. Von den *écoles* und *instituts*, an denen er französische Themen in dem ihm eigenen Französisch behandelte, wurde er stets gastlich aufgenommen. Vor vielen Jahren hatte er selber in Paris bei dem berühmten Hegelianer und KGBler Alexandre Kojève studiert, aus dessen Seminaren eine ganze Generation einflussreicher Denker und Autoren hervorging. Unter diesen hatte Abe eine ganze Anzahl von Freunden, Bewunderern und Lesern. In den Vereinigten Staaten war er umstritten. Zu Hause hatte er mehr Feinde, als sich das ein normaler Mensch wünschen würde, vor allem bei den Sozialwissenschaftlern und den Philosophen.

Hier verfüge ich allerdings nur über das begrenzte Wissen, das einem Laien zugänglich ist. Abe Ravelstein und ich waren eng befreundet. Wir wohnten in der gleichen Straße und trafen uns fast täglich. Oft lud er mich ein, an seinen Seminaren teilzunehmen und mit den älteren Studenten über Literatur zu diskutieren. Früher einmal hatte es in unserem Land eine bedeutsame literarische Gemeinschaft gegeben, zählten Medizin und Jura noch zu den »gebildeten Berufen«, doch kann man heute in einer amerikanischen Stadt keine Ärzte, Anwälte, Geschäftsleute, Journalisten, Politiker, TV-Moderatoren, Architekten oder Einzelhändler mehr erwarten, die sich über die Romane von Stendhal oder die Gedichte von Thomas Hardy unterhalten. Gelegentlich trifft man einen Proust-Leser oder einen Verrückten, der ganze Seiten von *Finnegans Wake* aufsagen kann. Wenn ich nach *Finnegans Wake* gefragt werde, sage ich immer, dass ich ihn mir fürs Altersheim aufhebe. Besser, man geht in Begleitung von Anna Livia Plurabelle in die Ewigkeit ein, als mit den Simpsons, die über den Bildschirm zappeln.

Ich weiß nicht, wie ich Ravelsteins große, elegante Wohnung beschreiben soll – sein Basislager im Mittleren Westen. Es wäre nicht angemessen, sie als Zufluchtsort zu schildern: Abe war alles anderes als ein Flüchtling. Auch kein Einsiedler. Er lebte gern in seiner amerikanischen Umgebung. Seine Fenster gewährten ihm einen Panoramablick auf die Stadt. In den späteren Jahren war er kaum noch auf öffentliche Verkehrsmittel angewiesen, aber er wusste sich durchzuschlagen, er sprach den Jargon der Stadt. Junge Schwarze hielten für ihn auf der Straße an und fragten ihn nach seinem Anzug, seinem Mantel, seinem Filzhut. Sie kannten sich mit der großen Mode aus. Sie sprachen mit ihm geläufig über Ferré, Lanvin und seinen Hemdenschneider in der Jermyn Street. »Diese jungen Stenze«, erläuterte er mir, »lieben die große Mode. Karottenhosen, Schulterpolster, *zoot suits* und dergleichen sind vorbei. Sie wissen auch blendend Bescheid über Autos.«

»Und womöglich über Zwanzigtausend-Dollar-Uhren. Wie steht's mit Handfeuerwaffen?«

Ravelstein lachte. »Sogar schwarze Frauen halten mich auf der Straße an, um den Schnitt meines Anzugs zu loben«, sagte er. »Sie reagieren intuitiv.«

Das Herz ging ihm auf bei diesen Connaisseuren, bei Menschen, die Eleganz zu schätzen wussten.

Die Bewunderung schwarzer Jugendlicher entschädigte ihn für den Hass, der ihm von seinen Kollegen, den Professoren, entgegenschlug. Der breite Erfolg seines Buches machte die Akademiker schier wahnsinnig. Er legte die Schwächen des Systems bloß, aus dem sie hervorgegangen waren, warf ihnen ihren oberflächlichen Historizismus vor und dass sie für den europäischen Nihilismus empfänglich waren. Zusammengefasst ging Ravelsteins These dahin, dass man in den USA zwar eine hervorragende technische Ausbildung durchlaufen könne, die geisteswissenschaftliche Erziehung sich aber auf dem Aussterbeetat befinde. Wir hatten uns der High-Tech unterworfen, die die moderne Welt verwandelt hatte. Eine ältere Generation hatte für die Ausbildung der Kinder gespart. Der Preis für einen Bachelor of Arts war inzwischen auf 150 000 Dollar gestiegen. Wenn es nach Ravelstein gegangen wäre, hätten Eltern diese Dollars genauso gut in der Toilette hinunterspülen können. An amerikanischen Universitäten war eine richtige Ausbildung nicht mehr möglich, es sei denn, man wollte Raumfahrt-Ingenieur, Computer-Spezialist oder so etwas werden. In Biologie und Physik waren sie hervorragend, in den Geisteswissenschaften eine Katastrophe. Der Philosoph Sidney Hook hatte zu Ravelstein gesagt, dass es mit der Philosophie vorbei sei. »Wir müssen für unsere Absolventen Jobs als Ethik-Berater in Krankenhäusern finden«, hatte Hook zugeben müssen.

Ravelsteins Buch war keineswegs verrückt. Hätte er nichts weiter als heiße Luft produziert, man wäre schnell mit ihm fertig gewesen. Nein, er war vernünftig und bestens informiert, seine Thesen waren gründlich belegt. Alle Dummköpfe hatten sich gegen ihn verschworen (wie das Swift oder vielleicht auch Pope vor langer Zeit formulierten). Wenn sie Einfluss auf das FBI gehabt hätten, die Professoren hätten Ravelstein am liebsten auf die Steckbriefe setzen lassen, die in den Bundesgebäuden aushingen.

Er hatte die Professoren und die Bildungsinstitutionen einfach übergangen und sich direkt an die Öffentlichkeit gewandt. Schließlich gibt es Millionen, die nur auf ein Zeichen warten. Viele von ihnen haben einen Universitätsabschluss.

Als Ravelstein von empörten Kollegen angegriffen wurde, sagte er, er fühle sich wie jener amerikanische General, den die Nazis belagerten – war es in Remagen? Als sie seine Kapitulation verlangten, lautete seine Antwort: »Ihr seid ja verrückt!« Ravelstein war natürlich aufgebracht; kein Wunder. Und er konnte auf keinen akademischen Patton bauen, der ihn heraushaute. Er konnte sich auf seine Freunde verlassen, und natürlich hatte er auch Generationen von Studenten auf seiner Seite; außerdem die Wahrheit und seine Grundsätze. Sein Buch wurde in Europa gut aufgenommen. Die Briten reagierten etwas herablassend. Die Universitäten, zumindest einige, fanden sein Griechisch fehlerhaft. Aber als Margaret Thatcher ihn für ein Wochenende nach Chequers einlud, war er *»aux anges«* (Chequers war himmlisch: Abe zog französische Ausdrücke den amerikanischen vor; er sagte nicht »Schürzenjäger« oder »Frauenheld« oder »Charmeur« – er sagte *»un homme à femmes«*). Selbst intelligente junge Linke begeisterten sich für ihn.

In Chequers zeigte ihm Mrs Thatcher ein Gemälde von Tizian: Ein sich aufbäumender Löwe, der im Netz gefangen ist. Eine Maus knabberte an den Stricken, um den Löwen zu befreien. (Ist das eine Äsopsche Fabel?) Dieses Detail war jahrhundertelang im Schatten verschwunden gewesen. Winston Churchill, einer der größten Männer dieses Jahrhunderts, hatte mit seinen eigenen Pinseln die mythische Maus restauriert.

Als er aus England zurückkehrte, berichtete mir Ravelstein davon in seinem Salon (nein, es war kein Wohnzimmer). Er besaß selber ein paar Gemälde von weniger bekannten, aber guten französischen Malern. Einige dieser Gemälde waren sogar sehr schön. Das größte zeigte eine

Judith mit dem Kopf von Holofernes, ein sehr blutiges Bild. Sie hält Holofernes an den Haaren. Seine Augen sind nach oben gerichtet und halb geschlossen; ihr Blick ist ruhig, rein, heiligenmäßig. Manchmal denke ich, er wusste nicht, was ihm widerfuhr. Gibt schlimmere Arten für einen Abgang. Gelegentlich fragte ich Ravelstein, warum er ausgerechnet dieses Bild als Blickfang für seinen Salon ausgesucht habe.

»Das hat nichts weiter zu bedeuten«, sagte er.

»Alles, was wir sehen, übersetzen wir in die Sprache Freuds. Was wird damit trivialisiert, seine Terminologie oder unsere Beobachtungen?«

»Du musst ja nicht unbedingt mitmachen«, sagte Ravelstein.

Die »visuellen Künste«, wie sie bei den Amerikanern heißen, waren nicht seine Stärke. Die Bilder hingen da, weil Wände für Gemälde gedacht sind und Gemälde für Wände. Seine Wohnung war luxuriös eingerichtet, deshalb hatten da auch die richtigen Bilder zu hängen. Als Geld hereinkam, ersetzte er seine ganzen »alten« Sachen. Sie waren gar nicht alt. Sie waren nur früher, preiswerter erworben worden. Selbst als er sein Leben noch ausschließlich mit seinem Universitätsgehalt fristen musste, hatte er mit Geld, das er sich von seinen Freunden lieh, teure Sofas und gute italienische Ledermöbel gekauft. Als er die Spitze der Bestsellerliste erreichte, schenkte er das alte Zeug Ruby Tyson, der Schwarzen, die zweimal die Woche zum Spülen und Putzen kam. Natürlich bestellte er den Lieferwagen und bezahlte für den Transport. Er brauchte den Platz dringend, und die Sachen konnten ihm gar nicht schnell genug verschwinden.

Ruby hatte meines Erachtens nicht besonders viel Arbeit. Sie putzte Ravelsteins Silber, spülte das blauweiße Quimper-Service sowie das Lalique-Kristall, Teller für Teller und Glas für Glas. Bügeln brauchte sie nicht – seine Hemden wurden vom American Trustworthy Home-delivery Service gewaschen. Sie reinigten auch seine Anzüge. Er war ein guter Kunde bei Trustworthy. Nur die Krawatten behielt er für sich und schickte sie per Luftfracht an einen Spezialisten für Seide in Paris.

Ständig trafen neue Teppiche und neue Möbel ein, und Ruby reichte die Speisezimmereinrichtungen, Porzellanschränke und Betten wahrscheinlich an ihre Töchter und Enkel weiter. Sie war eine fromme alte Frau, die am Telefon noch diese altmodische Höflichkeit aus dem Süden pflegte. Ravelstein wusste sehr genau, dass sie fast nichts zu tun hatte. Sie war loyal und gehörte zu seinem Haushalt. Er war sich über sie im Klaren und war nicht so illusionär, dass er erwartete, ins Vertrauen gezogen zu werden oder in die Seele einer ehrbaren alten Frau zu dringen. Außerdem hatte sie seit mehr als einem halben Jahrhundert in der Umgebung der Universität gearbeitet, konnte ihm viel über die Geheimnisse akademischer Häuser erzählten. Sie befriedigte Ravelsteins Gier nach Klatsch. Er hasste seine eigene Familie und wurde nie müde, seine begabten Studenten ihren Familien zu entfremden. Wie ich schon bemerkt habe, mussten seine Studenten von verheerenden Missverständnissen geheilt werden, von einer »standardisierten Unwirklichkeit«, die ihnen geistlose Eltern aufgenötigt hatten.

Hier tauchten Probleme in der Darstellung auf. Ravelstein sollte nicht mit den Campus-Freigeistern verwechselt werden, die in meiner eigenen Studentenzeit so zahlreich herumschwirrten. Die Aufgabe dieser Menschen bestand darin, einem die bürgerliche Erziehung bewusst zu machen, von der man durch das Studium eigentlich befreit werden sollte. Diese libertären Lehrer priesen sich selber als Vorbild an, sie verstanden sich manchmal als Revolutionäre. Sie bedienten sich eines bestimmten Kauderwelschs, der Sprache der Jugend. Sie trugen Pferdeschwanz und ließen sich einen Bart stehen. Sie waren promovierte Hippies und Swinger.

Ravelstein hatte keine solche Show anzubieten – nichts, das sich leicht nachahmen ließ. Ohne Studium, ohne Bildung, ohne die elaborierten Mühen der Interpretation, die er selber bei seinem inzwischen verstorbenen Meister, dem berühmten und umstrittenen Felix Davarr erlernt hatte, konnte man nicht so leicht Gefallen an ihm finden.

Manchmal versuchte ich mir vorzustellen, wie ein begabter junger Mann aus Oklahoma oder Utah oder Manitoba zu einem Privatissimum in Ravelsteins Wohnung geladen wird. Er fährt mit dem Aufzug nach oben, findet die Tür weit auf und bekommt die ersten Eindrücke von Ravelsteins Lebensbereich – die großen alten (manchmal abgetretenen) Orientteppiche, die Bilder an der Wand, die klassischen Figurinen, Spiegel, Glasschränke, alte französische Sideboards, die Kronleuchter und Lampen von Lalique. Das Sofa im Wohnzimmer war tief, weit und niedrig. Die Glasplatte auf dem Kaffeetisch davor war ungefähr zehn Zentimeter dick. Ravelstein breitete gelegentlich seine Reichtümer darauf aus – den Montblanc-Füller aus Gold, seine Armbanduhr für 20 000 Dollar, das goldene Werkzeug, mit dem er seine eingeschmuggelten Havannas beschnitt, die Dunhill-Feuerzeuge, die extra lange Zigarettenbox mit Marlboros, die schweren, viereckigen Aschenbecher aus Glas – die langen Kippen der Zigaretten, an denen er neurotisch ein-, zweimal zog und die er dann ausdrückte. Unglaublich viel Asche. In der Nähe der Wand war auf einem geschwungenen Gestell seine komplizierte Telefonanlage aufgebaut – Abes Kommandozentrale, die er meisterhaft zu bedienen wusste. Sie war ständig in Gebrauch. Paris und London meldeten sich beinahe ebenso oft wie Washington. Enge Freunde in Paris riefen an, um vertrauliche Dinge zu besprechen – Sexskandale. Die Studenten, die ihn am besten kannten, zogen sich zurück, sobald er mit den Fingern, in denen er die Zigarette hielt, ein Zeichen gab. Er fragte begeistert nach, fragte nach schmutzigen Details, und wenn er zuhörte, ließ er seinen Kahlkopf oft nach hinten in die ledernen Sofakissen sinken, Augen nach oben, der Blick gläsern vor Hingabe, der Mund leicht geöffnet – und dazu legte er die Füße in den Pantoffeln an den Sohlen zusammen. Zu jeder Tages- und Nachtzeit spielte er mit voller Lautstärke Rossini-CDs. Rossini und der Oper des 18. Jahrhunderts galt seine besondere Liebe. Italienische Barockmusik musste auf Originalinstrumenten aus jener Zeit gespielt werden. Seine Stereoanlage hatte ein Vermögen gekostet. Zehntausend Dollar für einen Lautsprecher waren ihm nicht zu viel.

Die drei Stockwerke über und unter ihm kamen, ob sie wollten oder nicht, in den Genuss von Frescobaldi, Corelli, Pergolesi und der *Italienerin in Algier.* Wenn die Nachbarn klopften oder sich beschwerten, lächelte er und sagte, ohne Musik sei das Leben nicht zu ertragen, und dass es ihnen gut tue, gelassen zuzuhören. Gleichzeitig versprach er, Boden und Decke besser zu isolieren. Er ließ tatsächlich einen Fachmann für Schallschutz kommen. »Ich habe zehntausend für Kapock-Isolierungen aufgewendet, und die Zimmer sind noch immer nicht *insonorisées.*« Wenn er seine Nachbarn der Reihe nach durchging, gab es keinen einzigen Mieter, der ihn wirklich interessierte. Er kommentierte seine Gründe und konnte jederzeit erklären, wie er zu seinem Urteil kam. Für jeden seiner Nachbarn hatte er eine Kurzcharakteristik – kleinbürgerlicher Typ, von geheimen Ängsten besetzt, jeder ein Tempelchen an *amour propre,* nichts weiter im Sinn, als den anderen von der Richtigkeit seines Selbstbildes zu überzeugen; oberflächliche, berechnende Persönlichkeiten (ein besserer Begriff als »Seelen« – mit der Persönlichkeit konnte man umgehen, aber man vermied tunlich die Schreckvorstellung, über die Seele solcher Invididuen nachdenken zu müssen). Narretei und Dünkel als einzige Lebensgrundlage, und keine Loyalität für das Gemeinwesen, keine Liebe zur *polis*, keinerlei Dankbarkeit, nichts, für das man sein Leben einsetzen würde. Die großen Leidenschaften, darf man nicht vergessen, sind antinomistisch. Und die großen menschlichen Heldengestalten, die so riesenhaft über uns aufragen, haben nichts mit dem Mann auf der Straße gemein, unseren »normalen« gemeinplätzigen Zeitgenossen. Ravelsteins Beurteilung der Leute, mit denen er jeden Tag zu tun hatte, schwankte zwischen großer Liebe und grenzenloser Wut. Mit seinem »Zorn« erinnerte er mich an den Anfang der Ilias – Μῆνιν ἄειδε, θεά, Πηλπιάδεω Ἀχιλῆοσ... Hier kann man die wichtigsten Säulen von Ravelsteins Glauben erkennen, seine ehrliche Grundüberzeugung. Die größten Helden, die Philosophen, waren immer Atheisten gewesen und würden immer Atheisten sein. In Ravelsteins Rangordnung folgten auf die Philosophen die Dichter und Staatsmänner. Dann kamen die großen Historiker wie Thukydides. Dann militärische Genies wie Caesar – »der edelste Mann, der je im Auf und Ab der Zeiten lebte«, und gleich nach ihm Mark Anton, »die dreifache Säule der Welt«, dem die Liebe noch über die Reichspolitik ging. Ravelstein schätzte das klassische Altertum. Er respektierte Jerusalem, doch Athen war ihm lieber.

Das waren einige der fundamentalen Voraussetzungen und die Grundlagen seiner Berufung zum Lehrer. Wenn ich die in meinem Bericht über sein Leben nicht berücksichtigte, sähe man nur seine Exzentrik und seine Eigenheiten, seine luxuriösen, schrulligen Einkäufe, seine Witze, seine Lachanfälle, die *marche militaire*, wenn er den Innenhof der Universität in seinem riesenhaften pelzgesäumten Mantel aus teuerstem Leder überquerte. Meines Wissens gab es nur noch ein einziges ähnliches Exemplar: Der Gangster und Killer Gus Alex trug einen wunderschönen langen, maßgeschneiderten Nerzmantel, wenn er am Lake Shore Drive seinen kleinen Hund ausführte.

Man hat gelegentlich gesagt, dass seine Lieblingsstudenten ihren »Spaß« mit Ravelstein hatten – dass er komisch war, zum Schreien. Der Spaß war aber nur vordergründig lustig oder unterhaltsam; bei ihm wurde Lebenskraft übertragen. Er mochte in vielem seltsam sein, aber das nährte seine Energie, und diese Energie teilte sich mit, wurde übertragen und weiterverschenkt.

Ich versuchte tunlichst alles aus den Fakten zu machen. Er lebte getreu seinen Ideen. Sein Wissen existierte, und er konnte es mit Zitat und Quelle nachweisen. Seine Aufgabe bestand darin, zu helfen, zu verdeutlichen, zu bewegen und nach Möglichkeit dafür zu sorgen, dass die Größe der Menschheit im guten Leben nicht völlig verschwände etc. In Ravelsteins Leben gab es nichts Durchschnittliches. Langeweile und Trübsinn kamen für ihn nicht in Frage. Depression wurde ebenso wenig akzeptiert. Er hatte keine Lust auf schlechte Laune. Beschwerden kannte er nur, wenn sie den Körper betrafen. Einmal hatte er große Probleme mit den Zähnen. In der Universitätsklinik überredete man ihn zu Implantaten und trieb sie ihm durch das Zahnfleisch bis tief in den Kieferknochen. Die Operation wurde vermasselt, und er hatte endlose Qualen durch den Kieferorthopäden zu erdulden. Vor Schmerzen lief er die ganze Nacht auf und ab. Dann versuchte er, die Implantate wieder entfernen zu lassen, was sich als noch schmerzhafter als das Einsetzen erwies.

»Das kommt davon, wenn man einen Schreiner im Kopf herumfuhrwerken lässt«, sagte er zu mir.

»Du hättest nach Boston fahren sollen. Die Kieferorthopäden in Boston sollen die besten sein.«

»Begib dich nie in die Hände dieser verdammten Spezialisten. Sie opfern dich auf dem Altar ihrer so-ge-nann-ten Kunst.«

Er mochte sich nicht lang mit Hygiene aufhalten. Die Zigaretten, die er jeden Tag ansteckte, ließen sich kaum zählen. Die meisten davon vergaß er oder drückte sie aus. Wie Kreidestifte lagen sie in seinen gläsernen chefmäßigen Aschenbechern. Andererseits war der Organismus mangelhaft. Seine biologischen Irregularitäten waren angeboren – ein schwaches Herz, auf der Lunge ein Schatten. Aber Ravelstein hatte nicht vor, sein Leben zu verlängern. Risiko, Grenzen, die dunkle Nacht des Todes waren in jedem Moment seines Lebens gegenwärtig. Wenn er hustete, hörte man das Echo aus dem Matsch am Grund eines Minenstollens.

Ich fragte Abe dann nicht mehr nach den Implantaten in seinem Kiefer. Vermutlich hatte er hin und wieder Schmerzen, und ich betrachtete sie als Teil seiner psycho-physischen Grundausstattung.

Seine Gewohnheiten waren so unregelmäßig wie sein Stundenplan; deshalb schlief er selten eine Nacht durch. Oft blieb er wach, um sich auf die Seminare vorzubereiten. Um seine Studenten aus Oklahoma, Texas oder Oregon durch die platonischen Dialoge zu führen, brauchte man eine außerordentliche Begabung und zugleich ein hochspezialisiertes Wissen. Abe war keineswegs ein Langschläfer. Andererseits sah sich Nikki immer die ganze Nacht lang chinesische Kung-Fu-Thriller an und schlief oft bis zwei Uhr mittags. Abe und Nikki waren beide Basketballfans. Sie verpassten selten die Chicago Bulls auf NBC.

Wurde ein wichtiges Spiel ausgetragen, lud Ravelstein seine Doktoranden in seine Wohnung ein. Er bestellte Pizza. Zwei Jungs, die ganze Stapel mit Schachteln trugen, traten gegen die Tür. Im Flur roch es scharf nach Oregano, Tomaten, gebackenem Käse, Peperoni und Anchvois. Nikki übernahm das Schneiden der Pizza mit einem scharfen elektrischen Küchenmesser. Auf Papiertellern wurden die Stücke herumgereicht. Rosamund und ich aßen die Sandwiches, die Ravelstein gemacht hatte, gierig aus der Hand und lobten sie begeistert. Die Getränke servierte er mit einer demonstrativen Geschicklichkeit, als würde er mitten auf einem Hochseil mit einem Tablett übervoller Gläser stehen bleiben. Dann hatte man keine Lust, mit ihm herumzuplänkeln.

Normalerweise steckte das Handy in Abes Tasche. Ich weiß nicht mehr, welchen Anruf er gerade erwartete. Einer seiner Informanten wusste vielleicht mehr über George Bushs Entscheidung, den Krieg im Irak nun zu beenden. Ich habe eine verschwommene Erinnerung an den Präsidenten – groß, mageres längliches Gesicht, wie er immer wieder das Aufwärmtraining auf dem Basketballfeld unterbricht. Endlose Zuschauerreihen, viele Lichter, strahlende Farben, Michael Jordan, Scottie Pippen, Horace Grant, die zur Vorbereitung Körbe werfen. Mr Bush, ebenfalls sehr groß, aber ohne Schönheit in seinen Bewegungen. Vielleicht war es auch gar nicht der Irak, sondern irgendeine andere Krise. Man weiß doch, wie das Fernsehen ist: Kriege sind von den Ausscheidungskämpfen der National Basketball Association kaum zu unterscheiden – Sport, der Glanz der Supermacht, militärische High-Tech-Operationen. Ravelstein war das sehr wohl bewusst. Wenn er über Machiavelli sprach und wie man am besten mit einem besiegten Feind umging, dann hatte es damit zu tun, dass er ein geborener Lehrer war. Gelegentlich tauchten auch General Colin Powell und James Baker auf, der Außenminister. Schließlich wurden im Stadium kurz die Scheinwerfer abgedunkelt – und danach kam dramatisch die gesamte Beleuchtung wieder.

Das erinnerte an die Massenschauspiele, die Hitlers Impresario Albert Speer organisiert und aufgeführt hatte; Sportereignisse und faschistische Massenveranstaltungen bedienten sich gegenseitig. Ravelsteins junge Männer waren große Basketballfans. Michael Jordan war natürlich auch genial. Ravelstein fühlte sich zutiefst mit dem Künstler Jordan verbunden. Für ihn waren Basketball und der Jazz ein entscheidender Beitrag der Schwarzen zum besseren Leben in diesem Land und gaben ihm die entscheidende amerikanische Prägung. Die Stürmer und Verteidiger in den USA entsprachen den Stierkämpfern in Spanien, den Tenören in Irland und Tänzern wie Nijinsky in Russland. Auf jeden Fall hatte George Bush den USA an jenem Abend zu einem militärischen Triumph verholfen, und Ravelstein, der sich über die schwarzen Soldaten äußerte, sagte, welche Ehre sie ihrem Land und der US-Army eingetragen hätten – wie gut sie sich im Fernsehen artikulieren könnten, was für Fachleute sie auf ihrem Gebiet seien und wie gut sie ihr Geschäft verstünden. Das rechnete er dem Pentagon als Verdienst an.

Aus den verschiedensten Gründen war Ravelstein von Soldaten begeistert. Dem amerikanischen Piloten, der über Nordvietnam abgeschossen worden war und sich selber das Gesicht zerschlagen und zerkratzt hatte, gehörte seine ganze Leidenschaft. Der Pilot hatte sich absichtlich die Nase an der Wand der Gefängniszelle gebrochen, als man ihm mitteilte, er würde zusammen mit anderen Gefangenen in Ho Chi Minhs Fernsehen auftreten, um den US-Imperialismus zu verurteilen.

Bei seinen Basketballpartys teilte Ravelstein selber die Pizza-Stücke unter seinen Studenten aus, während er den kahlen Schädel immer wieder zum lärmenden Farbfernseher hinter ihm drehte. Seine Gruppe, sein Bund, seine Schüler, seine Geschöpfe, die sich in seinem Stil kleideten, wie er Marlboro rauchten und in dieser Art von Unterhaltung eine gemeinsame Grundlage zwischen den Fanclubs der Kindheit und dem gelobten Land des Intellekts erkannten, in das sie Ravelstein führte, ihr Moses und ihr Sokrates. Michael Jordan war in Amerika inzwischen eine Kultfigur – kleine Jungs bewahrten bereits seine Apfelbutzen als Reliquien auf. Ein Kinderkreuzzug war selbst in unserer Zeit noch denkbar. Jordan verfügte, wie es in den Zeitungen hieß, über »bionische« Kräfte. Er sprang so hoch in die Luft, dass die Verteidiger ihn nicht mehr erreichten. Was er vorhatte, war an seinen Bewegungen zu erkennen, bei denen er noch Zeit hatte, im Aufstieg den Ball von einer Hand in die andere wechseln zu lassen, ein Mann, der 80 Millionen Dollar pro Jahr verdiente. Keine Kultfigur, sondern ein Held, der die Herzen der Massen bewegte.

Die jungen Männer, die seine Ausbildung durchliefen, sahen in Ravelstein unweigerlich die intellektuelle Entsprechung zu Jordan. Der Mann, der sie in die Erzählkunst und Feinheiten von Thukydides einführte und die Rolle von Alkibiades in der sizilianischen Expedition wie kein anderer analysierte, ein Mann, der seinem Seminar buchstäblich in Sichtweite der Stahlwerke und Aschenhalden und des Drecks in den Straßen von Gary, wo die erzbeladenen Frachtschiffe auf dem Wasser kreuzten, den *Gorgias* erläuterte, dieser Mann konnte ebenfalls in der Luft hängen, besaß wie Jordan die Gabe der Levitation. Ein Mann mit seinen Eigentümlichkeiten und Tricks, seiner schmatzenden Gier nach billigsten Zuckerbonbons oder illegalen Havannas, dieser Mann war selber ein homerisches Wunderkind.

Der Gastgeber Ravelstein ging jetzt mit einer Käseplatte herum und fragte: »Wie wär's mit einem Stück Cheddar aus Vermont …?« Ungeschickt, die Finger unkontrollierbar vor nervösen Zuckungen, drückte er das Messer in den fünfpfündigen Käseleib von Cabot's.

Als das Handy in seiner Hosentasche klingelte, zog er sich zurück, um mit jemandem in Hongkong oder Hawaii ein, zwei Sätze zu wechseln. Einer seiner Informanten informierte über ein Bulletin. Das war kein Geheimnisverrat. Hochgeheime Informationen bekam Ravelstein nicht zu hören und verlangte auch nicht danach. Ihm gefiel aber, dass die Männer, die er ausgebildet hatte, in wichtige Stellungen berufen wurden; das wirkliche Leben bestätigte seine Einschätzung. Er trat mit seinem Handy einen Moment zur Seite und kam dann zurück, um uns mitzuteilen: »Colin Powell und James Baker haben dem Präsidenten geraten, die Truppen nicht bis nach Bagdad zu schicken. Bush wird es morgen verkünden. Sie fürchten Verluste. Da schicken sie eine ungeheure Armee und führen das Modernste an High-Tech-Kriegstechnologie vor, dem leibhaftige Menschen nichts mehr entgegenzusetzen haben. Aber dann lassen sie den Diktator unangetastet und machen sich heimlich davon ...«

Diese Insiderinformationen befriedigten Ravelstein zutiefst. Er war wie das Kind in dem Gedicht von D. H. Lawrence, das unter dem großen schwarzen Klavier »im Dröhnen der klingenden Saiten« liegt, während die Mutter des Dichters *apassionato* spielt.

»Das also war das Neueste aus dem Verteidigungsministerium ...«

Die meisten von uns wussten, dass Philip Gorman seine Hauptquelle war. Gormans Vater, der Akademiker war, hatte heftige Einwände gegen Ravelsteins Seminare vorgebracht, für die sich Philip eingeschrieben hatte. Angesehene Politikwissenschaftler hatten dem alten Gorman versichert, dass Ravelstein durchgeknallt sei und außerdem seine Studenten verführe und verderbe. »Der *pater familias* wurde vor dem *fucker familias* gewarnt«, sagte Ravelstein.

Natürlich war der alte Gorman zu stur, als dass er mit Dankbarkeit wahrgenommen hätte, wie sein Sohn eben nicht in die Wirtschaft ging, sagte Abe. »Aber Philip ist heute einer der engsten Berater des Außenministers. Er ist ein kluger Kopf und begreift, was große Politik ist, dieser Kleine. Statistiker sind dagegen so gewöhnlich wie Fische im Wasser.«

Der junge Philip gehörte zu den Jungs, die Ravelsteins Schule im Verlauf von dreißig Jahren durchlaufen hatten.

Aus Ravelsteins Schülern waren Historiker, Lehrer, Journalisten, Experten, Beamte und Männer in den Denkfabriken geworden. Er hatte drei bis vier Generationen von Absolventen hervorgebracht und indoktriniert. Und diese jungen Männer waren verrückt nach ihm. Sie gaben sich nicht mit seinen Lehren und seinen Interpretationen zufrieden, sondern imitierten sein Auftreten und versuchten, so zu gehen und zu sprechen wie er – frei assoziierend, ungestüm, zugespitzt und so brillant, wie sie es selber vermochten. Die ganz Jungen – oder jene, die es sich leisten konnten – kauften ihre Anzüge bei Lanvin oder Hermès und ließen ihre Hemden in der Jermyn Street bei Turnbull & Asser anfertigen (bei »Kisser & Asser«, wie ich sofort verbesserte). Sie rauchten mit Ravelsteins unkontrollierten Bewegungen. Sie hörten die gleichen CDs. Er trieb ihnen den Geschmack am Rock 'n' Roll aus, und sie hörten nun Mozart, Rossini oder, noch älter, Albinoni und Frescobaldi (»auf Originalinstrumenten«). Sie verkauften ihre Plattensammlungen mit den Beatles und Grateful Dead und hörten jetzt, wie Maria Callas *La Traviata* sang.

»Es ist nur mehr eine Frage der Zeit, bis Philip Gorman ins Kabinett aufgenommen wird, was eine verdammt gute Sache für das Land wäre.« Ravelstein hatte seinen Jungs in diesen verkommenen Zeiten, in der »vierten Schwelle der Moderne«, eine gute Ausbildung verschafft. Heute vertraute man ihnen geheime Informationen an, Staatsgeheimnisse, die sie natürlich nicht an ihren Lehrer weitergaben, der ihnen die Augen für die »große Politik« geöffnet hatte. Man konnte sehen, wie sie sich durch die Verantwortung verändert hatten. Der Kopf wirkte härter und reifer. Sie hatten selbstverständlich Recht, wenn sie bestimmte Informationen zurückhielten. Sie wussten, was er für eine Klatschbase war. Aber er verfügte seinerseits über wichtige Geheimnisse, Informationen privater und geschäftlicher Natur, die er nur

Auserwählten anvertrauen durfte. Die Lehre, so wie Ravelstein sie verstand, war ein schwieriges Geschäft. Man konnte es sich nicht erlauben, allen alles Wissen mitzuteilen. Wenn das Wissen aber nicht allen zugänglich war, gab es auch kein richtiges Leben. Man hatte sich also jeweils mit dem Feingefühl eines Juweliers zu entscheiden. In Paris gab es zwei Leute, die ihn ganz genau kannten, und auf dieser Seite des Atlantiks waren es drei. Ich war einer davon. Als er mich deshalb darum bat, »Ravelsteins Leben« zu schreiben, blieb es mir überlassen, seine Wünsche zu deuten und zu entscheiden, wie weit mich sein Tod davon befreite, das Wesentliche zu respektieren, oder welche Tendenz ich diesem Eigentlichen durch mein Temperament und meine Gefühle, meine wirbelnde Version geben würde. Ich vermute, dass er dachte, es sei nicht weiter wichtig. Er wäre dann ohnehin tot, und sein posthumes Ansehen, was bedeutete das schon.

Versteht sich, dass der junge Gorman die Informationen, die er Ravelstein zukommen ließ, vorher sorgfältig bearbeitete. Mehr als das, was morgen an die Presse herausgegeben wurde, ging auch nicht an Ravelstein. Aber er wusste, welche Freude er seinem alten Professor mit Insiderinformationen machen konnte, und gab sie deshalb aus Respekt und alter Zuneigung an ihn weiter. Er wusste auch, dass Ravelstein sein ungeheures Reservoir an historischen und politischen Informationen pflegen und aktualisieren musste. Das reichte zurück bis zu Plato und Thukydides – vielleicht sogar bis zu Moses. All die großen Entwürfe der Staatskunst – Systeme, die über Machiavelli bis auf Severus oder Caracalla zurückgingen. Dabei war es entscheidend, die minutengenauen Entscheidungen, die offensichtlich beschränkte Politiker wie Bush und Baker getroffen hatten, in ein möglichst naturgetreues Bild der herrschenden Mächte einzupassen, in die politische Geschichte der Zivilisation.

Daran dachte Ravelstein, wenn er sagte, der junge Gorman beherrsche die große Politik.

Bei jeder Gelegenheit, unter jedem vertretbaren Vorwand, sauste Ravelstein über den Atlantik nach Paris. Was keineswegs hieß, dass er im urbanen Mittleren Westen unglücklich war. Er blieb der Universität verbunden, wo er beim großen Davarr Examen gemacht hatte. Er war durch und durch Amerikaner.

Ich bin in der Stadt aufgewachsen, doch Ravelsteins Familie war erst Ende der dreißiger Jahre aus Ohio hierher gekommen. Seinem Vater, den er mir immer wieder als Liliput-Oger beschrieb, als überempfindlichen kleinen Mann, als auf Disziplin bedachten Neurotiker, bin ich nie begegnet. Einer von diesen kleinen Tyrannen, die ein Kind mit geisteskrankem Geschrei in einer endlosen verrückten Familienoper auf Zack brachten.

Die Universität nahm Absolventen der Highschool auf, die die Eingangsprüfung bestanden. Ravelstein wurde mit fünfzehn zugelassen und war fortan von seinem Vater und auch seiner Schwester befreit, die er beinah ebenso wenig mochte. Wie schon gesagt, er liebte seine Mutter. Doch an der Universität war er alle Ravelsteins los. »Mein geistiges Leben begann eigentlich erst hier. Für mich gab es nichts Besseres als das Leben im Studentenheim. Ich habe nie verstanden, was so schändlich sein soll am Erstarren ›in einem gemieteten Haus‹, wie sich Eliot ausdrückte. Quakt man denn besser auf eigenem Grund und Boden?«

Ohne jemandem etwas zu neiden (Ravelstein hat meines Wissens nie jemanden beneidet), hatte er eine tiefe Schwäche für eine angenehme Umgebung und stellte sich gern vor, in einem der eleganten flachen Gebäude zu wohnen, die früher ausschließlich dem weißen protestantischen angelsächsischen Lehrkörper vorbehalten waren. Als er nach zwei Jahrzehnten an unbedeutenden Universitäten als Lehrstuhlinhaber zurückkehrte, ergatterte er eine Vierzimmerwohnung im begehrtesten Gebäude. Die meisten Fenster gingen zwar auf den dunklen Innenhof, doch dahinter konnte er im Westen den Campus mit seinen neugotischen Türmen aus Indiana-Kalkstein, die Labors, die Studentenheime und die Verwaltungsgebäude sehen. Er blickte auf den Turm der Kapelle – eine Art entkerntes Bismarck-Denkmal, dessen Glocken weit über das Universitätsgelände hinaus erklangen. Als Ravelstein zur landesweiten Berühmtheit avancierte (und auch zur internationalen – allein seine Tantiemen aus Japan waren, wie er ohne jede Bescheidenheit und rot vor Begeisterung sagte, »kriminell«), zog er in eine der besten Wohnungen dort. Jetzt hatte er Ausblick nach allen Seiten. Die verblichene Madame Glyph, die ihm verübelt hatte, dass er bei ihrem Essen für T. S. Eliot aus einer Colaflasche trank, konnte nicht besser gewohnt haben.

Seltsamerweise eignete Ravelsteins Wohnung zugleich etwas Mönchisch-Zurückgezogenes. Die niedrigen Decken waren gewölbt. Der Vorraum mit Mahagoni getäfelt. Die Aufzüge ähnelten Beichtstühlen. Jede Wohnung besaß einen kleinen gefliesten Flur, in dem ein neugotischer Leuchter hing. Auf Ravelsteins Treppenabsatz stand oft ein Möbelstück, das auf den Abtransport wartete und durch eine Neuanschaffung ersetzt worden war – eine Anrichte mit Schubladen, ein kleiner Schrank, ein Schirmständer, ein Pariser Gemälde, dessen Qualität er neuerdings bezweifelte. Ravelstein konnte nicht mit der Sammlung von Matisses und Chagalls konkurrieren, mit der die Glyphs bereits in den Zwanzigern begonnen hatten. Mit seiner Küche übertraf er sie aber mühelos. Bei einem Restaurantausstatter hatte er eine Espressomaschine gekauft. Sie wurde in der Küche aufgebaut, beherrschte das Spülbecken und dampfte und schnaubte explosiv. Ich weigerte mich, seinen Kaffee zu trinken, weil er ihn mit dem chlorierten Wasser aus der Leitung zubereitete. Wegen des riesenhaften Profigeräts kam man nicht mehr an die Spüle. Aber die brauchte er ohnehin nicht – ihm ging es allein um den Kaffee.

Nikki und er schliefen auf Pratesi-Wäsche und unter besonders schön gearbeiteten Angorafellen. Er wusste genau, dass dieser ganze Luxus etwas Komisches hatte. Wenn man ihm die Absurdität vorhielt, blieb er gelassen. Er würde nicht alt werden. Fast bin ich versucht zu sagen, dass er sich in der homerischen Vorstellung wiegte, früh gefällt zu werden. Mit seiner Lust am Leben und seiner ungewöhnlichen Gabe zum großen Überblick wollte er sich nicht in ein paar aussichtslose Jahrzehnte einsperren lassen. Möglich wurde das nicht nur durch das Geld – die unerwarteten Einnahmen aus seinem großen Bestseller –, sondern durch die Fähigkeit, die er in geistigen Auseinandersetzungen bewiesen hatte – die Positionen, die er besetzte, die Kämpfe, die er provozierte, die Dispute mit den Eminenzen der altphilologischen und historischen Fakultäten in Oxford. Er war sich seiner selbst sicher, wie de Gaulle über die Juden gesagt hatte. Und er liebte die Polemik.

Rosamund und ich wohnten in der gleichen Straße, allerdings in einem Gebäude, das an die Maginot-Linie erinnerte. Unsere Zimmer hatten längst nicht den Glanz von Ravelsteins mönchisch-luxuriöser Wohnung. Sie waren schachtelförmig, aber ich musste damals unbedingt einen Unterschlupf finden. Ich war ausgebombt, nach zwölf Jahren Ehe aus meinem Haus oben in der Stadt hinausgeworfen worden. Deshalb war ich froh, Zuflucht in einer dieser Pillenschachteln aus Beton in Ravelsteins Nähe zu finden, nur fünfzig Meter entfernt von seinem schmiedeeisernen neugotischen Eingangstor im Stil des Mittleren Westens und mit Portier in Uniform. – Wir hatten keinen Portier.

Allerdings hatte ich gut fünfzig Jahre aufzuweisen, in denen ich auf diesem sonnenüberfluteten Pflaster an Häusern vorbeigegangen war, in denen einst Freunde gewohnt hatten. Hier zum Beispiel, wo heute der japanische Theologe lebt, hatte vor vierzig Jahren Miss Abercrombie gewohnt. Sie war Malerin und mit einem netten Hippie-Einbrecher verheiratet, der zur Belustigung der Gäste gern vorführte, wie er im ersten Stock einstieg. In jeder einzelnen Straße hier hatten in den vorderen Zimmern Freunde gewohnt – und waren hinter den Schlafzimmerfenstern an den Seiten gestorben. Mehr Freunde als mir lieb war.

In meinem Alter sollte man besser nicht allzu zart besaitet sein. Anders ist es, wenn man ein aktives Leben führt. Im Wesentlichen führe ich ein aktives Leben. Aber es gibt Pausen, und diese Pausen füllen sich schnell mit den Toten, die man um sich hat.

Ravelstein hielt mir hinsichtlich der Wahrheit eine schlichte Ernsthaftigkeit zugute. Er sagte: »Du machst dir selber nichts vor, Chick. Du willst es dir vielleicht zuerst nicht eingestehen, aber schließlich gibst du es zu. Keine sehr verbreitete Tugend.«

Ich bin alles andere als ein Professor, aber ich habe mich so viele Jahrzehnte in der Nähe der Universität bewegt, dass mich manche Professoren als langjährigen Kollegen betrachteten. Und als ich kurz nach meiner Rückkehr in die Nähe der Universität an einem dieser sonnengesprenkelten Tage bei kaltem, trockenem Wetter mit hohen Wolken spazieren ging, traf ich einen Bekannten namens Battle. Er war Professor, ein Engländer, der in einem alten dünnen Mantel durch die frostkalten Straßen lief. Er war bereits jenseits der sechzig, kräftig, rötlich, fleischig und sein großes verfrorenes Gesicht so dick wie süßer, roter Pfeffer. Sein Haar war dicht und lang, und er erinnerte mich manchmal an den Quäker auf der Haferflockenpackung. Er besaß genug Energie, um zwei Männer warm zu halten. Nur die hochgezogenen Schultern waren ein Hinweis auf die Temperatur weit unter dem Gefrierpunkt; die Schultern hoch, die Hände tief, aber nicht die Daumen, in den Manteltaschen versenkt. Die Füße hatte er eng zusammengestellt. Er war nicht das, was wir einen »sportlichen Typ« nannten, sondern trug immer elegante Schuhe.

Battle verfügte dem Vernehmen nach über ein ungeheures Wissen. (Da muss ich glauben, was erzählt wurde, denn wie könnte ich seine Kompetenz in Sanskrit oder im Arabischen beurteilen?) Er war nicht der Oxbridge-Typ, sondern kam aus einer der neu gegründeten Universitäten in England.

Bei einem wie ihm konnte man es nicht mit der Erwähnung bewenden lassen, man habe zufällig einen Professor getroffen, dessen Haare einen Hut überflüssig machten. Battle war im Zweiten Weltkrieg Fallschirmspringer und Pilot gewesen. Einmal durfte er de Gaulle übers Mittelmeer fliegen. Im Zivilleben hatte er es auch als Tennisspieler zu einigem Ruhm gebracht. Außerdem hatte er in Indochina klassische Tänze unterrichtet. Er war sehr gut zu Fuß, ein erstaunlicher Läufer, der einmal einen Straßenräuber verfolgt und geschnappt hatte. Er versetzte ihm einen solchen Hieb in die Magengrube, dass die Polizei den Rettungswagen kommen ließ.

Battle gehörte zu Ravelsteins besten Freunden, und er mochte den guten alten Abe. Dennoch war es fast unmöglich zu sagen, wie Battle Ravelstein beurteilte. Es gab keinerlei Hinweis darauf, was hinter dieser mächtigen Stirn vorging, die kraftvoll auf den buschig vorkragenden Wulst über den Augen niederging, der die gerade Linie seiner Nase durchschnitt und sich zu der schmalen Parallele seiner Lippen fügte – dem Mund eines keltischen Königs. Battle hätte auch als Gewichtheber für Olympia trainieren können. Hier stand ein wahrhaft starker Mann – doch stark wozu? Seine natürlichen Gaben interessierten ihn nicht. Ihm ging es um Feinheiten – verborgene, komplizierte, kühne, hinterhältige, machiavellistische Schachzüge. Er hatte vielleicht die Absicht, einen Institutsvorstand zu frustrieren, indem er den Dekan bewog, eine Information an den Rektor weiterzugeben usw. Niemand würde je herausfinden, dass es derlei Verschwörungen überhaupt gab, geschweige denn, dass man sich darum kümmerte, wer dahinter steckte. Ravelstein, der mir das alles, von Gelächter und seinen kreischenden »da-has« unterbrochen, erklärte, sagte: »Er kommt zu mir, um über private, höchst private da-ha-ha-Angelegenheiten zu sprechen, erwähnt aber nie diese anderen Machinationen.«

Wenn man ihn ermutigte, verriet Ravelstein, was Battle – oder irgendjemand anderes – ihm anvertraut hatte. Seine Rechtfertigung war der Satz eines verstorbenen gemeinsamen Freundes: »Bei mir ist es nicht Klatsch, sondern Sozialgeschichte.«

Damit wollte er sagen, dass Idiosynkrasien keinen Urheberrechtsschutz genossen und wie die Luft und andere kostenlose Gaben jedem zur Verfügung standen. Er gab sich nicht mit psychoanalytischer Spekulation oder einer Alltagsanalyse ab. Für »diese Innensicht-Scheiße« brachte er keine Geduld auf und zog einen geistvollen Witz oder schlichte Gemeinheiten den netten, gut gemeinten Interpretationen der üblichen linken Spielart vor.

Auf der kalten, sonnigen Straße – das Gesicht faltig in der klirrenden Kälte – sagte Battle: »Kann man Abe zur Zeit besuchen?«

»Warum nicht? Er freut sich immer, wenn Sie kommen.«

»Ich habe mich falsch ausgedrückt … Er ist immer aufmerksam zu mir und Mary.«

Mary war eine dicke, geistreiche, kleine, lächelnde Frau. Ravelstein und ich mochten Mary ganz besonders.

»Aber wenn Sie willkommen sind, und er nett zu Ihnen ist, wo ist dann der Haken?«

»Es geht ihm gesundheitlich nicht sonderlich gut.«

»Er gehört zu den großen, starken Männern, die immer Beschwerden haben.«

»Sind die Beschwerden nicht schlimmer als sonst?«

Battle stellte mich auf die Probe und hoffte, mehr über Ravelsteins Zustand zu erfahren. Ich hatte nicht die Absicht, etwas zu verraten, obwohl ich wusste, dass er Ravelstein schätzte – sogar zu ihm aufsah. Bei seltsamen Leuten gehe ich bis zu einem bestimmten Punkt und dann nicht weiter. Jeder frostige Atemzug durch Battles dramatische Nüstern trieb mehr Rot in sein Gesicht. Die Farbe hatte sich bis zu den Ziehharmonikafalten unter seinem Kinn ausgebreitet. Er trug selten einen Hut. Offenbar hielt ihm das schwarze Haar den Hinterkopf warm. Ein Tangotänzer hätte seine Schuhe tragen können. Mir war diese Exzentrität sympathisch, eine Mischung aus unterdrückter Sensibilität und offener Brutalität.

Die Battles, er und sie, schätzten Ravelstein hoch. Sie fühlten mit ihm. Man konnte sicher sein, dass sie sich häufig über ihn unterhielten.

»Also«, sagte ich, »er hatte gleich mehrere Infektionen hintereinander. Die Gürtelrose war besonders schlimm.«

»Herpes Zoster, natürlich«, sagte Battle. »Nervenentzündung. Eklig und schmerzhaft. Greift häufig die Rücken- und Schädelnerven an. Habe solche Fälle schon erlebt.«

Bei diesen Worten konnte ich mir Ravelstein vorstellen. Still lag er unter seiner Daunendecke. Die dunklen Augen tief in den Höhlen, der Kopf auf die Kissen gelagert. Die ganze Haltung deutete auf Ruhe. Doch er fand keine Ruhe.

»Aber das hat er doch überstanden?« sagte Battle. »Hat er nicht wieder was? Irgendwas Neues?«

Er hatte wieder was. Als die Neurologen diese neue Infektion schließlich identifizierten, nannten sie sie Guillain-Barré. Zu diesem Zeitpunkt war sie aber noch nicht diagnostiziert. Abe war aus Paris zurückgekommen, um an einem Diner teilzunehmen, das der Bürgermeister ihm zu Ehren gab. Schwarze Krawatte und Grußadressen – Ravelstein, der so lange nach Anerkennung gehungert hatte, konnte sich einem solchen Ereignis nicht verweigern. Er hatte sich in Paris, wo er sein Sabbat-Jahr verbringen wollte, eine Wohnung an einer Avenue in der Nähe des Élysée-Palastes gemietet, wo Botschaften und die großen Firmenniederlassungen angesiedelt waren. Überall war Polizei, und für Abe wurde es zum Problem, abends nach Hause zu kommen, weil er keine Lust hatte, seine Zeit im bürokratischen Hôtel de Ville zu verplempern und eine *carte de séjour* zu beantragen. Wenn die Polizisten ihn anhielten und nach seinen Papieren fragten, hatte er keine, was zu langen mitternächtlichen Diskussionen führte. Er verwies die Polizei an den Marquis von Dings, seinen Vermieter. Alles, was auf diesen Straßen geschah, hatte etwas Eigentümliches. Selbst die Unannehmlichkeiten bewegten sich in Paris auf allerhöchstem Niveau. Gemessen an seinen eigentlichen Schwierigkeiten waren diese Korsen (für Ravelstein kamen alle *flics* aus Korsika, und ganz egal, wie scharf sie sich auch rasierten, ihr Kinn war immer stoppelig) in jeder Hinsicht unterhaltsam.

Um es kurz zu machen: Ravelstein flog rasch nach Hause, um an dem Bankett, das der Bürgermeister für ihn veranstaltete, teilzunehmen, erkrankte an dieser Infektion (die ein Franzose entdeckt hatte) und musste ins Krankenhaus. Er bekam Sauerstoff. Höchstens zwei Leute durften ihn gleichzeitig besuchen. Er sagte fast nichts. Gelegentlich starrte er mich an und erkannte mich. Seine großen Augen hatten sich tief in seinen kahlen Wachturm von einem Kopf zurückgezogen. Seine Arme, die nie besonders kräftig waren, verloren schnell auch noch den Rest der Muskeln. In den ersten Tagen mit dem Barré-Virus konnte er nicht einmal seine Hände gebrauchen, uns aber dennoch irgendwie mitteilen, dass er unbedingt rauchen müsse.

»Aber bestimmt nicht mit der Sauerstoffmaske. Da fliegt doch alles in die Luft.«

Ich weiß nicht warum, aber immer wieder finde ich mich in der Rolle des Warners, verwende mich für die schlichteste Form des gesunden Menschenverstands ausgerechnet bei Leuten, die auf ihre absolute Unvernunft auch noch stolz sind. Brachten mich immer andere in diese Lage, oder war ich im Grunde meines Wesens genau so? In besonders selbstkritischen Momenten hielt ich mich für den Bourgeois *porte partole*. Ravelstein kannte diesen Schwachpunkt.

In dieser Hinsicht waren Nikki und ich uns gar nicht so unähnlich. Nikki war weit drastischer und sparte nicht mit Kritik. Als Ravelstein an der North Side einen teuren Teppich aus Sukkumian kaufte, brüllte Nikki: »Du hast wirklich zehn Riesen für diese Löcher und losen Fäden gezahlt, nur weil die Löcher beweisen, dass er echt antik ist? Hat man dir erzählt, dass man die nackte Kleopatra in diesen Teppich eingerollt hat? Du gehörst wirklich zu den Leuten, die glauben, Geld solle man aus dem letzten Waggon eines Schnellzugs werfen. Du stehst hinten im Panoramawagen des Twentieth Century und verstreust Hundert-Dollar-Scheine.«

Man hatte Nikki angerufen und ihm mitgeteilt, dass Ravelstein wieder erkrankt sei. Er befand sich noch immer auf seiner Hotelfachschule in Genf, und wir hörten, dass er sofort zurückkam. Niemand bezweifelte Nikkis besondere Zuneigung für Abe. Nikki war vollkommen ehrlich, und zwar von Natur aus. Ein gut aussehender, eleganter jungenhafter Mann mit glatter Haut und schwarzem Haar, ein Orientale. Er verstand sich bewusst als Exot. Damit will ich nicht sagen, dass er Allüren hatte; er war immer vollkommen natürlich. Ich hielt – oder hielt einst – diesen Protegé Ravelsteins für ziemlich verwöhnt. Aber auch da täuschte ich mich. Nikki war allerdings wie ein Prinz aufgewachsen. Schon lange bevor das berühmte Buch, das sich eine Million Mal verkaufte, entstand, war Nikki besser angezogen als der Prince of Wales. Er war intelligenter und kritischer als viele Leute mit besserer Ausbildung. Außerdem besaß er den Mut, auf seinem Recht zu bestehen, genau der zu sein, der er schien.

Das war, wie Ravelstein betonte, keine Pose. Nikkis Auftreten hatte überhaupt nichts Dekoratives oder Theatralisches. Er ist keineswegs streitsüchtig, was aber nicht heißt, »dass er immer kampfbereit ist. Aber sein Selbstverständnis ist so, dass … er kämpft. Ich musste ihn oft genug zurückhalten.«

Wenn er von Nikki sprach, senkte er manchmal die Stimme, um mir mitzuteilen, dass es keinerlei Intimitäten zwischen ihnen gebe. »Mehr wie Vater und Sohn.«

Manchmal hatte ich das Gefühl, dass mich Ravelstein bei allem, was mit Sex zu tun hatte, als hoffnungslos rückständig betrachtete, als Anachronismus. Ich war eng mit ihm befreundet. Aber ich komme aus einer sehr konservativen europäischen jüdischen Familie, deren Vokabular für Inversion zweitausend und mehr Jahre zurückreicht. Der älteste Begriff der jüdischen Vorväter dafür war *Tum-tum* und stammt womöglich aus der babylonischen Gefangenschaft. Manchmal lautete das Wort dafür *androgynus*, das wiederum aus der Zeit Alexanders des Großen und dem Hellenismus stammt – die Verbindung der beiden Geschlechter in einem erotischen, perversen Dunkel. Verbindungen von Altertum und Moderne sprachen Ravelstein besonders an. Er ließ sich nicht auf die Neuzeit beschränken, überschwemmte alle Zeitalter. Und so seltsam es klingt, genau so war er.

Als er die Intensivstation verließ, konnte er nicht mehr gehen. Bald jedoch war er wieder in der Lage, seine Hände ein wenig zu bewegen. Er brauchte seine Hände, weil er rauchen musste. Kaum war er in seinem Krankenzimmer, schickte er Rosamund los, damit sie ihm eine Schachtel Marlboro kaufe. Sie hatte bei ihm studiert, und er hatte ihr alles beigebracht, was seine Schüler verstehen mussten – die Grundlagen und Voraussetzungen seines esoterischen Systems. Natürlich begriff sie, dass er gerade erst wieder selbstständig zu atmen begonnen hatte und dass ihm Rauchen schadete und gefährlich war – höchstwahrscheinlich verboten.

»Du brauchst mir gar nicht erst zu sagen, dass es eine Schnapsidee ist, jetzt zu rauchen. Aber noch schlimmer ist es, nicht zu rauchen«, sagte er zu Rosamund, als er ihr Zögern bemerkte.

Natürlich verstand sie ihn, da sie alle seine Seminare belegt hatte.

»Ich ging also hinunter zum Zigarettenautomaten und brachte sechs Schachteln Marlboro«, erzählte sie mir.

»Wenn du es nicht getan hättest, wären da zehn andere gewesen«, sagte ich.

»Natürlich.«

Im Krankenhaus gingen seine besten Studenten – der innere Kreis – ein und aus und trafen sich plaudernd im Wartezimmer.

Zwei Tage, nachdem er die Intensivstation verlassen hatte, telefonierte Ravelstein, der noch nicht gehen konnte, schon wieder mit Freunden in Paris, um ihnen zu erklären, warum er vorläufig nicht zurückkehren könne. Die Wohnung musste aufgegeben werden. Jemand sollte seinen aristokratischen Vermietern taktvoll nahe bringen, dass er auf die Erstattung des *dépôt de garanti* rechne. Zehntausend Dollar. Sie spuckten es möglicherweise aus, vielleicht auch nicht. Er habe Verständnis für sie, sagte er. Es waren die schönsten, die vornehmsten Räumlichkeiten, in denen er je gewohnt habe, erzählte er mir.

Obwohl er in französischen Akademikerkreisen bestens bekannt war, rechnete Ravelstein nicht damit, seine Kaution wiederzubekommen. Er verfügte über viele wichtige Verbindungen in Frankreich – und auch in Italien. Er wusste aber genau, dass er sein gutes Geld nicht würde einklagen können. »Schon gar nicht in diesem Fall, wo der Mieter ein Jude ist und sich im Stammbaum des Vermieters ein Gobineau findet. Diese Gobineaus waren berüchtigt für ihren Antisemitismus. Und ich bin nicht bloß Jude, sondern was viel Schlimmeres: ein amerikanischer Jude – was in ihren Augen noch gefährlicher für die Zivilisation ist. Ein Jude darf ruhig bei ihnen in der Straße wohnen, aber er soll dann auch richtig dafür bezahlen.«

In einem schwachen Moment, von der Krankheit entkräftet, die Augen nur halb geöffnet und mit einer Stimme, in der die Worte unverständlich waren und er sich hauptsächlich durch Laute verständlich machte – mehrere Tage lang war seine Sprache so reduziert gewesen wie sein Blick –, versuchte er mir mit den Augen und mit Worten etwas zu sagen. Schließlich begriff ich, was er mir sagen wollte – dass er ausgerechnet jetzt einen BMW bestellt hatte.

»Aus Deutschland?«

Es hatte ganz den Anschein, wenn er es auch nicht direkt sagte, dass er importiert werden musste. Ich hatte den Eindruck, dass er sich bereits auf einem Frachter mitten im Atlantik befand. Vielleicht auch schon vom Schiff entladen und auf einem Transporter unterwegs in den Mittleren Westen.

»Für Nikki«, sagte Ravelstein. »Seiner Meinung nach sollte er etwas Besonderes haben, das ganz allein ihm gehört. Das verstehst du doch, Chick? Außerdem muss er ja wahrscheinlich die Schweizer Hotelfachschule verlassen.«

Mir wurde das nicht als Frage vorgelegt. Ich konnte es auch verstehen. Wenn man wie Nikki von Versace, Ultimo und Gucci eingekleidet wurde, fuhr man lieber nicht mehr mit dem Bus. Nachdem ich aber mit dieser Beobachtung mein schrulliges Bedürfnis nach Humor befriedigt hatte, kehrte ich wieder in die Wirklichkeit zurück. Die Wirklichkeit sah so aus, dass Ravelstein so grade am Tod vorbeigeschrammt war. Noch immer hing er an dem, was die Ärzte »Lebensrettungssystem« nennen, der untere Teil seines Körpers war nach wie vor gelähmt, er konnte die Beine nicht bewegen, und selbst wenn und sobald er die Lähmung überwunden haben sollte, musste er mit weiteren Infektionen rechnen.

»Jetzt sag, da-ha-schi, Chick, wie sehe ich aus?«

»Das Gesicht?«

»Gesicht. Kopf. Du hast einen besonderen Blick, Chick. Bitte keine Schmeicheleien.«

»Du liegst da auf dem Kissen wie eine reife Honigmelone.«

Er lachte. Die Augen verengten sich, glitzerten; meine intellektuellen Einfälle bereiteten ihm stets ungewöhnliche Freude. Diese Bemerkung war für ihn ein Zeichen dafür, dass im Oberstübchen noch alles funktionierte. Deswegen hatte er mich gebeten, das Erinnerungsbuch zu schreiben. Zum Thema Auto bemerkte er: »Der Vertragshändler wollte mir irgendeinen weinroten BMW verkaufen. Ich möchte aber den kastanienbraunen. Da drüben ist eine Farbtabelle –.« Er zeigte darauf, und als ich sie ihm reichte, schlug er sie auf. Reihenweise emaillierte Streifen. Ich studierte ganz sachlich die Muster und sagte dann, dass weinfarben nicht gut sei.

»In Geschmacksfragen hast du immer Recht. Nikki ist der gleichen Meinung.«

»Nett von dir. Hätte ich nie gedacht, dass du das merkst.«

»Die Sachen, die du anhast, sind zwar vielleicht nicht die neueste Mode, aber du warst mal ein richtiger Dandy,

Chick – in einer früheren Phase und in bescheidenem Maße. Ich erinnere mich an deinen Schneider in Chicago, an den, der mir einen Anzug gebaut hat.«

»Du hast ihn so gut wie nie getragen.«

»Ich habe ihn zu Hause getragen.«

»Und dann ist er verschwunden.«

»Nikki und ich haben uns dumm und dämlich gelacht über den Schnitt. Perfekt für Las Vegas oder einen Politiker, der auf das jährliche Treffen des Parteiapparats der Demokraten im Bismarck Hotel geht – nimm's nicht krumm, Chick.«

»Tu ich nicht. Ich verschwende nicht so viel Empfindlichkeit auf meine Anzüge.«

»Nikki sagt immer, dein Geschmack bei Hemden und Krawatten sei makellos. Kisser & Asser.«

»Natürlich, Kisser & Asser.«

»Ja!« rief Ravelstein und schloss befriedigt die Augen.

»Ich will dich nicht erschöpfen«, sagte ich.

»Nein, nein.« Abe hielt die Augen noch immer geschlossen. »Für einen guten Witz bin ich immer noch lebendig genug. Du bist besser für mich als tagelang intravenöse Tropfen.«

Ja, er könnte sich auf mich verlassen. Ich war auch am Fenster des Krankenhauses mit dabei. *Ad sum*, wie man in der Schule beim Appell sagte, oder *ab est*, wie wir im Chor sagten, wenn ein Platz leer war.

Die Stadt zeigte meilenweit spätherbstliche Kahlheit – der Boden wurde hart vor Kälte, in den Straßen traten die Äste hervor, die Hauswände sahen aus wie die Wüste von Colorado, die Parks bleichten aus. Die gemäßigten Breiten und ihre Jahreszeiten, langsam machten sie sich davon. Der Winter kam.

Als das Telefon wieder klingelte, ging ich hin; ich wollte ihn vor weiteren Anrufern bewahren. Doch die BMW-Frau war dran, und er wollte mit ihr sprechen. »Gehen wir noch mal diese Liste durch«, sagte er zu ihr. »Bekommen wir auch wirklich Gangschaltung …? Automatik wollen wir nicht.«

Mit allen Extras kostete das Auto achtzigtausend Dollar.

»Und Airbag für den Beifahrer?«

»… und dann die Innenfarbe – das Ziegenlederpolster.« Das CD-Deck, das im Kofferraum installiert war, sollte sechs CDs spielen können! Acht! Zehn!

»Und die Tür lässt sich mit Infrarot-Signal öffnen und schließen? Wir wollen nicht mit Schlüsseln rumfummeln müssen. Ich kann Ihnen keinen gegengezeichneten Scheck geben, ich liege im Krankenhaus. Mir egal, ob das bei Ihnen so üblich ist. Ich muss den Wagen geliefert kriegen, und zwar spätestens Donnerstag. Nikki – Mr Tay Ling kommt Mittwochabend aus Genf. Bis dahin müssen die Papiere fertig sein. Nein, ich habe Ihnen doch wohl schon gesagt, dass ich in meinem Zimmer im Krankenhaus bin. Da-has, da-has, das ist jedenfalls sicher: Es ist keine Nervenheilanstalt. Sie haben meine Kontonummer bei Merrill Lynch. Wie? Sie haben meine Kreditfähigkeit wirklich schnell überprüft, Miss Sorabh – schreibt man das *bh* oder *hb*?«

Pro Tag gab es bis zu einem Dutzend solcher Verhandlungen. »Nikki nimmt es immer peinlich genau«, sagte er.

»Und warum sollte nicht alles vollkommen sein? Ich möchte, dass er hundertprozentig zufrieden ist – Motor, Karosserie, die ganze Elektronik. Alles, wie es sein soll. Torsionsstäbe überprüft. Früher sang der Goldschmied Veit Pogner seine Harmonien, heute müssen die Computer harmonisch sein. Im neuen Auto gibt es keine Barockopern, nur chinesischen Jazz oder so Zeug.«

Nikki konnte, wie ich sehr wohl wusste, recht anspruchsvoll sein. Das zeigte sich schon bei flüchtigen Beziehungen zu anderen Menschen. Bei Gegenständen war es nicht viel anders.

»Ich möchte nicht den Eindruck erwecken, BMW hätte mich wegen meiner Krankheit linken können. Deshalb muss ich mir vorstellen, wie Nikki reagiert. Auf seine zurückhaltende Art ist er äußerst pingelig«, sagte Ravelstein. »Das ist ganz normal. Mein Wohlstand ist natürlich auch seiner. Aber vor einiger Zeit sagte er, wie sehr er sich ein Zeichen von mir wünsche – eine große Geste. Es ist nicht bloß mein Wohlstand, es ist *unser* Wohlstand.«

Ich fragte ihn nicht nach Details. Da er und ich eng befreundet waren, musste ich mir schon selber Gedanken darüber machen, welche Rolle Nikki in seinem Leben spielte. Ich glaube, ich war hinreichend empfänglich, um diese Rolle zu verstehen. Aber vielleicht auch nicht. Ravelstein ließ mich oft an meinen Fähigkeiten zweifeln.

Ich sagte: »Du brauchst ja schon einen ganzen Monat, bis du all die Garantien gelesen hast, die du bekommst.«

»Bei dir klingt es wie lauter Kreuzwegstationen«, sagte Ravelstein lächelnd.

»Bei dieser deutschen Riesenfirma seid ihr gut aufgehoben, du und Nikki. Wie bei einem bürgerlichen Königshaus. Haben sie eigentlich im Krieg Sklavenarbeiter beschäftigt?«

Da seine Arme so dünn und schwach waren, wirkten Ravelsteins Hände unnatürlich groß, als er sich eine der Zigaretten ansteckte, die ihm Rosamund gekauft hatte. Als er die Kippe im Aschenbecher ausdrückte und den Rauch wegwedelte, merkte ich, dass jemand das Zimmer betreten hatte.

Es war Dr. Schley, Ravelsteins Kardiologe. Auch mein Kardiologe. Dr. Schley war klein und zierlich, seine Zierlichkeit aber kein Zeichen von Schwäche. Er war streng. Zusätzliche Autorität verlieh ihm seine langjährige Tätigkeit im Krankenhaus – er war der führende Herzspezialist. Er sagte nicht viel. Das hatte er nicht nötig.

»Haben Sie vergessen, dass Sie eben aus der Intensivstation kommen, Mr Ravelstein? Noch vor wenigen Stunden konnten Sie nicht einmal atmen. Und jetzt saugen Sie Rauch in Ihre schwachen Lungen! Damit ist nicht zu spaßen«, sagte er mit einem Blick auf mich. Ich hätte Ravelstein die Zigarette nicht gestatten dürfen.

Auch Dr. Schley war vollständig kahl, und er hielt das Stethoskop, das aus der Tasche seines weißen Kittels hing, wie eine Steinschleuder in der zornigen Hand.

Ravelstein antwortete nicht. Er hatte keine Lust, sich einschüchtern zu lassen, war aber noch zu schwach, um zurückzuschlagen. Eigentlich waren ihm Ärzte ziemlich egal. Ärzte waren die Bundesgenossen der den Tod fürchtenden Bourgeois. Er hatte nicht die Absicht, einem Arzt zuliebe seine Gewohnheiten zu ändern, nicht einmal für Schley, den er respektierte. Als sie ihm die Zigaretten kaufen ging, war Rosamund sonnenklar, dass er sich nicht mehr ändern würde. Er würde sich niemals zum Gesundheitsfanatiker bekehren.

»Mr. Ravelstein, ich möchte Sie bitten, das Rauchen zu unterlassen, bis Ihre Lungen wieder kräftiger sind.«

Ravelstein antwortete nichts, nickte nur mit dem Kopf. Keineswegs zustimmend. Er sah Dr. Schley nicht einmal an, er sah an ihm vorbei. Schley war nicht sein Primararzt, sein Primararzt war Dr. Ahern. Doch gehörte Schley natürlich zum Team, mehr noch, er war einer der wichtigsten Ärzte. Mich konnte Schley einigermaßen leiden, soweit ich es verdiente. Dr. Schley hätte so etwas natürlich nie ausgesprochen, aber wenn man sich nur ein wenig auf geistiges Echolot verstand, hatte man die Botschaft sofort begriffen. In den höchsten intellektuellen Kreisen war Ravelstein eine Hauptfigur. Ravelstein war ohne Zweifel wirklich wichtig. Ich dagegen war für meine Verhältnisse gut, aber lange nicht so wichtig wie er.

Normalerweise sprach Schley mit mir darüber, dass man den Chinin-Pegel in meinem Kreislauf aufrechterhalten müsse, um den Herzrhythmus zu kontrollieren. Ich hatte manchmal Herzflimmern und war kurzatmig. Die hohen Dosen Chinaglutelin, die er mir vorschrieb, machten mich, wie ich feststellen sollte, auf Dauer etwas taub. Jedenfalls waren meine unbedeutenden Herzbeschwerden praktisch das Einzige, was mich mit Schley verband. Ravelstein aber faszinierte ihn. Ravelstein war für ihn ein großer Streiter in kulturellen und ideologischen Kriegen. Nachdem Abe seine sensationelle Rede in Harvard gehalten hatte, in der er den Zuhörern erklärte, dass sie Angehörige der Elite seien, die sich als Verfechter der Gleichberechtigung ausgaben, sagte Dr. Schley zu mir: »Ja, wer sonst besäße die Bildung, das Selbstvertrauen und die Autorität, um so etwas zu wagen? Und dabei so mühelos, so natürlich!«

Ravelstein wiederum hätte natürlich nie nur einen Arzt gehabt. Er musste jeweils wissen, was er von jedem halten sollte, mit dem er zu tun bekam. Er hatte eine gnadenlose Neugier nicht bloß für die Studenten, die er anzog, sondern auch für Geschäftsleute, Toningenieure, Zahnärzte oder Anlageberater, für Friseure und natürlich für Ärzte.

»Schley ist hier der Boss«, sagte er. »Der einflussreichste Arzt. Er macht Politik. Er überwacht die einzelnen Abteilungen und bezeichnet die Patienten als seine Leute, genau wie bei mir. Und dann sein Privatleben...«

»Ich habe nie über sein Leben zu Hause nachgedacht.«

»Hast du je seine Frau erlebt?«

»Nie.«

»Nach allem, was man hört, muss das bei ihm ein weibliches Königreich sein. Die Frau und die Töchter haben den gesamten Haushalt unter Kontrolle. Leben kann er erst hier in der Klinik und im Labor.«

»Ach, wirklich? Kommt öfter vor bei sehr strengen Leuten ...«

»Wie bei dir, Chick. Du solltest dich auskennen, du hast in dieser Hinsicht reichlich Erfahrung.«

Ich sagte: »Wie der Menschensohn, der keinen Platz hat, sein müdes Haupt zu betten.«

»Du brauchst dir aber nicht selber Leid zu tun. Du hast selber dafür gesorgt, du allein. Keine Klagen, bitte«, sagte Ravelstein.

Ich hatte dem nichts entgegenzusetzen. Ich konnte nur sagen, dass der Arzt keinen Freund, keinen Ravelstein gehabt hätte, um ihn wieder zur Vernunft zu bringen.

»Der arme Schley wird medizinisch immer korrekter«, fuhr Ravelstein fort. »Seine Frau ist ein Besen, und dann diese beiden unverheirateten Töchter. Alle drei Aktivistinnen, schwer beschäftigt mit Feminismus und Umwelt. Der Herr Doktor ist also ein Tyrann in der Klinik und zu Hause das fünfte Rad am Wagen.«

»Und ich habe ihn auch noch erzürnt«, sagte ich. »Ein wahrer Freund hätte dir die Zigarette weggenommen.«

Ich sagte Ravelstein nichts Neues. Ihm entging so gut wie nichts.

Der BMW 740 war fertig und wurde eine Stunde vor Nikkis Ankunft geliefert. Er eilte sofort ins Krankenhaus. Noch immer konnte Ravelstein nicht gehen, Arme und Hände nur eingeschränkt gebrauchen, aber er war in der Lage zu rauchen, und er konnte am Telefon Nummern wählen. Ansonsten war er, wie er es bevorzugte, auf Französisch *hors d'usage*. Rosamund und ich verließen das Zimmer, als Nikki eintraf, und warteten draußen.

Nach einiger Zeit kam Nikki heraus. Er hatte Tränen in den Augen. Ganz selten sprach er mit mir oder anderen Freunden über Ravelstein. Er akzeptierte uns, weil Abe uns auf Herz und Nieren geprüft hatte. Wir waren die Menschen, mit denen Abe über Dinge sprach, die Nikki nicht interessierten. Natürlich hatte Nikki seine eigenen Ansichten über jeden von uns. Und Abe wusste, dass er sein Urteil ernst zu nehmen hatte.

»Du musst sofort nach unten und dein Auto übernehmen«, sagte Rosamund.

Wir begleiteten ihn hinunter und beobachteten, wie sich Nikki hinters Steuer setzte. Der Fahrer der Lieferfirma hatte gewartet und Nikki, wie der später erzählte, in die ganzen Extras des glamourösen 740 eingewiesen. Ich sah kurz auf die Schalter und Anzeigen am Armaturenbrett – es sah aus wie das Cockpit eines Jagdbombers. Ich hätte nicht einmal die Fenster enteisen oder die Motorhaube öffnen können.

Mit diesem unglaublichen Spielzeug wollte Ravelstein Nikki erkennbar ein wenig vom medizinischen Befund ablenken. Vollständig gelang ihm das nicht. Natürlich machte es Spaß, sich in den Sitz gleiten zu lassen, aber Nikki sagte nur, er würde nicht in die Schweiz zurückkehren. Das hatte fürs Erste zu warten. Die Hotelausbildung müsse abgebrochen werden.

Als er dann nach Hause konnte, sagte Abe, er wolle nicht mit dem Krankenwagen transportiert werden. Er sagte, dass Nikki ihn im neuen 740 fahren werde. Dr. Schley vertrat den Standpunkt, dass Ravelstein, der weder gehen noch aufrecht sitzen konnte, auf einer Trage hinausgefahren werden sollte. Abe sagte, er brauche keine Trage, und auch keinen Krankenwagen. Studenten und Freunde würden ihm vom Rollstuhl in den 740 helfen.

Schley war nicht bereit nachzugeben. Er würde Abe die Entlassung verweigern. Abe gab schließlich nach und ließ sich samt Bettzeug auf die fahrbare Trage heben. Er schwieg die ganze Zeit, war aber weder missmutig noch bitter. Die übliche schlechte Laune der Kranken kannte er nicht.

Der 740 stand bereits in einer Garage. Ein Anruf genügte, und binnen weniger Minuten stünde er vor der Tür.

Ich las noch einmal Keynes' Memoiren, die mir Ravelstein als Vorbild empfohlen hatte. Für die Stunden, die ich vor der Intensivstation wartete oder wenn der Patient schlief oder scheinbar schlafend stumm seinen Gedanken nachhing, hatte ich immer ein Buch dabei. Während ich auf den Krankenwagen wartete, saß ich mit Rosamund im Hof von Ravelsteins Haus und las John Maynard Keynes.

In Keynes' Erinnerungen ging es gerade um die Freigabe des deutschen Goldschatzes, mit dem 1919 Nahrungsmittel für die hungernden Städte, über die eine Blockade verhängt war, beschafft werden sollten. Die Kommission, die mit der Überwachung des Waffenstillstandsvertrags betraut war, hatte ihren Sitz in Spa, jenem eleganten Badeort an der belgischen Grenze, wo sich auch das Generalstabsquartier der Reichswehr befunden hatte. Ludendorffs Villa war dort, und auch die Villa des Kaisers und die Hindenburgs – man spürte sofort, dass Keynes ausschließlich für den kleinen Kreis seiner Vertrauten in Bloomsbury schrieb, nicht für die Massen, die nur die Zeitung lasen.

Auf belgischem Boden gehe immer noch der Krieg um, schrieb Keynes. »Die Luft war noch immer schwer vom Gefühl des ungeheuren Zusammenbruchs. Der Ort war umweht von der theatralischen teutonischen Melancholie schwarzer Nadelwälder.« Mit Interesse las ich, dass Keynes Richard Wagner für den Ersten Weltkrieg unmittelbar verantwortlich machte. »Offensichtlich hatte der Kaiser sein Selbstbild an Wagner orientiert. Und war Hindenburg nicht der Bass und Ludendorff der fette Tenor in einer drittklassigen Wagner-Oper?«

Allerdings bestand Gefahr, dass Deutschland in den Bolschewismus abdriften könnte. Hunger und Krankheiten nahmen zu, die Sterblichkeitsziffern schadeten den Alliierten, wie Lloyd George der Konferenz mitteilte. Clemenceau, der darauf antwortete, »begriff, dass er notwendigerweise eine Reihe von Zugeständnissen machen müsse«.

Die Franzosen jedoch widersetzten sich weiterhin dem deutschen Vorschlag, ihre Nahrungsmittel mit Gold zu bezahlen. Clemenceau beanspruchte das deutsche Gold für die Reparationen. Einer der französischen Minister, ein Jude namens Klotz, erklärte, die Deutschen dürften ihre Essensrationen mit allem anderen bezahlen, nur nicht mit Gold. Er könne unmöglich weiter nachgeben, ohne die Interessen seines Landes, »die (und er blähte sich auf und versuchte sich ein würdevolles Aussehen zu geben) ihm anvertraut worden seien«, zu verraten.

Lloyd George – warum komme ich immer und immer wieder darauf zurück? Ich kann nicht erklären, warum es mich derart beschäftigt – wandte sich zornig an Monsieur Klotz, wie Keynes schreibt. »Habt ihr Klotz schon einmal gesehen? Ein untersetzter, stämmiger Jude mit dichtem Schnurrbart und unruhigem neugierigen Blick, die Schultern gekrümmt in instinktiver Unterwürfigkeit. Lloyd hatte ihn immer gehasst und verabscheut. Und jetzt merkte er innerhalb eines Augenblicks, dass er ihn umbringen könnte. Frauen und Kinder müssten hungern, schrie er, aber Monsieur Klotz habe nichts Besseres zu tun, als immer wieder von seinem ›Gooold‹ zu faseln. Er beugte sich vor und deutete für jeden erkennbar eine Handbewegung an, die einen widerlichen Juden meinte, der einen Geldsack umklammert hält. Seine Augen blitzten, und er trug seine Worte mit so viel gewaltsamer Verachtung vor, dass er Klotz beinah anzuspucken schien. Der Antisemitismus, der in einer Versammlung wie dieser nicht weit unter der Oberfläche saß, loderte jedem im Herzen. Jeder sah Klotz voller Verachtung und Hass an; der arme Mann war über seinen Platz gebeugt, sichtbar gekrümmt ... Dann drehte er [Lloyd George] sich um und forderte Clemenceau auf, diese Obstruktionspolitik aufzugeben, da Monsieur Klotz sonst (und hier erhob er die Stimme) zusammen mit Lenin und Trotzki zu jenen gehören würde, die für die Ausbreitung des Bolschewismus in Europa sorgten. Der Premierminister verstummte. Man konnte sehen, wie alle im Raum grinsten und ihrem Nachbarn den Namen ›Klotsky‹ zuflüsterten.«

Es war noch ein Jude anwesend, Dr. Melchior, der im Auftrag der deutschen Reichsregierung teilnahm. Er hatte nicht so gute Verbindungen zu seiner Delegation wie Keynes. Keynes stand auf der Seite von Lloyd George und war jedes Mal gegen Herbert Hoover, wenn über Brotgetreide, Schweinefleisch oder finanzielle Vereinbarungen verhandelt wurde. Melchior war offenbar mit Keynes einer Meinung. Keynes zufolge starrte Melchior vor sich hin, »mit schweren Lidern, hilflos ... wie ein ehrbares Tier, das unter Schmerzen leidet. Warum konnten wir nicht die leeren Formalitäten dieser Konferenz beiseite lassen, das dreifach verriegelte Tor der dreifachen Übersetzung, und stattdessen wie normale, vernünftige Menschen über die Wahrheit und die Wirklichkeit sprechen?«

Deutschland hungerte, und Frankreich war fast verblutet. Die Engländer und die Amerikaner wollten wirklich Lebensmittel zur Verfügung stellen. Schweinefleisch lag tonnenweise bereit; Herbert Hoover brauchte nur die Anweisung erteilen, und es würde geliefert. »Ich musste zugeben, dass unsere jüngsten Handlungen nicht dazu angetan waren, ihm Vertrauen in unsere Aufrichtigkeit einzuflößen, dennoch beschwor ich ihn [Melchior], mir zu glauben, dass ich wenigstens in diesem Augenblick aufrichtig war und die Wahrheit sagte. Er war davon ähnlich bewegt wie ich, und ich vermute, dass er mir glaubte. Wir führten unsere gesamte Unterredung im Stehen. In gewisser Weise war ich in ihn verliebt ... Er würde mit Weimar telefonieren und sie drängen, ihm den Ermessensspielraum zu erweitern ... Er sprach mit dem leidenschaftlichen Pessimismus des Juden.«

Die Stelle, an der ich saß und las, an der ich mit Rosamund auf den Krankenwagen wartete, der Ravelstein nach Hause bringen sollte, war ein kleiner Innenhof hinter dem schmiedeeisernen Tor. Ein ausgemauertes Becken, Sträucher, Gras – sogar Schattenblumen. Frösche und Kröten hätten sich hier wohl gefühlt, man hätte sie bloß aussetzen müssen. Woher hätte man sie geholt? Meilenweit im Umkreis dieses Zufluchtsorts gab es keine Frösche, nur Trümmer. Der Innenhof war eine Art Dekompressionskammer. Einige der Professoren, die hier als Mieter lebten, mochten sich an die Phantasieschlösschen erinnert fühlen, die sich englische Gentlemen im 18. Jahrhundert erbauen ließen. Man wollte sich vor der brutalen Wirklichkeit schützen. Um diesen Zufluchtsort ebenso wie den Slum wahrzunehmen, musste man schon Ravelstein sein. »Da draußen«, sagte er gern und lachte dabei, »da raten einem die Bullen, besser nicht bei Rot zu halten. Im Niemandsland könnte es das Ende bedeuten.« Man dürfe sich nicht von der Geschichte der eigenen Epoche verschlingen lassen, sagte Ravelstein oft. In diesem Sinn berief er sich auch auf Schiller; man solle zwar mit seinem Jahrhundert leben, sich aber nicht zu dessen Sklaven machen lassen.

Den Architekten, der hier kleine Alhambra-Arkaden mit Wasserspielen und Schattenblumen errichtet hatte, musste der gleiche Gedanke bewegt haben. Du kannst in dieser Stadt leben, musst aber nicht dazugehören.

Rosamund, die neben mir am Rand des gemauerten Beckens saß, fühlte sich nicht ausgeschlossen, wenn ich las.

Ravelstein hatte sich erst daran gewöhnen müssen, uns als Ehepaar zu betrachten. Das war insofern eigenartig, da er sonst ein ungewöhnliches Interesse an seinen Studenten zeigte, zu denen ja auch Rosamund gehörte. Hätte man ihn darauf angesprochen, dann hätte er gesagt, bei dieser Art von Erziehung und Bildung mit ihrer ungewöhnlichen

Betonung der »Affekte« – der Liebe, um nicht lange um den heißen Brei herumzureden – sei es unverantwortlich, wollte man so tun, als ließe sich seine Lehre von der Verbindung der Seelen getrennt halten. (So sein altmodischer Ausdruck.) Selbstverständlich gab es auch ein griechisches Wort dafür, aber man kann von mir nicht erwarten, dass ich mich an jedes einzelne griechische Wort, das ich von ihm gehört habe, erinnere. Eros war ein *daimon*, der Genius oder Dämon, mit dem man von Zeus als Entschädigung dafür, dass er die menschliche Ganzheit aufgespalten hatte, versehen würde. Ich bin mir sicher, dass ich diesen Teil des aristophanischen Sex-Mythos richtig wiedergebe. Mit Eros' Hilfe kann jeder von uns weiter nach seiner fehlenden Hälfte suchen. Ravelstein war es Ernst mit dieser Suche; die Sehnsucht trieb ihn an. Nicht jeder spürt diese Sehnsucht oder gesteht sich ein, dass er sie spürt. In der Literatur spürten sie Antonius und Kleopatra, auch Romeo und Julia, näher zur Gegenwart Anna Karenina und Emma Bovary, und auch Stendhals Madame de Renal in ihrer Schlichtheit und Unschuld. Und natürlich spürten andere, auch wenn sie ungebildet waren und unberührt von Erkenntnis, ebenfalls vage diese Sehnsucht. Ravelstein hielt ständig Ausschau danach, und mit diesem Vorbedacht fehlte ihm nicht viel zum Heiratsvermittler. Aus unerfüllten Wünschen das Beste machen. Ein linderndes Mittel für den nicht immer bewussten Schmerz des Verlangens war per se von großer Bedeutung. Unser Leben muss irgendwie weitergehen. Ehen müssen geschlossen werden. Im Ehebruch hoffen Männer und Frauen auf eine kurze Gnadenfrist im lebenslangen Entbehrungsschmerz. Ravelstein hielt Ehebruch deshalb für eine lässliche Sünde, weil uns der Schmerz des Verlangens gnadenlos antreibt. Allerdings war dieses Verlangen dem größten Teil der Menschheit schon auf irgendeine Weise längst ausgetrieben worden.

– Warum bin ich so weit abgeschweift?

Als objektiver Beobachter bin ich verpflichtet, verständlich zu machen, wie Ravelstein vorging. Danach nahm er jemanden erst wahr, wenn er sich für ihn interessierte. Es war kaum zu glauben, wie viele Gedanken er sich über jeden einzelnen Fall machte oder mit welcher Gründlichkeit er die Studenten beobachtete, die er für die höhere oder exklusive Ausbildung akzeptiert hatte, jene, die bereit waren, mit dem großen Teil der orthodoxen sozialwissenschaftlichen Lehre zu brechen, die den Beruf beherrschte. Ravelsteins Jünger waren nicht ohne weiteres vermittelbar. Deshalb musste er sich Gedanken darüber machen, wie für die Auserwählten gesorgt werden konnte. Unter professionellen Gesichtspunkten hatten sie eine prompte Entscheidung getroffen. Ravelstein fragte mich oft nach meiner Meinung. »Was hältst du davon, wenn Smith sich mit Sarah zusammentäte? Er hat schwule Neigungen, wird aber nie richtig schwul werden. Sarah ist eine sehr ernsthafte junge Frau – diszipliniert, eine harte Arbeiterin, die ihre Bücher liebt. Nicht unbedingt ein Genie, aber es spricht einiges für sie. Sie besitzt vielleicht genau den maskulinen Touch, der den jungen Smith glücklich machen könnte.«

Er war so sehr daran gewöhnt, sich Verbindungen dieser Art auszudenken, dass er offenbar auch für mich etwas vorbereitet hatte, nachdem sich Vela von mir hatte scheiden lassen. Meine Fehler waren so unübersehbar, dass man sich nicht darauf verlassen konnte, ich würde überhaupt irgendetwas richtig machen. Vor sieben oder acht Jahren hatte er eine exakte Vorhersage getroffen: »Vela wird bald mit dir fertig sein. Sie ist ständig zu Konferenzen auf der ganzen Welt unterwegs. Nie bleibt sie auch nur eine Woche zu Hause. Du hast etwas von einem Pantoffelhelden, Chick, und dir bleibt jetzt vom gemeinsamen Leben nichts als ihre Kleider, die im Schrank hängen. Sie braucht einen Ehemann nur, um sich ein ehrbares Ansehen zu geben. Ich glaube nicht, dass

Männer für sie das Wichtigste sind. Aber sie ist sowieso seltsam: Sie könnte eine Schönheit sein, ist aber keine, ganz gleich, wie sie sich anzieht oder herrichtet. Du als Künstler, Chick, hast sie als jemanden wahrgenommen, der den Anschein von Schönheit vermittelt. Es stimmt, sie hat schöne Augen, doch wenn man Vela näher betrachtet, hat sie eher die Aura europäischer militärischer Korrektheit. Und wenn sie dich mustert, bestehst du nicht vor ihr. In geistiger Hinsicht kommt sie auf dich zu, läuft dann aber weg, so schnell es ihre Stilettoabsätze erlauben. Sie ist eine seltsame Person, Chick. Aber du bist selber auch ziemlich seltsam. Künstler verlieben sich natürlich, aber Liebe ist nicht ihre größte Begabung. Sie lieben ihre Kunst, den Gebrauch ihrer Genialität, aber nicht echte Frauen. Sie haben eine besondere treibende Kraft. Goethe hatte natürlich seinen Dämon, über den er immerzu mit Eckermann sprach. Und im hohen Alter verliebte er sich in ein blutjunges, sehr hübsches Ding. Doch diese Liebelei war natürlich *dérisoire* – reine Absurdität …«

Auf diese Art pflegte er ein Thema darzulegen. Es war nicht unbedingt schmeichelhaft, aber andererseits schmeichelte er nie jemandem; allerdings kritisierte er auch keinen, bloß um ihn herunterzumachen. Seiner Überzeugung nach ließ sich an der Bereitschaft, das System der Selbstachtung brutal angreifen und völlig vernichten zu lassen, die eigene Ernsthaftigkeit ermessen. Ein Mann sollte in der Lage sein, sich das Schlimmste anzuhören, was es über ihn zu sagen gab, und es auch aushalten.

Nicht lange vorher hatte Vela in ihrer damenhaften, aber gleichzeitig unbeholfenen, unirdischen Weise damit begonnen, die Scheidung einzuleiten. Wie sich herausstellte, beschäftigte sie bereits seit einem Jahr eine Anwältin. Diese Anwältin, die einer bedeutenden Kanzlei in der Innenstadt angehörte, wusste bis auf fünf Cent genau über meine Vermögensverhältnisse Bescheid, und Vela forderte fünfundzwanzig Prozent meines Vermögens, steuerfrei. In ihren Prozessunterlagen entdeckte ich Kopien meiner Kontoauszüge. Allerdings habe ich Dokumente und Belege noch nie weggeschlossen. Sie fuhr regelmäßig in die Stadt, um zum Friseur zu gehen und sich die Augenbrauen zupfen zu lassen. Sie ging dann Kleider und Schuhe kaufen, und aß häufig mit einer Freundin (oder mit ihrer Anwältin) dort zu Mittag.

Zu Hause gab es keine Regeln. Wir hatten ein lockeres Arrangement – einen Haushalt, nicht einen Ort ehelicher Liebe oder gar Zuneigung. Wenn die Vorräte zur Neige gingen, fuhr Vela zum Supermarkt und kaufte die Regale leer: Äpfel, Grapefruits, Fleisch für die Tiefkühltruhe, Kuchen, Tapiokapudding als Nachspeise, Thunfischdosen und Hering in Tomatensoße, Zwiebeln, Reis, Cornflakes, Bananen, Salat, Honigmelonen. Verschiedentlich hatte ich ihr beizubringen versucht, dass man eine Melone aussucht, indem man an der Unterseite riecht, aber offensichtlich wollte sie nicht dabei beobachtet werden, wie sie etwas machte, was nicht zu einer schönen und zarten Frau passte. Sie kaufte Brot und Semmeln, Reinigungsmittel für die Spülmaschine, Stahlwolle für die Töpfe. Schließlich wurden Einkäufe im Wert von mehreren hundert Dollar in Kartons angeliefert. Sie kehrte nicht zur Wohnung zurück, sondern fuhr weiter zur Universität. Ich nahm die Lieferung zu Hause in Empfang und füllte den Kühlschrank und die Regale in der Küche auf. Die Kartons trat ich flach und brachte sie zum Aufzug nach unten. Ich hatte ein gutes Verhältnis zum Hausmeister und wollte ihn nicht wegen des Abfalls bemühen.

Der Dichter und Übersetzer Kerrigan, der mit seiner Schwiegermutter im Stockwerk über uns wohnte, fragte mich eines Tages, warum ich mich selber um die Beseitigung meines Mülls kümmere. Als ich ihm mein Verhältnis zum Hausmeister erklärte, sagte er: »Hier wird jeder respektiert, nur Sie nicht.« Ich antwortete nur, dass er damit möglicherweise Recht habe, der Hausmeister aber geschont werden müsse und außerdem angedeutet habe, dass ihm seine Würde wichtig sei. Und dass ich lieber die plattgemachten Kartons nach unten schleppte, als mir Gedanken über seine Forderung nach Anerkennung zu machen.

Ohne zu merken, wie nah wir dem Endstadium bereits waren, versuchte ich bis zuletzt, aus Vela schlau und mir über ihre Motive wenigstens einigermaßen klar zu werden. Taten waren ihr lieber als Worte, und sie gab auch zu, dass sie mir sprachlich nicht gewachsen war. Als ich eines Tages ein Buch las (mein täglich Brot), betrat sie vollkommen nackt das Zimmer, kam zu mir ans Bett und rieb ihr Schamhaar an meiner Wange. Ich reagierte erwartungsgemäß, sie aber drehte sich um und ging; das war ihre Art, sich zu äußern. Ohne ein einziges Wort hatte sie mühelos gewonnen. Ihr Körper sprach für sie, und zwar sehr effektvoll, sagte, das Ende sei nahe.

Nichts in dem Buch, das ich im Bett las, konnte mir auch nur im Entferntesten helfen. Ich konnte mich auch nicht auf die Suche nach Vela machen, um sie zu fragen: »Was hat dieses Verhalten zu bedeuten?« Die große Wohnung war in zwei Zonen unterteilt – sie hatte ihre, ich die meine. Ich hätte nach ihr suchen müssen, und sie hätte sich wohl ohnehin geweigert, über die Botschaft zu diskutieren, die sie gerade überbracht hatte.

Deshalb wandte ich mich an Ravelstein. Ich rief ihn an und sagte ihm, dass ich dringend mit ihm reden müsse. Dann fuhr ich quer durch die Stadt, eine Strecke von zwölf Meilen. Das hatte ich mittlerweile ausgerechnet: Die ursprünglichen Planer oder Gründer hatten sie so angelegt, dass auf die Meile acht Häuserblocks kamen.

Bei der Ankunft trank ich ausnahmsweise den Kaffee, den mir Ravelstein anbot. Ich brauchte jetzt etwas Starkes. Natürlich war mir bewusst, welch leidenschaftliches Interesse er an einem Vorfall hatte, wie ich ihn gleich schildern würde. Die unberechenbaren Improvisationen, zu denen sich die Menschen in Stress retten – je dünkelhafter diese Improvisationen gerieten, desto mehr freuten sie ihn.

»Nackt also? Das war ihr Statement, wie man in der Branche sagt. Und welchen Eindruck hattest du? Was wollte sie dir auf ihre unverbildete Art sagen?«

»Meinem Eindruck nach wollte sie sagen, dass sie nicht mehr zur Verfügung steht.«

»Ah, der Abschiedskuss. Und du hast nicht damit gerechnet – oder hast du es vielleicht doch schon in den Knochen gespürt?«

»Natürlich habe ich es gespürt. Wir beiden haben es nie auf die Reihe gekriegt.«

»Aber sind dir da nicht ein paar Dinge entgangen, Chick? Ich will dir nicht vorwerfen, dass du von ihr erwartet hast, sie solle sich wie eine Ehefrau nach deiner Vorstellung verhalten. Aber die Frauen haben ihre eigenen Vorstellungen. In ihrem Bereich hat Vela einen großen Ruf. Sie ist eine hochrangige Wissenschaftlerin, wie ich höre, und hat deshalb vielleicht keine Lust, das Abendessen für dich zu kochen und Schlag fünf mit dem Kartoffelschälen anzufangen.«

»Sie ist in einem Land aufgewachsen, in dem Hunger herrschte …«

»Nach allgemeiner Überzeugung stellt man als Chaos-Physikerin etwas dar; ich verstehe nichts davon, aber es verleiht offenbar höchstes Prestige. Nur du hast ihr die Anerkennung verweigert.«

»Sie kam zu mir, um mir zu sagen, dass mir ihr Körper nicht mehr zur Verfügung steht. Wenn sie etwas Wichtiges mitteilen wollte, zog sie Taten immer Worten vor. Dass wir heiraten wollten, eröffnete sie ihrer Mutter erst am Tag von

Mamas Rückkehr nach Europa am Flughafen, als der Flug aufgerufen wurde, und sagte im letztmöglichen Augenblick: ›Ich habe mich entschlossen, Chick zu heiraten.‹ Das alte Mädchen hasste mich. Vela gab sich gern den Anschein, ihre Mama zu lieben, ärgerte sie aber bei jeder denkbaren Möglichkeit.«

»Ist also das Gegenteil wahr?« fragte Ravelstein.

»Ich weiß nicht, was wahr ist, und auch sonst weiß es niemand. Die Leute machen sich die Mühe, eine Meinung über sich selber zu organisieren, und diese Meinung verhilft ihnen zu jener Stetigkeit oder wenigstens dem Anschein von Stetigkeit, wie ihn die Gesellschaft offenbar erwartet. Aber bei Vela gab es wirklich keine organisierte Meinung …«

»Schon gut«, sagte Ravelstein, »dennoch hattest du die Vorstellung, dass sie dich einmal lieben könnte. Dass sie dich lieben würde, weil du *liebenswert* bist. Dabei hat deine Vela ihren Intellekt bereits der Physik gewidmet. Nichts hätte ihr ferner liegen können als die Idee, ein inniges Familienleben zu führen. Damit kommen wir zum Supermarkt, wo Vela Vorräte im Wert von mehreren hundert Dollar kauft und sie von jungen Kriminellen, die unter der Aufsicht von Bewährungshelfern stehen, kartonweise nach Hause schaffen lässt. Du kannst diesen Scheiß selber kochen, kannst ihn allein mit dir essen und anschließend die Töpfe schrubben. Genau wie deine Mutter, nachdem sie die Familie mit einem ordentlichen Essen gefüttert hat, das sie zuvor liebevoll zubereitet hatte. Du hast dir eingebildet, dass sie dich lieben würde, wenn du sie dazu bringen könntest, dein Essen mit Liebe zuzubereiten. Ihr Kommentar dazu ist reine Satire; sie schickt dir die Einkäufe, als gehörte sie in ein ganz anderes Universum. Und du gehörst in ein drittes, in das verschwindende Universum der altmodischen Juden. Die Seele des anderen ist ein dunkler Wald, wie die Russen sagen … du liebst doch russische Sprichwörter.«

»Aber nicht jetzt.«

»Ich kann dir sagen, dass die Russen nicht ganz so menschlich sind, wie sie uns glauben machen wollen. Diese ganzen östlichen Reiche werden von der Polizei kontrolliert.«

»Und der dunkle Wald ist die Seele, nur dass man nicht erwarten darf, dort Zuflucht vor dem KGB zu finden. Aber jetzt ist mir nicht nach Witzen zumute.«

»Weiß ich«, sagte Ravelstein. »Sie hat dich davon in Kenntnis gesetzt, dass du keinen Anspruch mehr auf ihren Körper hast. Dein Mietvertrag ist ausgelaufen. Aber er war nie für eine unbegrenzte Dauer gedacht. Man kann von den Menschen nicht verlangen, dass sie ohne Liebe oder wenigstens ein Simulacrum leben. Eine nette kleine sexuelle Beziehung, damit geben sich die meisten zufrieden.«

Als die Formalitäten abgeschlossen waren, rechnete ich nicht damit, dass Vela vor Gericht erscheinen würde. Genau das tat sie aber, erschien in einem hochgeknöpften Jackett, in dem sie eher wie ein Herold denn wie eine Frau wirkte, mit Messingknöpfen vom Hals bis zu den Knien; dazu das Make-up und die glatt zurückgekämmten Haare einer Tänzerin im Ballsaal. Es ist so gut wie unmöglich, die Botschaften, die sie verströmte, wiederzugeben. Ich hatte meine Chance gehabt, die mir mit ungewöhnlicher, königlicher Großzügigkeit gewährt wurde, und es war unverkennbar, dass ich mich ihrer nicht würdig erwiesen hatte.

Sie hatte eine eigentümliche Rationalität entwickelt, die vollkommen unbegreiflich war, aber auf 18-karätigen Grundsätzen beruhte. Dennoch gab es bei ihrem königlichen Gehabe auch eine Schwachstelle. Wer glaubte, er könne sagen, woher Vela kam, irrte sich. »Es mochte vielleicht den Anschein haben, dass ein solcher Mann (Chick) mein Ehemann sein könnte, aber das war ein Irrtum – q.e.d.« Sie ging davon mit ihrem seltsamen Gang, jeder Schritt ein Tritt. Nur die Zehen waren beteiligt. Die Hacken waren für sich. Dabei war das überhaupt nicht grotesk, sondern auf seltsame Art ausdrucksvoll, ohne dass jemand hätte sagen können, was genau es bedeutete.

Rosamund war bei Ravelstein kein Star gewesen, aber auf ihre Art sehr gut. »Ihre Arbeit ist so gut wie die der anderen. Ihr Griechisch ist überdurchschnittlich, nichts entgeht ihr, sie versteht die Texte perfekt. Sehr nervös und wenig Selbstsicherheit. Außerdem ist sie sehr attraktiv, oder? Nicht dieser üppige Typ, aber richtig hübsch.«

Er ahnte nichts. Ravelstein sollte Rosamund nicht für mich abschätzen. Ich konnte es nicht zulassen, dass er für mich wie für einen seiner Studenten eine Ehe arrangierte. Ich ließ ihn im Dunkeln tappen, und das gefiel ihm überhaupt nicht. Wenn er überhaupt nichts für einen empfand, dann war ihm herzlich egal, was man machte. Gehörte man zu seinen Freunden, fand er es nicht besonders gut, wenn man die Sache selber in die Hand nahm. Es beunruhigte ihn sehr, wenn ihn seine Freunde, egal bei welcher Angelegenheit, im Dunkeln ließen – vor allem jene, mit denen er täglich zusammen war.

Der Krankenwagen, der Ravelstein von der Klinik nach Hause brachte, rollte langsam am Bordstein aus, und Rosamund und ich standen auf. Ich klappte das Buch zu, in dem ich über den Brief gelesen hatte, den Keynes seiner Mutter geschrieben hatte, um ihr seine Aufgaben als Stellvertreter des Schatzkanzlers beim obersten Wirtschaftsrat zu erläutern. Völlig geräuschlos rollte schnell die Tragbahre vorbei, und ich sah Ravelsteins Kopf, diese weiche, nackte Melone, der wir durch die Alhambra-Bögen der Arkaden und vorbei an den Schattenpflanzen und der tröpfelnden Fontäne im vermoosten Becken folgten. Hinter der Bahre eilte Nikki durch die Messing- und Glastüren.

Rosamund und ich fuhren mit dem Personenaufzug ganz nach oben. Böse Buben hatten überall gedrückt, wir hielten deshalb fast auf jeder Etage. Durch das beständige Öffnen und Schließen der Aufzugtüren dauerte die gesamte Fahrt annähernd fünfzehn Minuten. Als wir endlich oben ankamen, war Ravelstein bereits in seinem Zimmer, allerdings nicht im Himmelbett. Ein Krankenbett war ihm verordnet worden, und darüber installierte ein Mechaniker ein großes gleichseitiges Dreieck aus röhrenartigem rostfreien Stahl. Ravelstein konnte damit sein Gewicht verlagern. Wenn er sich für die Physiotherapie auf einen Stuhl setzen musste, wurde ihm die Basis des Dreiecks unter die Oberschenkel geschoben. Als er geschwächt nach den Stahlrohren griff, wurde der Sprungfeldrahmen ganz langsam von einer kleinen surrenden Maschine am Fußende des Bettes nach oben gezogen. Plötzlich sah man seine entkräfteten Beine aus dem Bettlaken kommen und nach oben fahren. Weil er die Augenlider nicht ganz öffnen konnte, spiegelte sich in seinem Gesicht auch nur der halbe Schreck.

Er dachte jetzt vielleicht über die Materie nach, über Masse, die physische Bewältigung des Lebens, die unzählbaren Möglichkeiten, durch die man beschädigt, verwundet, getötet werden konnte – ein für ihn ungewöhnlicher Gedankengang. Plötzlich war eine Schwester erschienen, und der Mechaniker (ein technischer Angestellter des Krankenhauses) hielt sich zu ihrer Unterstützung bereit. Ravelstein schwebte über die Bettkante und wurde dann ganz langsam in den Rollstuhl gesenkt. Dr. Schleys Ziel war es, Abe wieder zum Stehen zu bringen, damit die Muskeln erstarkten. Die langen, langen Beine hatten keine Schenkel, und auf der weißen Innenseite der Arme konnte man die Venen sehen. Unweigerlich dachte man an das vergiftete Blut darin. Während die Schwester versuchte, seine Genitalien zu bedecken, schien er über eine drängende Frage nachzudenken – vielleicht ob ein solcher Kampf um die

Existenz überhaupt sinnvoll war. War er nicht, aber Ravelstein kämpfte trotzdem. Er hielt den vermutlich sehr kalten Stahl umfasst, die beiden Fäuste nah den riesigen Ohren, nah an den Haaren, die am Hinterkopf unter der kahlen Fläche abstanden. Manche Glatzköpfe behaupten sich mit ihrer Stärke. Ravelsteins Kopf war so einer. Jetzt aber war dieser Kopf verwundbar geworden. Ich vermute, dass Ravelstein wusste, welches Bild er abgab, in einer Art Takelage vornübergekrümmt, in Erwartung des Schreckens und lächerlicher Hysterie. Inzwischen allerdings war er von seinem Dreieck befreit worden und saß im Rollstuhl; das Dreieck war unter ihm weggezogen worden. Nikki fuhr ihn in der Wohnung herum. Rosamund und ich folgten den beiden von Zimmer zu Zimmer.

Nichts war angetastet worden. Zwei Frauen hielten die Wohnung instand – die Polin Wadja, die dienstags putzte, und die schwarze Mrs Ruby Tyson, die für richtige Arbeit viel zu alt war und freitags kam. Mrs Tysons Aufgabe bestand darin, die Würde jeden Haushalts zu bewahren, in dem sie arbeitete. Für Wadja war Ravelstein nur ein lauter Jude – der in ihrer Phantasie wahnsinnige Geldmengen besaß und grob und unbegreiflich war. Ruby verstand Ravelstein besser: Er war ein Professor, eine rätselhafte, weiße Persönlichkeit. So gut es so ein Weißer überhaupt konnte, behandelte er sie mit Nachsicht wegen ihrer Probleme mit ihrer Tochter, die als Prostituierte arbeitete, dem eingesperrten kriminellen Sohn und dem anderen Sohn, dessen HIV-Probleme und weitverstreute Frauen und Kinder sich jeder Beschreibung entzogen. Ravelstein hörte sich an stillen Nachmittagen manchmal halb träumerisch und mitleidig Ruby Tysons Geschichten an, die weit über sein Interesse und Verständnis hinausgingen. Die alte Frau war ruhig, verhielt sich würdevoll und schmerzlich zurückhaltend. Man kann sich vorstellen, wie Ravelstein zuhörte – was für ein Chaos das Leben dieser Menschen sein musste. Diese alte Frau hatte den Umgang mit den Weißen von den Dekanen und Rektoren und den anderen akademischen Bürokraten erlernt, deren Betten sie machte und in deren Salons sie abstaubte. Und außerdem natürlich deren familiäre Probleme, die besonderen, die psychiatrischen Geheimnisse ihrer Ehefrauen – Stunde um Stunde konnte sie Ravelstein davon erzählen. In seiner Wohnung tat sie nichts; den größten Teil der Zeit, für die sie bezahlt wurde, verbrachte sie auf einem Hocker in der Küche. Gelegentlich erhob sie sich und backte einen Kuchen. Die stämmige, kräftige und aggressive Wadja war für Schrubben und Scheuern zuständig. Wadja rückte die Möbel, putzte das Klo, fuhr mit dem Staubsauger durch die Wohnung, scheuerte die Töpfe und spülte das Kristall. Sie geriet leicht in Hitze und zog dann ihr Kleid und den Unterrock aus. Sie arbeitete in einem riesenhaften BH und einem schwellenden Zuave-Schlüpfer.

Als sie Ravelstein im Rollstuhl erblickte, schwankte Wadjas Gesichtsausdruck zwischen Mitgefühl und Ironie, eine Augenbraue war hochgezogen. Jede Menge unterdrückter Kommentare glitt über den mopsnasigen Hang ihres Gesichts. Ja, ja, es war sehr schlimm! Aber andererseits war er bloß ein Jude. Wenn sie wischte oder Teile polierte, konnte man manchmal hören, wie sie *»moischele«* murmelte. In den ersten Tagen war Ravelstein noch so schwach, dass er sie nur mit erhobenem Zeigefinger begrüßte. Zu Nikki sagte er: »Lass sie um Himmels willen nicht in die Nähe des Lalique!«

»Sie schwenkt die Weingläser unter dem laufenden Wasserhahn aus«, sagte Ravelstein zu mir. »Sie zerdeppert sie am Hahn. Ich zeigte ihr, was sie angerichtet hatte. Sie begann zu weinen. Sie sagte, sie wolle mir bei Woolworth neue Gläser kaufen. Ich sagte: ›Wissen Sie, was diese Lalique-Gläser kosten?‹ Als ich eine Zahl nannte, grinste sie. Sie sagte: ›Sie sind ein Witzbold, Mister.‹«

»Du hast ihr den Preis genannt?«

»Man denkt dann unweigerlich daran, dass diese Frauen auch mit dem männlichen Penis so grob umgehen«, sagte er. »Stell dir bloß vor – wenn er aus Glas wäre.«

Vielleicht ist an dieser Stelle eine kleine Dokumentation angebracht, um zu zeigen, was ich Ravelstein bedeutete und er mir. Uns – den Hauptbeteiligten – war das selber nie so deutlich. Ravelstein hätte nicht gewusst, warum er sich hiermit lange aufhalten sollte. Er sagte, er sei mehr als zufrieden, dass ich allem, was gesagt wurde, zu folgen vermochte. Als er krank war, besuchte ich ihn täglich, und wir führten lange Telefongespräche, wie es sich für alte Freunde gehörte. Wir waren eng befreundet – was war da noch mehr zu sagen? In meiner Schreibtischschublade finde ich Mappen, die Seiten und Seiten über Ravelstein enthalten. Doch führen diese Angaben nur scheinbar zu ihrem Gegenstand. Es gibt keine allseits akzeptierten modernen Ausdrücke, mit denen sich über Freundschaft oder andere höhere Formen wechselseitiger Verbundenheit reden ließe. Der Mensch ist ein Geschöpf, das über alles, was sich unter der Sonne ereignet, etwas zu sagen weiß.

Ravelstein wollte mir alles erklären. Aber warum machte er sich die Mühe, mir das alles zu erzählen, dieser kräftige Jude aus Dayton in Ohio? Weil es unbedingt gesagt werden musste. Er war HIV-positiv, und er starb an den daraus resultierenden Komplikationen. Entkräftet, wie er war, zog er sich eine endlose Reihe von Infektionen zu. Dennoch wollte er mir wieder und wieder erklären, was Liebe sei – das Bedürfnis, das Bewusstsein der Unvollständigkeit, das Verlangen nach Ganzheit, und wie die Schmerzen des Eros sich mit den ekstatischsten Freuden verbanden.

Einen besseren Moment finde ich wahrscheinlich nicht, um in Erinnerung zu rufen, dass ich meinerseits Ravelstein freimütig zu beichten vermochte, was ich sonst keinem sagen konnte, meine Schwächen zu schildern, meine verderbten, beschämenden Geheimnisse und die kräfteverzehrenden Ausflüchte. Meistens fand er meine Bekenntnisse zum Schreien lustig, am lustigsten die mentalen Morde. Vielleicht gab ich ihnen unbemerkt einen komischen Dreh. Er jedenfalls fand sie zum Brüllen und sagte: »Hast du je Dr. Theodor Reik gelesen, den berühmten deutschen Psychoanalytiker? Pro Tag ein mentaler Mord, und der Psychiater bleibt fort.«

Dass ich streng mit mir war, hielt Ravelstein allerdings für ein gutes Zeichen. Selbsterkenntnis verlangte nach Strenge, und ich war jederzeit bereit, mit jenem proteischen Monster, dem Selbst, einen Ringkampf auszutragen; deshalb bestand noch Hoffnung für mich. Ich wäre aber gern noch weiter gegangen. Mir schwante, dass man nicht durch und durch gekannt wurde, ehe man nicht eine Möglichkeit fand, etwas, was nicht mitteilbar war, mitzuteilen – die höchstpersönliche Metaphysik. Ich machte mir das damit klar, dass niemand vor seiner Geburt das Leben dieser Welt gesehen hatte. Dieses Mysterium, die Welt, zu begreifen, war eine okkulte Herausforderung. Aus dem Nichts, aus dem Nicht-Sein oder dem Ur-Vergessen kam man in eine vollständige entwickelte und artikulierte Wirklichkeit. Nie zuvor hatte man das Leben gesehen. In dem Intervall des Lichts zwischen der Dunkelheit, in der man auf seine Geburt wartete, und dann der Dunkelheit des Todes, die einen schließlich aufnehmen würde, musste man sich, so gut es ging, mit der Wirklichkeit auseinandersetzen, die sich in einem Zustand weit fortgeschrittener Entwicklung befand. Ich hatte Jahrtausende darauf gewartet. Nachdem ich – in der Küche – Laufen gelernt hatte, schickte man mich hinaus auf die Straße, damit ich diese näher kennen lernte. Einer meiner ersten Eindrücke waren die riesigen hölzernen Telegrafenmasten, die die Straßen säumten. Sie waren biberfarben, weich und verfault. Auf den Querbalken oder Armen trugen sie viele Drähte oder Kabel, die sich in unendlicher Folge senkten, hoben, wieder senkten und wieder hoben. Auf dem Kabel zwischen den Masten saßen die Spatzen, flogen davon, kamen wieder, um sich niederzulassen. Die ausgeblichenen Ziegelsteine neben dem Gehsteig zeigten im Sonnenuntergang ihr ursprüngliches Rot. Damals sah man nur selten ein Auto. Aber man sah Einspänner, Eiswagen, Bierfuhrwerke und die riesigen Pferde, die sie zogen. Ich erkannte die Menschen an ihren Gesichtern – rot, weiß, faltig, fleckig oder weich, lächelnd, gewalttätig oder zornig –, an ihren Augen, Mündern, Nasen, Stimmen, Füßen und Gesten. Wie sie sich herabbeugten, um einen kleinen Jungen zu erheitern, zu fragen, zu verspotten oder liebevoll zu drangsalieren.

Gott erschien mir sehr früh. Seine Haare waren in der Mitte gescheitelt. Ich begriff, dass wir miteinander verwandt waren, weil er Adam nach seinem Bild geschaffen und ihm Leben eingehaucht hatte. Mein ältester Bruder kämmte sich auch so. Zwischen dem älteren Bruder und mir war noch ein anderer Bruder. Älter als wir alle war unsere Schwester. Egal ... das war die Welt. Ich hatte sie nie zuvor gesehen. Ihr erstes Geschenk war sie selber. Gegenstände zogen dich an und hielten dich mit einem magnetischen Imperativ fest, der einfach da war. Es war ein Privileg, wenn einem erlaubt war zu sehen – zu sehen, zu berühren, zu hören. Ravelstein hätte man diese Welt wahrscheinlich schildern können. Aber er hätte wegwerfend erwidert, dass Rousseau das gleiche Thema bereits in seinen *Bekenntnissen* oder seinen *Träumereien eines einsamen Spaziergängers* abgehandelt habe. Ich hatte nicht das Gefühl, diese ersten epistemologischen Eindrücke seien vorweggenommen oder abgetan. Gut siebzig Jahre lang hatte ich die Wirklichkeit unter diesen Zeichen wahrgenommen. Außerdem hatte ich auch das Gefühl, dass ich Tausende von Jahren warten müsste, um diese rätselhaften Phänomene zu sehen, zu hören, zu riechen und zu berühren – mein Leben zu leben, ehe ich wieder verschwinden musste, weil meine Zeit abgelaufen war. Ich hätte zu Ravelstein sagen können: »Ich hatte ein einziges Leben zu leben.« Doch er war da dem Tod schon zu nahe, als dass man in solchen Begriffen mit ihm hätte reden können, und ich musste meinen Wunsch, mich ihm durch die Schilderung meiner höchstpersönlichen Metaphysik völlig bekannt zu machen, aufgeben. Nur ganz wenige herausragende Seelen haben je eine Möglichkeit gefunden, solche Offenbarungen zu empfangen.

Weitere kindliche Vorstöße in die Außenwelt: In der Roy Street in Montreal war ein Zugpferd auf dem vereisten Pflaster ausgerutscht. Die Luft ist dunkel wie graues Mantelfutter. Ein kleineres Tier wäre vielleicht wieder auf die Beine gekommen, doch dieses Tier mit seinen riesigen Schenkeln strampelte nur hilflos mit den Hufen in der Luft. Der langhaarige *percheron* mit den erschreckten Augen und den hervortretenden Adern braucht einen Riesen, der ihn rettet, aber ein paar kleine Männer an der Ecke können nur Vorschläge herüberrufen. Dem Polizisten sagen sie, er habe Glück, weil das Pferd in der Roy Street gestürzt sei; hier könne er seinen Bericht leichter schreiben als in Lagauchettierre. Eine seltsame, endlose Prozession von Mädchen, die in schwarzen Schuluniformen in Zweierreihen vorübermarschieren. Die Gesichter weiß wie bei Tb-Kranken. Die Schwestern, die sie beaufsichtigen, wärmen sich die Hände in den weiten Ärmeln. Die Pfützen in dieser ungepflasterten Straße sind tief, und auf ihrer Oberfläche schwimmt eine Eisschicht.

Bei Kindern dulden Erwachsene solche Eindrücke – die wirkliche Wirklichkeit. Bis zu einem gewissen Alter lässt sich nichts dagegen unternehmen. Vielleicht dauert es in wohlhabenden Familien sogar etwas länger. Doch Ravelstein hätte womöglich dagegen eingewandt, dass dabei Maßlosigkeit drohe. Entweder lebt man weiter seinen Epiphanien, oder man schüttelt sie ab und erlernt einen Beruf, erfüllt seine Pflichten, befreundet sich mit rationalen Grundsätzen und interessiert sich für die Gesellschaft oder für Politik. Dann verschwindet das Gefühl, man käme von »woanders« her. In der Theorie Platos ist alles Wissen eine Erinnerung an eine frühere Existenz anderswo. In meinem Fall war Ravelstein der Meinung, dass die Schärfe der Beobachtung viel tiefer reiche, als sie eigentlich sollte, und dass sie unbegreiflicherweise nur um ihrer selbst willen aufrechterhalten werde. Die Menschheit habe vorrangig Anspruch auf unsere Aufmerksamkeit, und ich gebe meiner »höchstpersönlichen Metaphysik« zu sehr nach, fand er. Seine Strenge tat mir gut. In meinen fortgeschrittenen Jahren war ich zu einer Veränderung nicht mehr in der Lage, aber ich dachte, es sei herrlich, dass mich jemand, der mich liebte, auf meine Fehler und Versäumnisse hinwies. Dennoch hatte ich nicht die Absicht, die metaphysischen Linsen, mit denen ich geboren war, durch eine kritische Operation entfernen zu lassen.

Das gehört zu den Fallen, die die liberale Gesellschaft für uns aufgestellt hat – man bleibt kindisch. Abe hätte vermutlich gesagt: »Du hast die Wahl. Entweder du beobachtest weiter wie ein Kind, oder du entschließt dich aufzuwachen.«

Ravelstein erholte sich also wieder von noch einer anderen Krankheit und lernte ungefähr zum zehnten Mal, wie man sitzt. Nikki lernte, den Dreieckslift zu bedienen, und als sich Ravelstein besser fühlte, gingen Rosamund und ich hinter Nikki her, der den Rollstuhl schob. Ravelstein hatte die Augen halb geschlossen, sein Kopf war zur Seite gesunken. Von Nikki geschoben, rollte er durch die große Wohnung, die für glücklichere, gewöhnlichere Seelen gedacht war. Aber das war sein Königreich, und alle seine Besitztümer befanden sich hier.

Rosamund hatte Tränen in den Augen, als sie mich fragte, ob er sich je wieder erholen würde.

»Ob er sich gegen Guillain-Barré durchsetzen kann? Ich glaube, dass er gute Chancen hat«, sagte ich. »Vergangenes Jahr war es Gürtelrose – Herpes irgendwas oder so. Mit der Gürtelrose ist er fertig geworden. Da hat er gewonnen.«

»Aber wie oft schafft man das?«

»Alles ist genau so, wie du es verlassen hast«, sagte Nikki zu Ravelstein.

Die Teppiche und Gobelins, Lalique-Lampen, Bilder, Bücher und CDs. Er hatte seine riesige und erlesene Sammlung alter Schallplatten verkauft, um beim technischen Fortschritt nicht nachzuhinken. Aus London, Paris, Prag und Moskau kamen CD-Kataloge, in denen die neuesten Barockaufnahmen angeboten wurden. Die Telefone in der von Nikki und mir so genannten »Kommando-Zentrale« waren abgeschaltet. Nur der Apparat in Nikkis Schlafzimmer war noch (wie er sich ausdrückte) »in Aktion«. In dieser Millionenstadt konnte es keine vergleichbare Wohnung geben – überall antike Teppiche von unschätzbarem Wert und auf dem Spülbecken eine zischende Espresso-Maschine in Profiausführung. Ravelstein konnte sie allerdings nicht mehr bedienen. Über dem Kamin hielt Judith noch immer den Kopf des Holofernes an den schwarzen Haaren. Sein Mund stand offen. Ihre Augen waren himmelwärts gerichtet. Der Maler wollte, dass man Judith für eine einfache Tochter Zions hielt, eine natürliche, keusche Schönheit, obwohl sie gerade einem Mann den Kopf abgeschlagen hatte. Was dachte Ravelstein bei all dem? In seinen Privaträumen gab es wenig Hinweise auf Ravelsteins sexuelle Vorlieben. Man hatte überhaupt keinen Anlass, ihn irgendwelcher Unregelmäßigkeiten der üblichen Sorte zu verdächtigen – des seltsamen verführerischen Verhaltens der schwulen Männer von einst. Er konnte das Getänzel effeminierter Männer nicht ertragen.

Was er bei diesen Rollstuhlfahrten durch seine Wohnung dachte, war uns schmerzhaft klar: Was wird mit all dem geschehen, wenn ich tot bin? Ich kann nichts davon mit ins Grab nehmen. Diese schönen Gegenstände, die ich in Japan, in Europa und in New York gekauft habe, überall, derentwegen ich lange mit Experten und Freunden überlegt und diskutiert habe ... Ja, es ging zu Ende mit Ravelstein. Wenn man ihn, in die Decke gehüllt, in seinem Rollstuhl sah, der lange Rücken gekrümmt und der Honigmelonen-Kopf weit zur Seite gedreht, hätte man nicht vermutet, wie eindrucksvoll er in seiner körperlichen Erscheinung einmal gewesen war und wie wenig seine Schrullen, Ticks und Idiosynkrasien oder seine jüngsten Infektionen ausgemacht hatten. Bei seinem Besuch in meinem Landhaus in New Hampshire hatte Ravelstein mich vor Jahren gefragt, ob ich mich als Besitzer des Hauses aus unbehauenen Feldsteinen fühle, als Besitzer der alten Ahorn- und Nussbäume, der Gärten. Die aufrichtige Antwort lautete, dass ich zwar alles sehr schätzte, mich aber nicht als Eigentümer dieser Hektar und Gegenstände fühlte. Wenn also das Schlimmstmögliche einträte und eine bewaffnete Truppe von Einheimischen über mich herfiele und mich als jüdischen Fremdling vertriebe, dann würde sich ihr Überfall hauptsächlich gegen den Juden, nicht gegen den Besitzer von Grund und Boden richten. In solch einem Fall ginge es mir dann um die amerikanische Verfassung und weniger um meine Investition. Die Zimmer, die Felsen und Pflanzen verband nichts mit meinen lebenswichtigen Organen. Wenn ich den Besitz verlieren sollte, würde ich anderswo wohnen. Wenn aber die Verfassung, die allgemeine juristische Grundlage, zerstört würde, müssten wir ins ursprüngliche Chaos zurück, wie er mir immer warnend sagte.

Ravelstein war damals auf der Interstate 91 von Hanover gekommen, um mich zu besuchen, und hatte sein Leben in einem Mietwagen aufs Spiel gesetzt. Er war viel zu unkoordiniert, um auf dem Highway sicher fahren zu können – er zitterte am Steuer, Fahrzeuge kannte er nur als Passagier, und er war auch zu nervös. Außerdem war er nicht gern auf dem Land.

Wie Sokrates im *Phaidros* vertrat Ravelstein die Meinung, dass ein Baum, so schön er auch anzuschauen sei, niemals ein Wort spreche und ein Gespräch nur in der Stadt und zwischen Männern möglich sei. Denn er redete gerne, dachte, während er redete, und ließ sich zurücksinken, während die Ideen sprudelten – er unterrichtete, prüfte, diskutierte, erledigte Irrtümer, feierte Maximen, vermischte das originale Griechisch mit der gleichzeitigen Übersetzung, stotterte wie verrückt und lachte, während er seine Ausführungen mit jüdischen Witzen ausschmückte.

Auf dem Land ging er nie allein über ein Feld. Er sah die Wälder und Wiesen, hatte aber sonst nichts mit ihnen zu schaffen. Abe dachte irgendwie an Rousseau, der Felder und Wälder so geliebt hatte. Rousseau botanisierte. Leider konnte Ravelstein nichts mit Pflanzen anfangen. Er aß einen Salat, wollte aber nicht begreifen, warum man auch noch darüber meditieren sollte.

Er war nur aufs Land gekommen, um sich mit mir zu treffen, und sein Besuch war ein Zugeständnis an mein unerklärliches Faible für Unzugänglichkeit und Einsamkeit. Warum bloß wollte ich mich in den Wäldern vergraben? Man konnte sicher sein, dass er meine Motive aus mehr Perspektiven untersucht hatte, als ich auch bei einer Ewigkeit des Nachdenkens je zusammenbrächte. Es ist auch möglich, dass er auf meine damalige Frau Vela neugierig war – das war die Zeit vor Rosamund –, weil er immer noch zu verstehen suchte, warum ich eine solche Frau geheiratet hatte. Und hier bin ich wirklich ratlos. Er besaß nämlich richtige Intelligenz, einen präzis arbeitenden, hartnäckigen Verstand, während ich nur gelegentlich, anfallsweise intelligent war. Was er sich ausdachte und durchdachte, ruhte auf einem Fundament überprüfter Grundsätze. – Wie soll ich sagen – bei den Vögeln wäre er der Adler gewesen, ich aber bloß ein Fliegenschnäpper.

Allerdings wusste er, dass ich seine Grundsätze verstehen konnte – er musste sie mir nicht einmal erklären. Wenn er sich überhaupt einer Illusion hingab, dann der, dass ich noch zu einer Änderung in der Lage sei; er war schließlich Lehrer. Das war seine Berufung – er unterrichtete. Wir sind ein Volk von Lehrern. Seit Jahrtausenden haben die Juden unterrichtet und sind unterrichtet worden. Ohne Unterricht ist die Judenheit undenkbar. Ravelstein war ein Schüler oder, wenn Ihnen das lieber ist, ein Jünger von Davarr. Vielleicht haben Sie nichts von diesem beeindruckenden Philosophen gehört. Seine Bewunderer sagen, er sei ein Philosoph im klassischen Sinn des Wortes. Ich kann das nicht beurteilen. Philosophie ist harte Arbeit. Meine Interessen gehen in eine ganz andere Richtung. Innerhalb meiner intellektuellen Grenzen denke ich voller Respekt an den verstorbenen Davarr. Ravelstein sprach so viel von ihm, dass ich schließlich genötigt war, einige Bücher Davarrs zu lesen. Wenn ich verstehen wollte, worauf Abe hinauswollte, musste ich das tun. Gelegentlich war ich dem alten Davarr noch auf der Straße begegnet, und man konnte sich kaum vorstellen, dass dieser magere, völlig geistesabwesende Mensch, eine harmlose Brille über seinen feurigen Urteilen, jener dämonische Ketzer sein sollte, den Professoren überall in den USA und sogar im Ausland hassten. Als einem der wichtigsten Vertreter seiner Philosophie galt dieser Hass auch Ravelstein. Nur dass der nichts dagegen hatte, als Feind zu gelten. Er war nicht sonderlich zart besaitet. Professoren als Gruppe interessierten mich nicht besonders. In dem jetzt zu Ende gehenden, unerträglichen Jahrhundert hatten sie uns nicht viel anzubieten. Dachte ich oder pflegte ich zu denken.

Angenehm ist die Erinnerung an die Woche, die Ravelstein auf dem Land verbrachte. Stilles New England mit länglichen, schmalen Frühbeeten – Sonnenlicht, grünes Laub, das Beet mit orangerotem Mohn neben den roten und weißen Pfingstrosen.

Er blickte durch die Jalousien (er schob die Lamellen mit zitternden Fingern weit auseinander) auf die Blütenfülle – gerade begannen die Azaleen zu blühen – und fand das alles sehr gut, doch das jahreszeitliche Schauspiel erregte kein großes Interesse bei ihm. Nichts im Vergleich mit dem menschlichen Schauspiel.

Er fragte: »Ist deine Frau immer so?«

»Wie denn?«

»›*Wie*‹, fragt der Mann auch noch. Vierzehn Stunden am Tag kerzengerade vor ihren Büchern und Zetteln. Vela eingeschlossen in ihrem ländlichen Schlafzimmer.«

»Verstehe. Ja. So macht sie das mit ihrer Chaos-Physik.«

»Sitzen, ohne sich zu rühren – sogar ohne zu atmen. Man hört sie nie atmen. Wie macht sie das, ohne zu ersticken?«

»Sie bereitet einen Vortrag vor. Sie muss an einer Konferenz teilnehmen und die Forschungsergebnisse von irgendwem erläutern.«

»Sie muss das Atmen in Etappen nachholen. Ich habe sie beobachtet«, sagte Ravelstein, »und ich glaube, dass sie nur irgendwie unterirdisch ein- und ausatmen kann.«

Natürlich übertrieb er. Aber einiges sprach für seine These. Vor allem hatte er mich dazu gebracht, dass ich es mir gefallen ließ, wenn er so über sie sprach. Noch ehe ich darüber nachdenken konnte, ob ich damit einverstanden war oder nicht, hatte er mich bereits überredet. Er legte mir nahe, dass ich Velas Verhalten nicht unbedingt hinnehmen müsse. Wir fuhren aufs Land, und sie schloss sich in ihrem Zimmer ein. Damit waren zwei Einsamkeiten hergestellt. So verbrachten wir unsere Sommer in New England: unter einer

Sonne, auf einem Planeten gab es diese beiden getrennten Existenzen. Vela war besonders schön, wenn sie schwieg. Sie schien schweigend ihre Schönheit anzubeten. Vielleicht war das Ravelstein aufgefallen.

Er war nur kurz zu mir nach New Hampshire gekommen, und er begriff sofort, in was ich da geraten war. Er verabscheute das Landleben, doch um meinetwillen stellte er sich und sein Leben zurück. Er verließ ungern die Armaturen seiner Kommandobrücke. Er fühlte sich äußerst unwohl, wenn er von seinen Informanten in Washington und Paris, seinen Studenten, den Leuten, die er ausgebildet hatte, den Kollegen, den Initiierten, den *happy few* abgeschnitten war.

»So also verbringst du deine Sommermonate«, sagte er.

So oft wie möglich fuhr er für eine Woche oder noch besser für einen Monat nach Paris. Paris, das musste er zugeben, war nicht mehr, was es einmal gewesen war. Trotzdem zitierte er manchmal Balzacs Satz, nach dem kein Ereignis irgendwo in der Welt wirklich stattgefunden hatte, ehe es nicht in Paris wahrgenommen, beurteilt und eingeordnet worden war. Dennoch war die gute alte Zeit vorbei. Keine Zarin und kein König gönnte sich mehr Dichter oder Philosophen aus Paris. Wenn Ausländer wie Ravelstein dort vor französischem Publikum über Rousseau sprachen, war der Vortragsraum gedrängt voll. In Frankreich, könnte man sagen, waren Genies immer noch willkommen. Doch Abe Ravelstein hatte nur von wenigen französischen Intellektuellen eine hohe Meinung. Um dummen Antiamerikanismus kümmerte er sich nicht. Er war nicht darauf angewiesen, dass die Pariser ihn liebten oder verhätschelten. Insgesamt schätzte er ihre Boshaftigkeit mehr als ihre Höflichkeit.

In Paris (das ist eine wichtige Digression) hatten Abe Ravelstein und Vela ihre erste Auseinandersetzung. Er war bereits dort, als sie und ich einflogen, um einen Preis für ausländische Schriftsteller entgegenzunehmen. Wir wohnten im Hôtel Pont Royal. Ungeduldig, begeistert, begierig, mich zu sehen, rief Ravelstein schon aus dem Vorraum nach mir und stürmte herein, ohne eine Antwort abzuwarten. Er wollte mich umarmen – oder Vela, falls er zuerst auf sie treffen sollte. Aber sie stand im Slip da, drehte sich um, raste davon und schlug die Badezimmertür zu. Doch Abe und ich freuten uns so sehr, einander nach Monaten wieder zu sehen, dass wir nicht groß Gedanken an Vela oder an Ravelsteins Ungehörigkeit verschwendeten, der einfach ins Schlafzimmer geplatzt war. Er hätte wenigstens klopfen können. Es war schließlich ihr Schlafzimmer, wie sie mich erinnern sollte.

Der zickige Zorn, mit dem sie davongelaufen war, hätte mir sagen können, dass sich Ravelstein einen Skandal hatte zuschulden kommen lassen. Ich hatte keine Lust, Rücksicht auf ihre Vorstellungen von gutem Benimm zu nehmen. Später sagte sie, sie könne ihm niemals vergeben, dass er in ihr Zimmer geplatzt war. Warum musste er ohne Vorwarnung hereinstürmen, bevor sie angezogen war?

»Ach, er ist stürmisch«, sagte ich. »Bei einem Mann wie Ravelstein macht es gerade den Charme aus, dass ... dass er so impulsiv ist ...«

Vela war damit nicht zu besänftigen. Jedes Wort, mit dem ich Ravelstein erklärte oder verteidigte, wanderte sofort in ihr Vergeltungsarsenal, aus dem sie sich gegen mich munitionierte. »Ich bin doch nicht nach Paris gekommen, um deine Kumpel zu treffen«, sagte sie. »Oder damit sie hereinstürmen, wenn ich halb nackt dastehe.«

»Am Strand zeigst du viel mehr von dir«, sagte ich. »Wenn du das anhast, was diese Mode-Minimalisten einen Badeanzug nennen.«

Vela ließ auch das nicht gelten. »Das ist eine andere Umgebung, und man hat Anspruch darauf, sich fertig zu machen.

Du sprichst außerordentlich herablassend mit mir, als wäre ich eine dumme Frau. Bitte vergiss nicht, dass ich auf meinem Gebiet ebenso viel darstelle wie du auf deinem.«

»Natürlich, und sogar noch mehr«, sagte ich.

Ich habe mich längst daran gewöhnt, von Geschäftsleuten, Anwälten, Ingenieuren, den großen Tieren in Washington und verschiedenen Wissenschaftlern abschätzig behandelt zu werden. Sogar deren Sekretärinnen, die aus dem Fernsehen wissen, was wichtig ist, lachen hinter vorgehaltener Hand und machen einander Zeichen, wenn ich auftauche – irgend so ein unverständlicher Doofie.

Ich gestattete Vela deshalb, sich so überlegen zu fühlen, wie sie nur wollte. Ravelstein aber erwartete mehr Stolz von mir und sagte, dass es unaufrichtig sei, sich so schwach zu zeigen. Aber ich hatte keine Lust, nachzugeben oder mich den Ansichten dieser ganzen Blödmänner zu fügen. Ich wusste über die Wirklichkeit und meine Fehler gut Bescheid. Ständig im Bewusstsein war mir die Nähe des Todes, der jederzeit kommen konnte.

Jedenfalls hätte ich mir denken können, dass Vela Ravelsteins »Unschicklichkeit« aufbauschen würde. Sie war schon lange darauf aus, sich mit mir über Abe auseinanderzusetzen, und dass er in unser Schlafzimmer im Pont Royal hereingeplatzt war, lieferte ihr genau den Anlass, den sie gebraucht hatte.

»Ich will ihn hier nicht mehr sehen«, sagte sie. »Und bitte vergiss nicht, dass du mir versprochen hast, mit mir nach Chartres zu fahren.«

»Das hab ich doch versprochen. Natürlich fahre ich mit dir hin – ich meine, wir fahren zusammen.«

»Wir laden die Grielescus dazu ein. Sie sind alte Freunde. Professor Grielescu kommt bestimmt mit. Nanette wahrscheinlich nicht – solche Ausflüge macht sie schon lang nicht mehr. Sie möchte nicht bei Tageslicht gesehen werden.«

Das war mir auch schon aufgefallen. Mme Grielescu war einmal eine glamouröse Dame gewesen – Aristokratin und *flapper.* Eine dieser *jeunes filles en fleur*, von denen man vor langer Zeit gelesen hat. Grielescu war ein berühmter Gelehrter, nicht unbedingt ein Anhänger von C. G. Jung, aber auch nicht gerade ein Nicht-Jungianer. Schwer einzuordnen.

Ravelstein, der sonst gegen niemanden übertriebene Vorwürfe erhob, behauptete, dass Grielescu bei Forschern, die auf derlei Dinge spezialisiert waren, als Mitglied der Eisernen Garde gelte und Verbindungen zur faschistischen Vorkriegs-Regierung in Rumänien gehabt habe. Dem Nazi-Regime in Bukarest hatte er als Kulturbeamter im Außenministerium gedient. »Über solche Dinge denkst du nicht gern nach, Chick«, sagte Ravelstein. »Und du bist mit einer Frau verheiratet, vor der du Angst hast. Natürlich wirst du sagen, dass sie politisch ahnungslos ist.«

»Von Politik versteht sie nicht besonders viel ...«

»Sie glaubt natürlich, dass Wissenschaftler über solche Dinge erhaben sein müssen. Aber hier geht's um Freunde von ihr. Wir sollten die Tatsachen nicht aus den Augen verlieren.«

Ich sagte: »Ich will gern zugeben, dass Radu Grielescu der Maßstab für männliches Verhalten in diesen osteuropäischen Kreisen ist.«

»Du meinst diesen Gentleman-Kinderstuben-Blödsinn.«

»Mehr oder weniger. Der aufmerksame Herr, der, der immer alles genau richtig macht, sich an Geburtstage erinnert, an Flitterwochen und andere sensible Jahrestage. Man muss den Damen die Hand küssen, muss ihnen Rosen schicken, man verbeugt sich, schiebt den Stuhl zurück, eilt voran, um Türen zu öffnen, und trifft Vorkehrungen mit dem *maître de*. In dieser Gesellschaft erwarten die Frauen, dass sie gehätschelt, vergöttert werden, dass man sich ihnen unterwirft oder ihnen den Hof macht.«

»Und diese Idioten spielen *chevalier à votre service*? – Natürlich ist es bloß ein Spiel, aber die Frauen genießen es.«

Die Reise vom Bahnhof Montparnasse nach Chartres war ziemlich kurz. Wenn ich mit Vela hinführe, um die Kathedrale anzuschauen, würde ich einen Markttag in der Erdbeersaison wählen. Doch Vela interessierte sich gar nicht besonders für Chartres, sie wollte nur mit mir hin. Gotische Architektur oder Glasfenster konnten ihr gestohlen bleiben. Sie wollte nur ihren Willen haben.

»Vela stellt dir jede Menge Bedingungen, was?« sagte Ravelstein. »Hat sie dich nicht auch ihr Gepäck mitbringen lassen?«

»Das stimmt. Ich bin über London gereist.«

»Und sie konnte irgendeine Verabredung zu Hause nicht mehr absagen, deshalb seid ihr getrennt geflogen. Und du hast ihre ganzen Abendkleider mitgenommen …«

Für die Ausführung solcher Aufträge konnte er mich nicht bewundern. Seine Ansicht war eindeutig. Das Bild, das er von meiner Ehe entworfen hatte, war alles andere als schmeichelhaft. Schriftsteller sind keine guten Ehemänner. Sie bewahren sich ihren Eros für die Kunst. Vielleicht sind sie auch bloß zu wenig aufmerksam. Und Vela beurteilte er sogar noch brutaler: »Vielleicht hätte ich nicht ins Schlafzimmer stürmen sollen.« Das gab er immerhin zu, um dann fortzufahren: »So viel konnte man gar nicht sehen. Es interessierte mich auch nicht. Sie war keineswegs nackt. Sie hatte einen Unterrock an und darunter noch mehrere andere Teile. Wozu dann Zeter und Mordio schreien?«

»Protokoll«, erläuterte ich.

Ravelstein war anderer Meinung. »Nein, nein, nicht Protokoll. Es sieht gar nicht nach Protokoll aus.«

Es kommt nicht oft vor, dass ich mich mit Worten schwer tue. Ich wollte sagen, dass sie noch nicht bereit war, jemanden zu empfangen. Wer nicht mit ihr zusammengelebt hatte, konnte nicht wissen, was sie am Morgen mit ihrem Haar, ihren Wangen, ihren Lippen (vor allem der Oberlippe) machte, diese ganzen Phasen des Sichherrichtens. Man sollte sie als schöne Frau antreffen. Es war jedoch jene Art von Schönheit, die eher Bewunderung als Begierde erregte. Es war die Schönheit des Schönheitswettbewerbs und erforderte Vorbereitungen wie bei einem habsburgischen Husaren oder einem Offizier aus West Point. Man wird mir Voreingenommenheit vorwerfen. Aber ich kann Ihnen versichern, dass ich es hier mit ein paar höchst realen Seltsamkeiten zu tun habe – ich bin zufällig mehrfacher Monogamist und hatte es hier mit dem Problem der Selbstkonservierung zu tun.

»Kommt Vela nicht vom Schwarzen Meer?«

»Und wenn?«

»Die östliche Donauregion? Karpaten?«

»So genau weiß ich es nicht.«

»So wichtig ist es auch wieder nicht«, sagte Abe. »Eine *grande dame* nach osteuropäischem Muster. Keine moderne Französin würde sich so verkünsteln. Menschen aus Osteuropa klammern sich oft an Frankreich, zu Hause haben sie kein Leben, ihre Heimat ist abstoßend, und sie können sich nur mehr in französischem Licht sehen. Das trifft auf jemanden wie Cioran zu oder auch unseren Freund – deinen Freund – Grielescu. Sie hoffen auf die Verwandlung in Franzosen. Aber deine Frau ist sogar noch seltsamer ...«

Ich bremste ihn. Ich hätte mir Illoyalität vorwerfen lassen müssen, hätte ich ihm gegenüber zugegeben, dass sie genau jenes seltsame Phänomen war, das er beschrieb. Ich sah sie mit den Augen des Liebenden. Aber nicht nur. Ich betrachtete sie auch als Naturforscher. Sie war eine sehr schöne Frau. Ich muss auch zugeben, dass mich manche Züge ihres Gesichts an Giorgione erinnerten. Auf einer kleinen Karte konnte man Velas Herkunftsort nach Griechenland oder sogar Ägypten verlegen. Ein großer Verstand ist ein universelles Phänomen, und Velas Kopf war oberste Liga. Jedenfalls verdiente der wissenschaftliche Teil davon allen Respekt. Ravelstein fand, dass Beispiele für eine große Persönlichkeit gerade bei Wissenschaftlern eher selten waren. Es gab große Philosophen, Maler, Staatsmänner, Anwälte, doch Männer oder Frauen in den Naturwissenschaften, die eine große Seele haben, sind außergewöhnlich selten. »Ihre Wissenschaft ist groß, nicht die Persönlichkeit.«

Ich muss jetzt Paris verlassen und nach New Hampshire zurückkehren.

Nach wenigen Tagen auf dem Land kam ich zu dem Schluss, dass Ravelsteins Besuch ein Beweis seiner Zuneigung war. Er machte sich nichts aus Feldern, Bäumen, Tümpeln, Blumen, Vögeln, nur Zeitverschwendung für einen erhabenen Geist. Warum gab er seine Telefonanlage, seine Restaurants und alle Vorzüge und erotischen Attraktionen von New York oder Chicago auf? Weil er mit eigenen Augen sehen wollte, was sich in New Hampshire zwischen Vela und mir abspielte.

Ein Tag reichte aus. »Ich habe meine Beobachtungen gemacht«, sagte er, »und stelle fest, dass sie dich auf einen Ameisenhaufen gepfählt hat. Macht ihr denn nie etwas zusammen? Wandern?«

»Nein, eigentlich nicht.«

»Schwimmen?«

»Manchmal kommt sie auf die Idee, beim Nachbarn in den Teich zu springen.«

»Grillen, Picknick, Besucher, Partys?«

»Mag sie nicht.«

»Sie kann mit dir nicht über das reden, was sie wirklich interessiert …« Ravelsteins großes Gesicht war jetzt dicht vor mir. Er hielt den Atem an und ließ mich die ganze Angelegenheit stumm von seiner Seite aus sehen: Warum setzte ich mich der Qual täglicher Spannungen aus, die niemals enden würden?

Vela hatte oft gesagt, dass sie nichts weiter brauche, als mit einem Notizblock in einer ruhigen Ecke zu sitzen und ihre Diagramme zu zeichnen, die Knie angezogen, mit angehaltenem Atem, bewegungslos. Dennoch schickte sie die ganze Zeit negative Strömungen zu mir herüber. Die Schönheit dieser Ecke von New Hampshire mit den riesigen Ahornbäumen und den jahrhundertealten Nussbäumen, das Immergrün und die Moose in schattigen Abseiten bedeuteten ... ja, bedeuteten Vela nicht viel. Sie konzentrierte sich auf ihre großen Abstraktionen.

»Und was ist deine Rolle dabei?« fragte Ravelstein. »Verkörperst du womöglich das, was jeder Mann je von ihr bekommen kann ... Womit sich die faszinierende Frage erhebt, ob sie sich auf ihre Wissenschaft konzentriert oder auf ihre Hexerei, denn so muss es ja in deiner Einfältigkeit wirken.«

Das war keine ganz unfaire Darstellung.

»Typisch für sie ist«, sagte ich, »dass sie alle paar Wochen ihre Sachen zusammenpackt, auch die Abendkleider, weil es um gesellschaftliche Ereignisse sowie um große Wissenschaft geht. Sie fährt mit ihrem weißen Jaguar davon und nimmt an Konferenzen teil, die überall an der Ostküste stattfinden.«

»Würdest du sagen, dass du, einmal abgesehen von der leichten Zurückweisung, Erleichterung verspürst, wenn sie wegfährt?« Ravelstein konnte mitfühlend sein. Lieber aber spekulierte er über meine paradoxen Eigenarten.

»Was springt hier für dich heraus?« fragte er dann. »Das sollte doch dein stiller Schlupfwinkel im Grünen sein, um nachzudenken und zu arbeiten. Oder wenigstens mit deinen Projekten weiterzukommen ...«

Im Allgemeinen war ich für seine Ideen offen, und ich ließ mir auch Kritik gefallen. Er zeigte echtes, tiefes Interesse am Leben seiner Freunde, an ihrem Charakter, an ihren verborgenen Intimitäten – ihren sexuellen Bedürfnissen und Aberrationen. Häufig überraschte mich, wie selbstlos seine Beobachtungen waren. Er versuchte nicht, einen Vorteil daraus zu schlagen, dass er einem Schwachstellen nachwies. In gewisser Weise war ich für sein Interesse dankbar und redete mit ihm dann ganz offen über meine Schrulligkeiten.

Hier ein Beispiel aus unseren Gesprächen.

»Ich will dir ja gern zugeben, dass es hier schön und ruhig ist«, sagte Ravelstein. »Aber kannst du mir erklären, was die Natur für dich bedeutet – für einen Juden aus der Großstadt? Du bist doch kein moderner Transzendentalist.«

»Nein, das ist nicht meine Richtung.«

»Und für deine Nachbarn auf dem Land gehörst du zu den Tieren, die in der Sintflut hätten untergehen sollen.«

»Aber natürlich. Aber ob ich dazupasse oder zur Gemeinschaft gehöre, kümmert mich wenig. Die Ruhe hier hat mich angezogen ...«

»Darüber haben wir schon mal gesprochen ...«

»Weil es wichtig ist.«

»Das Leben eilt davon. Deine Tage fliegen schneller dahin als das Weberschiffchen oder als ein Stein, den man in die Luft wirft«, sagte er wie ein nachsichtiger Vater, »und der im Fall mit zehn Meter pro Sekunde im Quadrat beschleunigt – eine Metapher für die erschreckende Geschwindigkeit, mit der sich der Tod nähert. Man wünscht sich, dass die Zeit so langsam verrinnt wie in der Kindheit – jeder Tag ein ganzes Leben.«

»Und dafür braucht man in der Seele einige Reserven an Ruhe.«

»... wie irgendein Russe gesagt hat«, sagte Ravelstein. »Ich weiß nicht welcher, aber du hältst dich immer an die

Russen, Chick, wenn du erklären willst, was dich wirklich bewegt. Außerdem hast du dich seit Jahren mit dem Problem beschäftigt, wie du dein Leben gestalten sollst – dein Privatleben genauer gesagt. Und deshalb bist du jetzt der Besitzer dieses Hauses und dieser dreihundert Jahre alten Ahornbäume, ganz zu schweigen von dem grünen Teppich der Wiesen und den Steinmauern. Die linke Politik in unserem Land ermöglicht es einem, für sich und frei zu sein und im Privatleben ungestört zu bleiben. Doch eilig treiben deine Tage vorbei in vollem Lauf – während deine Frau entschlossen ist, deinen Plan friedlicher Erfüllung zunichte zu machen. Es muss doch einen besonderen russischen Ausdruck für diese ka-ah-ka Konstellation geben. Ich sehe doch, wie sie dich becirct hat. Wenn sie sich herrichtet, sieht sie toll aus, und ihre Figur ist äußerst sexy ...«

Zunächst hatte sich Ravelstein größte Mühe gegeben, Vela nicht zu beleidigen. Im Interesse unserer Freundschaft wollte er gut mit ihr auskommen. Er war freundlich zu ihr, auffällig aufmerksam, wenn sie sprach. Er erwies ihr Respekt. Er machte das mit der Miene eines Virtuosen – wie Itzak Perlman, wenn er Kinderlieder für ein kleines Mädchen spielt. Sein eigentliches Urteil hatte zu warten. Als er in Paris in das Schlafzimmer stürmte, galt noch immer die *entente cordiale* mit Vela. Allerdings machte er sich über seine Beobachtungen nichts vor. Im Kopf führte er genau Protokoll.

Aber er und ich waren Freunde geworden, besonders enge Freunde, und diese Freundschaft wäre nicht möglich gewesen, wenn wir uns nicht spontan verstanden hätten. Diesmal lehnte er seinen kahlen Schädel an die Rückenlehne des Stuhls. Bei den Ausmaßen dieses riesigen, simpatico, gefurchten, bleichen Gesichts war ich erstaunt über die Kraft der stützenden Muskeln in Nacken und Schultern, denn seine Beine hatten nur ansatzweise Muskeln, die für seine Zwecke gerade ausreichten.

»Es wäre ein Leichtes gewesen, eine vernünftige Verbindung einzugehen. Aber du brauchtest ja die extreme Herausforderung. Und plötzlich musst du eine Frau zufrieden stellen. Sie aber lässt sich nicht zufrieden stellen – jedenfalls nicht von dir.«

»Dein Glück«, fuhr er fort, »dass du eine Berufung hast. Damit ist es nur eine Nebensache. Nicht der klassische Fall von sexueller Sklaverei oder Psychopathologie. Eines Menschen Hörigkeit, das ja. Aber bei dir ist es nur beiläufig. Vielleicht macht es dir sogar Spaß, und du suchst in der reinen grünen Unschuld der White Mountains Ablenkung mit diesen kleinen Lastern – sexuelle Qualen.«

»Seit du damals in Paris bei uns hereingeplatzt bist, behauptet sie immer wieder, dass wir beide etwas miteinander haben.«

Das traf ihn. In der Stille konnte ich beobachten, wie diese unerwartete »Information« durch einen Apparat – ich meine das ganz ernst – großer Macht prozessiert wurde. Dass Ravelstein ungeheuer intelligent war, ist keine besonders kühne Unterstellung. Er hatte seine eigene Schule um sich gebildet. Für mehrere hundert Menschen hier, in England, Frankreich und Italien war er der Meister. Er erklärte den Franzosen Rousseau, den Italienern Machiavelli und so fort.

Nach einer Pause sagte er: »Ha! Und mit dem ›etwas miteinander haben‹ meint sie das, was ich vermute, dass sie meint? Nach jahrelanger Ehe? ... Wie lange bist du verheiratet?«

»Zwölf ganze Jahre«, erwiderte ich.

»Zwölf! Zum Heulen«, sagte Ravelstein. »Wie eine Gefängnisstrafe, zu der du dich selber verurteilt hast. Du bist sogar ein treuer Ehemann. Tag um Tag um Tag eingesperrt, ohne Straferlass für gute Führung oder Aussicht auf Begnadigung.«

»Die Arbeit hat mich völlig beansprucht«, sagte ich. »Morgens zog sie sich an, legte Make-up auf und kontrollierte dann

Haare, Gesicht und Figur in drei unterschiedlich beleuchteten Spiegeln – im Ankleidezimmer, im Badezimmer und in der Gästetoilette. Dann verließ sie das Haus und schlug die Tür vorne zu. Ich hatte davon zu gleichen Teilen Kopfweh und Herzschmerzen. Das half mir, mich zu konzentrieren.«

»Sie versteht es nicht, sich zu kleiden«, sagte Ravelstein. »All diese merkwürdigen Materialien – was hat sie letztes Jahr noch mal getragen? Straußenleder ... Und dann wirft sie dir vor, dass du eine perverse Sexaffäre mit mir hast. Was hast du darauf gesagt?«

»Ich habe mich krankgelacht. Ich habe ihr gesagt, dass ich nicht einmal wüsste, wie das geht, und dass ich es in meinem Alter auch nicht mehr lernen wolle. Es war wie ein Witz. Aber sie wollte mir nicht glauben ...«

»Sie konnte dir nicht glauben«, sagte Ravelstein. »Sie war schon damit überfordert, als sie dir diesen lächerlichen Vorwurf machte. Ihr Kopf ist in dieser Hinsicht außerordentlich beschränkt – obwohl es ja heißt, dass sie eine Kapazität in der Chaos-Physik ist.«

Diese Information stammte aus Abes telefonischem Netzwerk. Der alte Ausdruck »Er hat mehr Verbindungen als eine Telefonzentrale« liegt inzwischen unter der Datenmenge begraben, die die irrsinnig expandierende Kommunikationstechnologie anhäuft.

Ravelstein hatte überall seine Freunde nach Details über Vela gefragt und konnte mir viel mehr erzählen, als ich überhaupt hören wollte. So dass ich mir die Ohren zuhielt und die Augen zukniff. Aber in diesen Zeiten kann man sich seine Unschuld nicht bewahren. Die moderne Unschuld besteht zu neun Zehnteln darin, dass man sich Lastern gegenüber gleichgültig verhält und beschließt, alles, was man liest, hört oder sieht, nicht an sich herankommen zu lassen. Aus Liebe zum Skandal werden die Leute freimütig.

Vela war freimütig, wenn's um Wissenschaft, und ahnungslos, wenn's um Umgang ging.

Als Vertrauter und Freund Ravelsteins ließ sich gar nicht vermeiden, mehr zu wissen, als man verkraften konnte. Doch in einer bestimmten Tiefe gab es in der Psyche immer noch Stellen, die zum Mittelalter gehörten. Oder sogar noch zum Zeitalter der Pyramiden oder von Ur in Chaldäa. Ravelstein erzählte mir von Velas Verhältnissen mit Leuten, von denen ich bis dahin nie gehört hatte. Da sie mich nicht liebte, hatte ich mich mit angeborener, biologischer Findigkeit hinter meinen Schreibtisch zurückgezogen und verschiedene lang aufgeschobene Projekte fertig gestellt. Dazu zitierte ich Robert Frost:

»For I have promises to keep
And miles to go before I sleep.«

Manchmal änderte ich das in:

»For I have recipes to bake
And far to go before I wake.«

Ein Spaß auf meine Kosten, nicht auf die Robert Frosts. Er war ein salbungsvoller alter Knabe gewesen, dessen Unterhaltung sich im Wesentlichen um seine eigenen Leistungen, seine Errungenschaften und Triumphe drehte. Er hatte mit Sicherheit ein Talent zur Selbstbeweihräucherung. Er war ein PR-Genie. Aber er war auch ein ungewöhnlich begabter Autor.

Von Velas angeblichen Fehltritten zu hören, war destabilisierend. Ich verliere den Halt, ich strauchle, wenn ich mich erinnere, was mir Ravelstein über ihre verschiedenen Liebesaffären erzählte. Warum nahm sie im Sommer an so vielen Konferenzen teil? Warum konnte ich sie telefonisch nicht erreichen? Natürlich wäre er an diesen Fakten nicht interessiert, wären sie nicht einzigartig gewesen. Er war, wie schon gesagt, verrückt nach Klatsch, und seine Freunde machten Punkte, wenn sie wilden Klatsch lieferten. Und es gab keinen Grund zu der Annahme, er würde die eigenen vertraulichen Mitteilungen für sich behalten. Aber das beunruhigte mich nicht besonders. Die Leute sind unendlich viel schlauer als früher, wenn sie hinter unsere Geheimnisse kommen wollen. Wenn sie unsere Geheimnisse kennen, haben sie größere Macht über uns. Man kann sie nicht aufhalten oder bremsen. Man kann so viele Labyrinthe, wie man will, um sich herum bauen, man wird trotzdem entdeckt. Und natürlich war mir klar, dass Ravelstein sich einen feuchten Kehricht um »Geheimnisse« scherte.

Aber da Ravelstein sein intellektuelles Leben im großen Stil führte – und ich sage das ohne Ironie, seine Interessen reichten ungeheuer weit –, musste er über seine Freunde und seine Studenten alles wissen, was man wissen konnte, so wie ein Arzt, der nach einer Diagnose sucht, den Patienten vollständig nackt sehen muss. Der Vergleich hinkt jedoch, weil moralische Grundsätze den Arzt verpflichten, nicht über seine Patienten zu reden. Ravelstein war durch nichts verpflichtet. In den dreißiger Jahren, als ich ein Kind war, lag die Vorstellung von »nackter Wahrheit« in der Luft. »Wir wollen die nackte Wahrheit!« Eine Engländerin namens Claire Sheridan schrieb ihre Memoiren unter dem Titel *Die nackte Wahrheit.* Dazu paßte, dass sie im revolutionären Russland gewesen war, wo sie offenbar vertrauten Umgang mit Lenin, Trotzki und vielen anderen prominenten Bolschewiken gepflegt hatte.

Aber das ist nur Hintergrund.

Zurück zur Geschichte.

Ravelstein, der noch immer von Vela sprach, sagte: »Du machst ihr ein Angebot – wunderschöne Sommer auf dem Land –, aber dieser Ort bedeutet ihr nichts, Chick, sonst würde sie mehr Zeit dort verbringen. Deshalb finde ich es merkwürdig, dass du dir so viel Mühe gibst ... Aber lass mich sagen, was das alles zu bedeuten scheint«, fuhr er fort. »Ich sehe den Juden, das Kind von Einwanderern, das sich den amerikanischen Verhältnissen anpassen möchte. Du kannst tun, was du willst, und du kannst alle deine Wünsche verwirklichen. Es ist dein Recht als Amerikaner, Land zu kaufen und ein Haus drauf zu bauen, in dem du wohnen und deine Rechte ganz und gar genießen kannst. Es ist wahr, hier ist niemand außer dir. Du hast dir also diese Zuflucht in New Hampshire gebaut, wo du von Erinnerungen an deine Familie umgeben bist. Der russische Samowar deiner Mutter ist besonders schön. Er ist ga-gla unglaublich elegant. Aber New Hampshire ist weit, weit weg von Tula – Tula war einmal die Stadt der Samoware, wie Newcastle die Stadt der Kohle war. Der ta-tata Tula-Samowar hat sich nie an einem Ort befunden, der fremder und weiter entfernt von seinem Volk gewesen wäre. Und du, Chick, du verkündest vollmundig deine amerikanischen Grundrechte. Das ist sehr mutig von dir, aber auch ziemlich verrückt ... Meilenweit im Umkreis bist du der einzige Jude. Deine Nachbarn können sich aufeinander verlassen. Auf wen kannst du dich verlassen – eine Christin? Du hast eine Theorie: Gleichheit vor dem Gesetz. Es ist tröstlich, wenn man verfassungsrechtliche Garantien auf seiner Seite hat, und bestimmt wissen das andere Anhänger der Verfassung auch zu schätzen ...«

Er hatte seinen Spaß. Mir war das egal. Es lenkte mich ab, dass man mir ein Muster in meinem Verhalten zeigte.

»Du zahlst bestimmt hohe Steuern ...«

»Aber ja doch. Und jedes Jahr werden die Abgaben für die Schulen neu festgesetzt.«

Er sagte: »Ich kann mir vorstellen, was für Schulen sie hier haben. Warst du je bei einer Gemeindeversammlung?«

»Einmal.«

»Und deine eingebildete Frau?«

»Sie war auch mit.«

Bevor der Reigen rätselhafter oder neuer Krankheiten begann, hatten Ravelstein und ich viele solcher humoristischen Unterhaltungen. Er glaubte anscheinend, dass mir seine Meinung über meine Aktivitäten wichtig sei. Bis zu einem gewissen Punkt fand ich diese Meinung auch tatsächlich nützlich. Er sagte zum Beispiel, dass ich alles andere als risikoscheu sei. Und er fragte: »Mich faszinieren deine Ehen – du erinnerst dich doch noch an Steve Brody?«

»Der Kerl, der wegen einer Wette von der Brooklyn Bridge gesprungen ist.«

»Genau der – einer von den kühnen Leuten.«

Vergleiche Platos *Politeia*, vor allem das IV. Buch. Ich habe diese wichtigen Texte nicht gründlich studiert, aber wenn man sie überhaupt nicht kannte, bestand nicht die leiseste Chance, Ravelsteins Gedanken zu folgen, die mich aber nicht restlos einschüchterten. Inzwischen bin ich mit Plato ebenso vertraut wie mit Elmore Leonard.

»Du kannst sofort alles verstehen, was ich sage«, verkündete Ravelstein manchmal, aber es ist möglich, dass er die Kunst der Konversation mit dem guten alten Chick so weit fortentwickelt hatte, dass er sich Mühe gab, nur langsam vorzugehen. Nicht auszuschließen auch, dass er als genialer Pädagoge wusste, wie viel meinem Kopf zuzumuten war.

In New Hampshire bedrängte er mich immer und immer wieder, die alten Witze zu wiederholen, alte Gags und Vaudeville-Nummern. »Sing doch diesen Jimmy-Savvo-Song.« Oder: »Wie geht gleich wieder der mit dem wütenden Ehemann? Der todunglückliche Mann, der zu seinem Kumpel sagt: ›Meine Frau betrügt mich.‹«

»Ah ja. Und sein Kumpel sagt: ›Geh jeden Tag einmal mit ihr ins Bett. Mindestens einmal. Nach einem Jahr ist sie tot.‹«

»›Nein!‹ Der Kerl ist erstaunt. ›Das hilft?‹«

»›Einmal täglich. Das überlebt sie nie, so oft …‹«

»Dann wird ein Schild auf die Bühne getragen. Du erinnerst dich vielleicht, wie das gemacht wurde. Ein Platzanweiser mit runder Mütze und doppelter Knopfreihe bringt einen dreibeinigen Ständer mit einem Schild. In fetten Buchstaben steht auf dem Schild: ›51 Wochen später‹. Und dann schiebt die Frau ihren Ehemann im Rollstuhl auf die Bühne. Er wirkt sehr schwach. In Decken gehüllt wie ein Invalide. Die Frau ist das blühende Leben. Sie trägt Tenniskleidung und unterm Arm den Schläger. Sie macht ein großes Gewese um ihn, zupft da und dort, küsst ihn. Seine Augen sind geschlossen. Er sieht aus wie der Tod. Sie sagt: ›Schon dich, Liebling, ich bin gleich nach meinem Satz wieder da – ganz, ganz bald.‹ Während sie davonrennt, hält sich der schwache Ehemann eine Hand vor den Mund und sagt mit dieser wunderbaren Vaudeville-Geste ganz im Vertrauen zum Publikum: ›Sie ist völlig ahnungslos – aber sie hat nur noch eine Woche zu leben.‹«

Und Ravelstein warf den Kopf zurück. Er schloss die Augen und schmiss sich vor Lachen mit dem ganzen Körper nach hinten. Ich machte es auf meine Weise genauso. Wie schon gesagt, unser Gefühl für das, was komisch war, verband uns, aber das würde es auf schwache, anämische Art ausdrücken. Ein begeisterter Lärm – *immenso giubilo* –, ein riesenhaftes Verstehen erhob uns gemeinsam, und es würde nicht gelingen, das genauer zu formulieren.

Damals fuhr Rosamund lange Strecken mit der Hochbahn. Sie durchquerte die Stadt in ihrer riesenhaften Breite, und die Gesichter der Mitreisenden boten ihr ständig Gelegenheit, Gedanken und Gefühle zu erproben. Sie brachte mir die Post der vergangenen Woche und berichtete, wer angerufen hatte. Seit zwei Jahren arbeitete sie als studentische Hilfskraft für mich, tippte und faxte. Vela benahm sich ihr gegenüber sehr herablassend und bot ihr nicht einmal einen Platz zum Sitzen an. Ich brachte ihr eine Tasse Tee; sie sollte sich wohl fühlen. Wenn ihre Sachen auch etwas abgetragen wirkten, war Rosamund doch immer picobello angezogen; für Vela war sie dennoch bloß eine kleine graue Maus. Vela trat grundsätzlich aristokratisch auf. Sie kaufte sich gern Kleider aus den seltsamsten Materialien wie zum Beispiel Straußenleder. In einer Saison durfte es nur Strauß sein – ein riesenhafter Straußenhut à la *Crocodile Dundee*; die Federn waren zwar gezupft, die Follikel aber noch alle zu sehen. Über der Schulter trug sie eine Tasche aus Straußenleder, an den Füßen Straußenstiefel und an den Händen Straußenhandschuhe. Bei ihrem Gehalt einer ordentlichen Professorin hatte sie genug Geld zum Ausgeben. Ihre klar gestylte Schönheit war die einzige Form von Schönheit, die sie gelten ließ.

Vela sagte: »Deine kleine Rosamund brennt darauf, sich um dich zu kümmern.«

»Wahrscheinlich hält sie mich für glücklich verheiratet.«

»Warum hat sie dann immer ihren Badeanzug dabei?«

»Weil die Fahrt im heißen El-Zug lange dauert und sie gern im See schwimmen geht.«

»O nein, weil du so ihre gute Figur bewundern kannst. Sonst würde sie doch zu Hause in ihrem Viertel schwimmen gehen.«

»Hier fühlt sie sich sicherer.«

»Aber ihr seid doch nicht ausgelastet mit dem Diktieren von Briefen.«

»Das nicht.« So viel musste ich zugeben.

»Und worüber redet ihr dann – Hitler und Stalin?«

Für Vela waren das verachtenswerte Themen. Verglichen mit der Chaos-Physik hatten sie eigentlich kein Existenzrecht. Und dabei war sie nur eine Flugstunde von Stalingrad entfernt geboren worden. Doch ihre Eltern hatten keine Anstrengung gescheut, um sie in ungetrübter Ahnungslosigkeit darüber zu bewahren, was in der Wehrmacht und in den Gulags vor sich gegangen war. Für Vela gab es nur die eigene hochspezialisierte Forschung. Erstaunlicherweise besaß sie dennoch ein Talent für Politik. Es mussten unbedingt alle eine gute Meinung von ihr haben. Es war ihr ein Anliegen, dass man sie als warmherzig, freundlich und großzügig wahrnahm. Selbst Ravelstein musste dann zugeben: »Die Leute sind von ihren Aufmerksamkeiten geschmeichelt. Sie kauft die teuersten Geburtstagsgeschenke.«

»Stimmt. Komisch, wie sie Bekannte anzieht und sie mir dann abspenstig macht. Aber ich habe keine Lust, mit ihr darum zu konkurrieren, wer am meisten ausgibt.«

»Chick, willst du mir damit vielleicht sagen, dass sie ein Alien aus dem Weltall ist?«

Inzwischen war ich mit Ravelsteins Vorstellungen über die Ehe vertraut. Einsamkeit, Sehnsucht und die unerträgliche Isolation besiegen die Menschen schließlich. Sie brauchen die richtige, die fehlende Hälfte, um wieder vollständig zu werden. Da es unrealistisch wäre, darauf zu hoffen, müssen sie einen Ersatz akzeptieren, mit dem es sich aushalten lässt. Sobald ihnen das einmal klar geworden ist, geben sie sich mit weniger zufrieden. Der Bund treuer Herzen ist die Ausnahme. Liebe, die bleibt und dauert bis ans Ziel der Welt, ist in der heutigen Zeit nicht vorgesehen. Dennoch gab es für Ravelstein sonst nichts, was dieser Seelenarbeit auch nur nahe gekommen wäre. Die Wissenschaft bestreitet, dass es im Sonett 116 um die Liebe zwischen Männern und Frauen geht; sie ist vielmehr der Meinung, Shakespeare spreche von Freundschaft. Auf Liebe können wir in der modernen Welt nicht mehr hoffen, allenfalls auf eine sexuelle Beziehung – eine bourgeoise Lösung, die im Gewand der Boheme daherkommt. Ich komme auf Boheme, weil wir das Gefühl brauchen, wir seien befreit. Ravelstein lehrte, dass wir in der Moderne schwach seien. Stark, und das hatte er bei Sokrates gelernt, stark sind wir durch die Natur. Der Kern der Seele ist der Eros. Der Eros wird mit aller Macht zur Sonne hingezogen. Wahrscheinlich habe ich schon einmal davon gesprochen. Wenn ich das Thema wieder aufgreife, dann weil ich mit Ravelstein nie fertig sein würde, so wie er nie mit Sokrates fertig war. Für Sokrates befand sich der Eros im Mittelpunkt der Seele, dort hält ihn die Sonne am Leben und zieht ihn groß.

In mancher Hinsicht jedoch hatte ich eine höhere Meinung von Vela als Ravelstein. Für ihren besonderen Charme war er nicht empfänglich. Ich schätzte an ihr auch weiterhin das, was auch andere an ihr zu schätzen wussten – die Art, wie sie, angetan mit den teuersten Kleidern, ein Zimmer durchquerte und dabei die Zehen so rasch auf den Boden setzte, dass die Hacken kaum je den Boden berührten. Bei allem, Gehen, Reden, Achselzucken, Lächeln, hatte sie ihre eigenen Vorstellungen. Für ihre amerikanischen Bekannten war sie der Inbegriff alteuropäischer Anmut und Schönheit. Rosamund sah sie nicht anders. Ich setzte ihr auseinander, dass diese Schönheit im Grunde in einer besonders attraktiven Unbeholfenheit bestand. Am Ende aber vermochte keine andere Frau gegen ihr Prestige, gegen den Namen, den sie sich in ihrem Forschungsbereich der Physik gemacht hatte, gegen das dicke Gehalt, das man ihr zahlte, und gegen ihren unnachahmlichen, alle überwältigenden Glamour anzukommen. Rosamund sagte immer: »Diese Frau ist so unglaublich schön – Taille, Beine, einfach alles.«

»Das stimmt schon. Aber sie hat doch auch etwas Künstliches. Eine Kriegslist vielleicht. Oder Gefühlsarmut.«

»Trotz der langjährigen Ehe?«

Ich hatte gehofft, es mit Vela zu schaffen, weil ich davor schon mehrfach verheiratet war. Doch hatte ich den Kampf mehr oder weniger aufgegeben und bereits seit einem Dutzend Jahren keine Ansprüche mehr an Vela gerichtet. Morgens verließ sie türenschlagend das Haus, und ich setzte mich an meine Arbeit und verbrachte den Tag damit. Von der anderen Seite der Stadt meldete sich Ravelstein für ein, zwei Stunden am Telefon. Wenigstens einmal in der Woche kam Rosamund mit öffentlichen Transportmitteln aus der Richtung, in der auch Ravelstein wohnte. Ich schlug ihr immer wieder vor, sich ein Taxi zu nehmen, doch der El-Zug war ihr lieber. Rosamund sagte, dass der El-Zug nach Meinung ihres Verlobten George vollkommen sicher sei. Die Verkehrsbehörde betreue die Bahn hier besser als die in New York.

Ich übernahm Ravelsteins Marotte und brachte ihr den französischen Begriff für »zweifelhaft« bei – *louche*. Nichts vermag eine amerikanische Gefahr besser zu neutralisieren als ein französisches Wort.

Zu dem Zeitpunkt wurde alles immer schlimmer. Ich war gerade noch rechtzeitig vom Begräbnis meines Bruders in Tallahassee zurückgekommen, um meinen überlebenden Bruder Shimon am, wie sich herausstellte, letzten Tag seines Lebens zu sehen. Er sagte zu mir: »Du hast ein schönes Hemd an, Chick, das hat Klasse, rote und graue Streifen.«

Wir saßen zusammen auf dem Rattansofa. Sein vom Krebs zerstörtes Gesicht hatte den gewohnten frechen Ausdruck guter Laune.

»Aber wie ich höre, willst du dir einen Mercedes Diesel kaufen. Ich rate dir dringend ab«, sagte er. »Der bringt nur Ärger.« Er bebte in der finalen Dringlichkeit oder Unruhe. Es war so gut wie vorbei, also versprach ich, den Diesel nicht zu kaufen. Dann, nachdem wir lange stumme Blicke gewechselt hatten, sagte er, er wolle wieder in sein Bett steigen. Dafür war er längst zu schwach. Einst hatte er Ball gespielt und kräftige Beine gehabt, doch jetzt waren die Muskeln ganz verschwunden. Ich sah ihm hinterher und überlegte, ob ich helfen müsse. Er hatte nichts mehr, um seinen Willen durchzusetzen. Dann wandte er den Kopf nach mir um und verdrehte die Augäpfel – alles blindes Weiß. Die Schwester schrie: »Er verlässt uns.«

Shimon erhob die Stimme und sagte: »Regt euch nicht auf.«

Das hatte er oft zu seiner Frau und zu seinen Kindern gesagt, wenn sie unterschiedlicher Meinung waren oder zu streiten begannen. Seine Aufgabe in der Familie bestand darin, die Dinge nicht außer Kontrolle geraten zu lassen. Er merkte nicht, dass seine Augäpfel in den Kopf zurückgerollt waren. Aber ich hatte das bei Sterbenden gesehen und wusste, dass er uns verließ – die Schwester hatte Recht.

Nach seinem Begräbnis, das noch in der gleichen Woche stattfand, ein paar Tage vor meinem Geburtstag, war ich laut und zornig und trat gegen Velas Badezimmertür; dabei erinnerte ich mich an die Bitte meines Bruders um Ruhe; es war beinah das Letzte, was er gesagt hatte. Ich verließ das Haus. Als ich abends zurückkam, fand ich einen Zettel von Vela; sie schlief bei Yelena, auch eine Französin vom Balkan.

Als ich am nächsten Abend heimkam, fand ich überall im Haus große, bunte, runde Aufkleber – die grünen bezeichneten meine Besitztümer, die lachsfarbenen waren an die ihren geklebt. Die ganze Wohnung war ein Wirbel dieser großen runden Flecken. Die Farben waren nicht normal, sie hatten etwas Gasartiges oder Galliges. Auf der Schachtel wurden sie als »Pastelltöne« bezeichnet. Der Effekt war wie bei einem Schneesturm – »ein meumtuum-Blizzard«, wie ich zu Ravelstein sagte.

Eine Gruppe seiner Studenten half mir nach dem Umzug in der neuen Wohnung beim Auspacken. Rosamund war eine davon. Naturgemäß war sie an den Büchern interessiert, die ich gesammelt hatte. In den Umzugskartons waren mein Wordsworth aus dem College und mein *Ulysses* in der Erstausgabe von »Shakespeare and Company« mit den lustigen Druckfehlern von Joyce' Setzern in Dijon – statt *»give us a touch, Poldy. God, I'm dying for it«* sagt Molly *»give us a tough«*. Alles nur, weil unten auf der Straße zwei Hunde kopulieren. »Wie das Leben beginnt«, denkt Leopold Bloom. An diesem Tag zeugen Molly und er ihren Sohn, aber das Kind wird nicht lange am Leben bleiben. Das Leben ist in jeder Hinsicht aus solchen Fakten zusammengesetzt, und man kann niemals alle berücksichtigen, allenfalls die auffälligeren festhalten. Zum Beispiel, wie Vela aussah, als sie alle Gegenstände mit diesen blassgrünen und orangefarbenen Aufklebern vollpappte. Schon ein Blick darauf ließ einen schreiend davonlaufen. Warum also heiratet man eine Frau, deren letzte eheliche Handlung darin besteht, dass sie Hunderte, wenn nicht Tausende solcher Aufkleber anbringt? Aber warum hat Molly eigentlich Leopold Bloom geheiratet? Ihre Antwort war: »Er ist so gut wie jeder andere.«

Für mich war Vela in ihrer Schönheit nicht zu übertreffen. Sie trug den Rock hinten ganz knapp geschnitten. Sie hatte eine Kavallerie-Kruppe, einen besonders schönen Busen, ihre Absätze knallten beim Betreten eines Zimmers wie militärisches Getrommel, aber gaben keinen Hinweis, was Vela fühlte oder dachte.

Vela hatte eine steife Oberlippe. Für mich war die Oberlippe immer von besonders charakteristischer Bedeutung. Eine Neigung zum Despotischen zeigte sich hier. Wenn ich Fotos betrachte, neige ich dazu, bestimmte Züge voneinander zu isolieren. Was sagt einem diese Stirn oder die Stellung der Augen? Oder dieser Schnurrbart? Hitler und Stalin, die beiden klassischen Diktatoren des 20. Jahrhunderts, hatten unterschiedliche Schnurrbärte. Velas Lippe, das nur nebenbei, piekste beim Küssen.

Vela führte gern und zeigte einem auch, was männlich ist. Diese Neigung ist bei Frauen weiter verbreitet, als man denken sollte. Entweder dachte Vela an Männer, die ihr früher einmal gefallen hatten, oder sie verfügte über ein eigenes männliches Prinzip, ein Jungsches männliches Gegenstück, ihr eigentümlicher Animus oder die angeborene Vorstellung von einem Mann – unbewusst natürlich.

Ravelstein war für solches Zeug viel zu ungeduldig. Er sagte: »Dieser Jungsche *schtick* kommt direkt von Radu Grielescu. Vela ist mit den Grielescus eng befreundet. Du bist doch mal jede zweite Woche mit ihnen Essen gewesen. Natürlich bist du Schriftsteller und musst deshalb alle möglichen Menschen treffen«, sagte Ravelstein. »Für einen Mann in deiner Position völlig normal. Sportler, Filmleute, Musiker, Einzelhändler, sogar Kriminelle. Sie sind dein täglich Brot, dein Fleisch und die Kartoffeln.«

»Warum sollte ich dann nicht mit Grielescu und seiner Frau zu Abend essen?«

»Nichts dagegen einzuwenden, solang du weißt, was gespielt wird.«

»Und was wird hier gespielt?«

»Grielescu benutzt dich. In der alten Heimat war er Faschist. Das muss er vergessen machen. Der Mann war ein Anhänger Hitlers.«

»Also bitte …«

»Hat er je geleugnet, dass er zur Eisernen Garde gehört hat?«

»Darüber haben wir nie gesprochen.«

»*Du* hast nie drüber gesprochen. Erinnerst du dich an das Massaker in Bukarest, bei dem sie Menschen im Schlachthof lebendig an Fleischerhaken hängten und sie schlachteten – sie bei lebendigem Leib häuteten?«

Man hörte Ravelstein selten von solchen Dingen sprechen. Gelegentlich bezog er sich in allgemeinen hegelianischen Begriffen auf die »Geschichte« und empfahl bestimmte »sehr komische« Kapitel der Geschichtsphilosophie. Düstere Unterhaltungen über das »Besondere« waren bei ihm äußerst selten. »Du weißt aber, dass er ein Anhänger von Nae Ionescu war, der die Eiserne Garde gegründet hat. Hat er nie davon gesprochen?«

»Hin und wieder spricht er von Ionescu, aber meistens spricht er über seine Zeit in Indien und wie er bei einem Yogalehrer studiert hat.«

»Ja, sein Getue mit glamourösen östlichen Schwindeleien. Du bist viel zu milde mit den Leuten, Chick, und du kannst dich nicht auf deine Unschuld herausreden. Du weißt, dass er schwindelt. Zwischen euch gibt es eine unausgesprochene Vereinbarung. Muss ich deutlicher werden?«

Ravelstein und ich waren grundsätzlich ehrlich miteinander. *Verbum sat sapienti.* Die Grielescus waren für Vela als gesellschaftlicher Umgang wichtig. Ich besaß eine nicht geringe Begabung dafür, solche Phänomene zu bemerken, und wusste, dass Vela mir gute Noten dafür gab, dass ich so höflich zu Radu war und mich Mme Grielescu gegenüber immer von meiner besten Seite zeigte. Meine Konversation mit Madame auf Französisch machte Vela große Freude. Ravelstein aber sah meine Beziehungen mit diesen Leuten sehr kritisch. Als er im Sterben lag, schien es ihm nötig, mit größerer Offenheit über Dinge zu sprechen, die wir zu diskutieren vorher nie für nötig erachtet hatten.

»Sie benutzen dich als Tarnung«, sagte Ravelstein. »Von allein hättest du dich nie so eng mit diesen Judenhassern eingelassen. Da sie aber nun einmal Velas Freunde waren, hast du dich ihnen zur Verfügung gestellt und Grielescu genau das geliefert, was er gebraucht hat. Als rumänischer Nationalist hat er sich in den Dreißigern an der Gewalt gegen die Juden beteiligt. Er war kein Arier – er war Dakier*.«

Ich wusste all das nur zu gut. Mir war auch bewusst, dass Grielescu eine enge Verbindung zu C. G. Jung hatte, der sich selber als eine Art arischer Christus verstand. Doch wie soll man sich gegenüber diesen gebildeten Menschen vom Balkan verhalten, die über eine dermaßen umfassende Palette von Interessen und Talenten verfügen – die Wissenschaftler sind und Philosophen und auch Historiker und Dichter, die Sanskrit und Tamil studiert und an der Sorbonne Vorlesungen zur Mythologie gehalten haben; die, wenn man sie gründlicher befragte, ohne weiteres auch einiges über Personen sagen konnten, die sie in der paramilitärischen judenhassenden Eisernen Garde »flüchtig gekannt« hatten?

Ehrlich gesagt, beobachtete ich Grielescu mit größtem Vergnügen. Er hatte so viele Ticks. Er war ein zappeliger, ständig nach seiner Pfeife suchender und die Pfeife stopfender Raucher, der Drahtputzer in das Mundstück seiner Bruyère drückte oder an dem verkohlten Rest im Pfeifenkopf herumkratzte. Er war klein und kahl, ließ sich aber das Haar am Hinterkopf lang wachsen; es ringelte sich weit über den Kragen. Seine Glatze erinnerte an eine Flussmündung, reich mit angeschwollenen Adern durchzogen, gefährlich nah am Platzen. Ravelsteins grünovale Melonen-Kahlheit war ganz anders. Während er mit seinen weichbürstigen Pfeifenreinigern herumfuchtelte, schnitt Grielescu ein entlegenes Thema nach dem anderen an. Er hatte buschige Augenbrauen, und sein breites Gesicht war auf den Austausch von Ideen vorbereitet. Es gab jedoch keinen Austausch, denn er beschäftigte sich mit irgendeinem Thema aus der Mythologie oder der Geschichte, zu dem man selber

* Die Dakier in Rumänien entsprachen den Ariern in Deutschland. (Anm. d. Autors)

nicht das Geringste zu sagen hatte. Mir war das egal. Mir liegt wenig an der Verantwortung, die auf einem lastet, sobald man das Gespräch bestimmt. Doch jeder hat so etwas wie einen Vorgarten mit zufällig aufgeschnapptem Wissen, und es ist nur angenehm, wenn jemand dafür sorgt, dass er gegossen wird und grün bleibt. Manchmal sprach Radu über sibirischen Schamanismus, dann vielleicht über die Hochzeitsriten der Aborigines in Australien. Es wurde vorausgesetzt, dass man zu Radu kam, um ihm zuzuhören oder von ihm zu lernen. Mme Grielescu hatte sogar die Möbel im Salon entsprechend arrangiert. »Auf diese Weise lenkte er die Unterhaltung von seiner faschistischen Vorgeschichte ab«, sagte Ravelstein. »In dieser Vorgeschichte ist dennoch verzeichnet, was er über die jüdische Syphilis geschrieben hat, die die Hochzivilisationen des Balkans infiziert hat.«

Wie sich zeigte, täuschte er sich nicht. Grielescu hatte sich den Nazis angeschlossen, nicht der milderen, der italienischen Form des Faschismus. Schwer zu sagen, wie politisch Mme Grielescu gewesen war. Ich vermute, dass sie vor dem Krieg eine elegante Schönheit war, ein *flapper* aus der Oberschicht. Man konnte sie sich leicht vorstellen, wie sie mit einem Topfhut angetan einer Limousine entstieg. Gut gekleidete Frauen mit auffälligem Lippenstift interessierten sich normalerweise nicht für Politik. Diese europäischen Damen kümmerten sich um das gesellschaftliche Verhalten ihrer Ehemänner – der Männchen ihrer Gruppe. Männer gab es, um die Tür aufzuhalten und beim Abendessen den Stuhl zurückzuschieben.

Mme Grielescu ging es nicht gut. Den Falten nach zu urteilen, war sie bereits jenseits der sechzig, darüber unglücklich, aber bei Männern noch immer sehr anspruchsvoll – ein wandelndes Handbuch der Etikette. Nie hätte man mit Sicherheit sagen können, was sie über die Vergangenheit ihres Gatten bei der Eisernen Garde wusste. In den späten dreißiger Jahren, als Hitler im Rheinland, in Wien und Prag von Erfolg zu Erfolg stürmte, wurde Grielescu eine Art Kulturchef in London und spielte später im Lissabon des Diktators Salazar eine wichtige und einflussreiche Rolle.

Doch inzwischen waren seine politischen Aktivitäten in der Jahrhundertmitte tot und begraben. Wenn Vela und ich uns mit den Grielescus zum Essen trafen, drehte sich die Unterhaltung nicht um Krieg und Politik, sondern um Ur-Geschichte oder Mythologie. Der Professor im weißen Seidenhemd mit Stehkragen unter dem Dinner-Jackett rückte die Stühle für die Damen oder steckte ihnen Blumen an – allerdings waren seine Hände dafür bereits zu zittrig. So verschüttete er auch den Champagner. »Er zahlte die Rechnung aus einem Packen Fünfziger. Keine Kreditkarten.«

»Ich kann mir nicht vorstellen, wie er auf der Bank Geld zählt«, sagte Ravelstein.

»Wahrscheinlich schickt er seine Sekretärin mit einem Scheck hin. Er zahlt jedenfalls immer mit druckfrischen, glatten Scheinen. Er zählt auch nicht, er lässt einen Packen grüner Scheine fallen und macht eine ›Nehmen Sie das da weg‹!-Geste. Dann eilt er zur gegenüberliegenden Tischseite, um seiner Frau Feuer zu geben. Diese ganze Galanterie, die *hommages*, ein Dauerauftrag im Blumenladen für Rosen und Handküsse und Verbeugungen.«

»Und alles auf Französisch. Für Amerikaner gibt es wieder einen anderen Maßstab. Und du bist außerdem Jude. Die Juden sollten ihre Situation angesichts der Mythen besser begreifen. Warum sollten sie irgendwas mit Mythen zu tun haben? Mythen haben sie dämonisiert. Der Mythos vom Juden hat mit der Verschwörungstheorie zu tun. Mit den Protokollen der Weisen von Zion beispielsweise. Und dein Radu hat Bücher, endlose Bücher über den Mythos geschrieben. Warum also gibst du dich überhaupt mit Mythologie ab, Chick? Erwartest du vielleicht, dass man dir eines Tages auf die Schulter klopft und dich zu einem der Weisen von Zion schlägt? Denk hin und wieder mal an die Menschen, die an den Fleischerhaken hängen.«

Ravelstein und ich diskutierten endlos die balkanische Klemme, in der ich mich befand, aber wenn ich meine Erzählung nun wieder aufnehme, merke ich, dass ich als erstes Vela ausschließen muss. Ich muss sie ein für alle Mal loswerden. Das ist aber nicht so einfach, wie man glauben möchte. Sie war eine Schönheit, bezaubernd angezogen und unvergesslich zurechtgemacht. Am Telefon zwitscherte sie wie Papagena. Ravelstein war beinah der einzige, der behauptete, sie kleide sich ohne Geschmack. Er sah sie als überragende Oberflächenmanagerin. »Wenn man einmal bei ihr Verdacht geschöpft hat, bricht die gesamte Produktion auseinander«, sagte er. »Zu viel rationale Planung.« Dann aber fügte er hinzu: »Sie hatte völlig Recht damit, dass sie dich rausgeschmissen hat.«

»Warum sagst du das?«

»Weil du sie eines Tages umgebracht hättest.« Kein düsterer Ton in seiner Stimme. Für ihn war die Idee eines solches Mordes eine gute Sache. Sie sprach für mich. »Sie hatte dich sexuell verzaubert, also musstest du über ihren gewaltsamen Tod nachdenken. Sie hatte den denkbar ungünstigsten Moment gewählt – direkt nach dem Tod deiner beiden Brüder –, um dir mitzuteilen, dass sie die Scheidung eingereicht habe.«

Häufig sagte Ravelstein zu mir: »Irgendwas gefällt mir an der Art, wie du Anekdoten erzählst, Chick, und ich möchte, dass du über mich schreibst, wenn ich tot bin ...«

»Aber hängt das nicht davon ab, wer es als Erster in die Kiste schafft?«

»Lass bitte das dumme Gerede. Du weißt genau, dass ich jeden Tag sterben kann …«

Natürlich wusste ich es. Und wie.

»Du könntest wirklich ein schönes Erinnerungsbuch schreiben. Das ist keine Bitte«, fügte er hinzu. »Ich erlege es dir als Verpflichtung auf. Schreib es in diesem Erinnerungsstil, mit dem du nach dem Abendessen nach ein paar Gläsern Wein und völlig entspannt deine Bemerkungen machst. Ich höre gern zu, wenn du über Edmund Wilson oder John Berryman oder Whittaker Chambers extemporierst, wie du morgens bei *Time* angestellt wurdest und er dich noch vor dem Mittagessen wieder rausgeschmissen hat. Du erzählst eine Geschichte immer dann besonders schön, wenn du völlig entspannt bist.«

Mir blieb keine Möglichkeit, ihm das abzuschlagen. Er hatte offensichtlich kein Interesse daran, dass ich sein Welterklärungssystem beschrieb, das in seinen theoretischen Büchern nachzulesen war. Ich übernehme also die Verantwortung für seine Person, und da ich ihn nicht ohne einen bestimmten Grad von Eigenbeteiligung schildern kann, muss man mich als Randerscheinung ertragen.

Der Tod näherte sich, und er vermittelte die üblichen Vorzeichen, machte mir als Erstes deutlich, dass ich bei der Vorbereitung nicht vergessen solle, dass ich selber mehr als zehn Jahre älter war als Ravelstein. In meinem fortgeschrittenen Alter musste eigentlich jeder dritte Gedanke dem Tod gelten. Das Merkwürdige aber war, dass ich nun der Mann von Rosamund war, einer Studentin Ravelsteins. Ravelstein war aber ein dermaßen paradoxer Charakter, dass eine der Nebenwirkungen dieser Freundschaft darin bestand, mich gar nicht merken zu lassen, wie ungewöhnlich meine Situation war – ich war über siebzig und mit einer jungen Frau verheiratet. »Seltsam ist es bloß, wenn man es von außen betrachtet«, sagte Ravelstein. »Sie hat sich in dich verliebt, und deshalb konnte man sie auch nicht mehr bremsen.«

Er hatte mich ausgewählt oder beauftragt, dieses Erinnerungsbuch zu schreiben, und mich dadurch gezwungen, an meinen genauso wie an seinen Tod zu denken. Und nicht nur an seinen Tod durch Gürtelrose, Guillain-Barré usw., denn er war nicht der einzige Todesfall. Es war Erntezeit für eine ganze Generation. Ein Beispiel: Just an dem Tag, als wir dieses Gespräch führten, saß ich mit Ravelstein in seinem extravaganten, verschwenderisch ausgestatteten Schlafzimmer. Der Vorhang am Ostfenster war beiseite gezogen, und wir sahen auf das große weite Blau des strandlosen Sees hinaus.

»Woran denkst du, wenn wir in diese Richtung schauen?« fragte Ravelstein.

»Ich denke an den guten alten – oder den bösen alten – Rakhmiel Kogon«, sagte ich.

»Er beschäftigt dich mehr als mich«, sagte Ravelstein.

Kann sein. Aber man konnte nicht in diese Richtung schauen – nach Osten –, ohne das Haus zu sehen, in dem Kogon wohnte, und dann zählte man von oben oder unten und versuchte, das neunte Stockwerk zu finden, konnte aber nie sicher sein, dass man auf sein Fenster schaute. Rakhmiel, der seit den vierziger Jahren in meinem Leben eine Rolle gespielt hatte, und seit den Fünfzigern bei Ravelstein, gehörte zu jener Gruppe, aus der sich in Abständen immer wieder einer davonmachte. Nie wusste man, wer als Nächster drankäme. Rakhmiel hatte verschiedene große Operationen hinter sich: Seine Prostatadrüse war vergangenes Jahr entfernt worden – Rakhmiel sagte, er habe ohnehin nie viel damit anfangen können. Ich rechnete mich nicht zu der gefährdeten Gruppe, weil ich mich in eine junge Frau verliebt und sie geheiratet hatte. Deshalb war ich noch nicht bereit, mich darauf einzustellen, dass die Gruppe nach und nach verschwand. Es war einer dieser seltsamen Augenblicke der Erleuchtung, und ich glaube nicht, dass ich sie einfach übergehen sollte. Rakhmiel war ungewöhnlich gebildet, doch wozu? In jeder Ecke seiner Wohnung stapelten sich die Bücher. Jeden Morgen setzte sich Rakhmiel hin und schrieb in grüner Tinte.

Rakhmiel war weder groß noch gesund, aber dennoch physisch auffällig – kompakt und komprimiert, überheblich, tyrannisch fixiert, meinungssüchtig. Über Hunderte von Themen hatte er sich ein für alle Mal eine Meinung gebildet, und vielleicht war das das Zeichen dafür, dass er seinen Weg vollendet hatte. Mir war, als würde ich ihn und sein Leben bereits für einen Nachruf resümieren. Möglicherweise versuchte ich Ravelstein durch Rakhmiel zu ersetzen, damit ich nicht über Ravelsteins Tod nachdenken musste. Über Rakhmiels Tod würde ich viel lieber nachdenken. Ich ging also sein Leben und seine Bücher durch, um ein Bild von ihm zu skizzieren, während Ravelstein mit geschlossenen Augen auf dem Kissen lag und sich seine eigenen Gedanken machte.

Rakhmiel war rothaarig oder war es gewesen, doch hatte er dieses rote Haar längst verloren. Geblieben war eine rötliche Hautfarbe – in der mittelalterlichen Physiologie ein Sanguiniker: heiß und trocken. Oder noch besser: cholerisch. Er hatte den Gesichtsausdruck eines Polizisten, und wenn Rakhmiel schnell ging, vermittelte er oft den Eindruck, einem Fall auf der Spur zu sein – mit einem Durchsuchungsbefehl oder um jemanden zu verhaften. Wenn er redete, hatte das für mich etwas von einem Verhör. Er konnte präzis formulieren, sprach in ganzen Sätzen und war dabei sehr schnell und sehr ungeduldig. Wenn man ihn näher kennen lernte, begriff man, dass in seinem Wesen zwei auffällige fremde Elemente zusammenkamen – ein deutsches und ein britisches. Der deutsche Teil war seine Härte im Stil Weimars. Ich vermute, dass mir Weimar nur in der Nachtclubversion bekannt war. Das Nachkriegseuropa der zwanziger

Jahre verkaufte sich mit Härte. Die Kriegsveteranen waren hart, und die politischen Führer waren hart. Der Härteste von allen war natürlich Lenin, der Erhängungen und Erschießungen befahl. Hitler beteiligte sich an diesem Wettbewerb, als er in den Dreißigern die Macht übernahm. Sofort sorgte er dafür, dass der Stabschef Röhm und weitere Nazi-Brüder erschossen wurden. Es gab eine Zeit, da habe ich mit Rakhmiel viel über dieses Thema diskutiert.

Viele bittere Tatsachen, für Zeitgenossen zu schrecklich, um darüber nachzudenken. Wir können uns selber nicht dazu bewegen, sie anzuerkennen. Unsere Seelen sind nicht stark genug, das zu ertragen. Und doch kann man es sich nicht ersparen. Ein Mann wie Rakhmiel würde sich unweigerlich verpflichtet fühlen, die Tatsache anzuerkennen, dass das Böse universell ist. Für ihn hatte jeder seinen Teil daran. Diese mörderischen Regungen ließen sich bei jeder erwachsenen Person finden. In bestimmten Fällen, wie auch in dem von Rakhmiel selber, konnte man sie in der eigenen körperlichen Struktur feststellen, als Äquivalent nicht unbedingt des Krieges, aber doch der beschämenden Scheußlichkeiten, die sich überall in Russland, Deutschland, Frankreich, Polen, Litauen, der Ukraine und auf dem Balkan ereignet hatten.

Er hatte also diesen germanischen Teil. Dann war da die britische Komponente. Rakhmiel, dessen Name übersetzt so viel bedeutet wie »Hilf mir Gott« oder »Hab Erbarmen mit mir, Gott«, hatte sich englische Professoren zum Vorbild genommen und war schließlich selber einer geworden. Den Krieg hatte er in England verbracht. Der Blitzkrieg traf ihn in London, wo er für den Geheimdienst arbeitete und übersetzte. Anschließend unterrichtete er an der London School of Economics. Später brachte er es zum Oxford-Professor und teilte seine Zeit zwischen England und den USA. Er hatte viele gelehrte Bücher geschrieben. Er schrieb täglich, ausgiebig, unerschöpflich, schrieb ohne Problem und mit grüner Tinte. »Die Intellektuellen« waren sein wichtigstes Thema, und stilistisch war er ein Anhänger Samuel Johnsons. Gelegentlich erinnerte er mich an Edmund Burke, aber zumeist hörte man den Ton Samuel Johnsons durch. Dagegen ist nichts einzuwenden. Die Herausforderung der modernen Freiheit oder vielmehr die Verbindung von Isolation und Freiheit, mit der man es zu tun hat, besteht darin, dass man sich selber erfinden muss. Allerdings besteht die Gefahr, als nicht mehr ganz menschliches Geschöpf aus dem Prozess hervorzugehen.

Die Kunst der Verkleidung ist so weit fortgeschritten, dass man mit Sicherheit die Zahl der Arschlöcher, die man gekannt hat, zu gering ansetzt. Nicht einmal ein Genie wie Rakhmiel war in der Lage, seine heftige, oder wenn Ihnen das lieber ist: seine bösartige Natur zu verbergen. Seine Vorstellungen von Anstand entstammten den Romanen von Dickens, dennoch hatte er bösartige REMs – ich borge mir diesen Ausdruck von der Schlafforschung –, schnelle Augenbewegungen im hellwachen Zustand. Er sah aus wie ein reizbares und höchst impulsives britisches Clubmitglied mit feuerrotem Gesicht. In Amerika, wo man derartige Typen nicht kennt, wurden seine Absonderlichkeiten unweigerlich missverstanden. Man sah einen untersetzten, aber kräftigen kleinen Mann mit Bauchansatz. Er trug sehr alten Tweed. Schlecht angezogen zu sein, ist eine professorale Tradition, die bis ins Mittelalter zurückgeht; in Oxford und Cambridge konnte man noch immer sehen, wie die Löcher in den akademischen Talaren mit Klebeband geflickt waren. Rakhmiel Kogons Kleider verströmten etwas merklich Säuerliches. Er wirkte wie ein Tyrann, dem die Tyrannei laut und deutlich ins Gesicht geschrieben stand. Sanftmut und christliche Nachsicht oder Höflichkeit konnten das nur mühsam überdecken. Wenn er das Haus verließ, trug er einen Filzhut und einen unförmigen Stock – »um damit die Bauern zu hauen«, wie er gern scherzte. Es war natürlich ein Scherz, denn sein Hauptthema war die Höflichkeit. Mit der Höflichkeit hatte er eine völlig neue Mine geöffnet, und in der Universitätswelt grub jeder seinen Schacht dorthin.

Rakhmiel war alles andere als einfältig. Ich bin überzeugt, dass er heimlich einen kleinen Kräutergarten hochherziger Gefühle angelegt hatte. Vor allem, wenn er um einen neuen Freund warb, hegte er die Hoffnung, er könne als wohlanständiger Mensch durchgehen. Außerdem war er hochgelehrt. Wenn man zum ersten Mal in seine Wohnung kam, wuchs der Respekt vor ihm. In seinen Regalen fanden sich Werkausgaben von Max Weber und all die Gumplowiczes und Ratzenhofers. Er besaß die Gesammelten Werke von Henry James und Dickens, die historischen Werke von Gibbon über Rom und von Hume über England, außerdem Enzyklopädien zur Religion und massenhaft soziologische Werke. Nützlich, um die Fenster aufzuhalten, wenn das Zugseil gerissen war, sagte ich immer. Dann die grüne Tinte. Keine andere Farbe. Grün war sein exklusives Markenzeichen.

Ravelstein brüllte vor Lachen, wenn wir an diese Stelle kamen. Er sagte: »So möchte ich auch abgehandelt werden. Genau so. Ich möchte, dass du mich genau so zeigst, wie du mich siehst, ohne Weichmacher oder Süßstoff.«

Nachdem er meine Skizze von Kogon gelesen hatte, meinte Ravelstein, ich hätte mich auch mit dessen Sexualleben beschäftigen müssen – für ihn eine grobe Unterlassungssünde. Mit Bestimmtheit sagte er: »Du hast es ausgelassen – Kogon fühlt sich zu Männern hingezogen.« Als ich ihn um einen Beweis dafür bat, erzählte er, dass Soundso, ein bereits graduierter Student, heilige Eide schwöre, dass Rakhmiel eines Abends, als sie alle zu viel getrunken hatten, versucht habe, ihn zu küssen. Man konnte sich Kogon nur schwer beim Küssen vorstellen. Ich sagte ihm, dass ich mir auch in tausend Jahren keinen Rakhmiel vorstellen könne, der sich jemandem aufdrängt. »Dann hast du eine Gehirnwäsche hinter dir«, sagte Ravelstein. Für ihn war in dieser Richtung nichts undenkbar, aber mir gelang es beim besten Willen nicht, mir einen Rakhmiel auszumalen, der jemanden küsste. Ich vermochte mir nicht mal vorzustellen, wie er seine alte Mutter küsste. Er würde sie erbarmungslos anschreien und dann einfach sagen: »Sie ist taub ...« Dabei glaube ich gar nicht, dass sie taub war, seine verwirrte Mama.

Nachdem Ravelstein aus dem Krankenhaus entlassen worden war, ging es ihm wieder einigermaßen. Natürlich kam er gegen seine Infektion nicht an, aber er sagte: »Ich hab es nicht eilig mit dem Sterben.« Sein gesellschaftliches Leben erlebte eine neue Blüte. In seinen besten Tagen war er wie ein Falke herumgeflogen, wie er selber sagte, »aber jetzt schlage ich mit den Flügeln wie einer dieser wilden Truthähne bei dir draußen in New Hampshire«.

Er konnte wieder einigermaßen gehen, hatte aber den Gleichgewichtssinn verloren.

Er konnte sich selber anziehen und essen, rasieren, die Zähne putzen (oben trug er ein Gebiss), die Schuhe zubinden und sogar die fauchende Espresso-Maschine bedienen, die für die gerillte Emaille des Küchenspülbeckens viel zu groß war. Seine Hände zuckten besonders schlimm, wenn er eine äußerst mühselige Operation durchzuführen hatte, zum Beispiel die Spitze des Schuhbändels in das Schnürloch zu fädeln. Für seinen Generalstabsmantel aus pelzbesetztem Wildleder, der am Boden schleppte, wenn ich ihm hineinhalf, war er kaum noch kräftig genug. Seine Uhr konnte er nicht mehr stellen und bat Nikki oder mich darum.

Aber noch immer gab er an jedem Abend eine Party, wenn die Bulls, seine Mannschaft, im Fernsehen waren. Und gelegentlich nahm er seine Lieblingsstudenten noch mit zum Essen ins Acropolis in der Halsted Street. Die Kellner begrüßten ihn mit kräftigem Händedruck und riefen: »He, kuck mal, der Professor!« Sie nötigten ihm reines Olivenöl auf, er musste ein ganzes Glas trinken. »Für die Haare zu spät, Prof, aber immer noch die beste Medizin.«

Wir besuchten auch einen Dinnerclub in der Stadt, *Les Atouts* – die Trumpfkarten. Ravelstein pflog mit M. Kurbanski (Betonung auf dem *ban*) ein so höfliches wie freundschaftliches Verhältnis. M. Kurbanski, der serbische Besitzer und zugleich Geschäftsführer, reiste mehrmals im Jahr ins Ausland. Er bereitete den Umzug zu seinem Alterssitz an der dalmatinischen Küste vor.

Er hatte eine schöne, perfekte Vorderansicht – Kopf und Bauch harmonierten mit einem eindrucksvollen breiten, stupsnasigen, wie erstarrten bleichen Gesicht. Die Haare waren straff zurückgekämmt. Sein Überzieher war wie ein Cutaway geschnitten. Sein ganzes Auftreten gab Ravelstein das Gefühl, mit einem distinguierten Herrn zu verkehren.

Ravelstein fragte mich manchmal: »Was weißt du über Kurbanski?«

»Na, ein franko-serbischer Gentleman, der die Honoratioren der Stadt in seinen Dinner-Club auf der Ostseite des Michigan Boulevard aufnimmt.«

»Was weiß man über seine Zeit im Krieg?«

»Er behauptet, er habe gegen die Deutschen gekämpft. Er war Partisan.«

»Das behaupten sie alle. Aber ich glaube nicht, dass er Kommunist war«, sagte Ravelstein. »Wenn man ihn hört, waren sie alle Freiheitskämpfer oben in den Bergen. Worauf würdest du bei Kurbanski auf jeden Fall wetten?«

»Wenn es hart auf hart kommt, könnte er sich eine Kugel in den Kopf jagen«, sagte ich.

»Das kommt der Sache schon näher. Ich bin deiner Meinung. Doch im Grunde seines Herzens ist er ein meisterhafter *maître de*«, sagte Ravelstein.

»Wer würde daran zweifeln, wenn er jederzeit seine Ruhmestaten im Guerillakrieg und seinen Kampf gegen die Deutschen anführen kann?«

»Daher sein trauriger, abwesender Blick. Und was bleibt?« fragte Ravelstein. »Die jüdische Frage.«

»Es war damals ganz besonders erstrebenswert, kein Jude zu sein, ein großer Vorteil. Man kann nie wissen. Aber die Pointe besteht darin, dass Kurbanski Franzose ist.«

»Ja. Wir kommen in sein Restaurant, und er quasselt auf Französisch auf uns ein. Diese Höflichkeit ist nur möglich, weil wir, obwohl Juden, in annehmbaren Französisch antworten können ...«

»Ich höre dich besonders gern reden, wenn du betrunken bist, Chick. Wenn du redest und dich aus dem Stegreif in Andeutungen ergehst. Du hast Recht, Kurbanski hat diesen traurigen Blick ...«

Ravelstein war längst auch meiner Meinung, dass es wichtig sei, das Aussehen der Menschen wahrzunehmen. Ihre Gedanken reichen nicht – ihre theoretischen Überzeugungen und politischen Ansichten. Wenn man nicht auch die Frisur berücksichtigt oder den Sitz der Hosen, ihren Hemd- oder Blusengeschmack, wie sie Auto fahren und sich beim Essen benehmen, weiß man nicht genug.

»Eins deiner besten Stücke, Chick, ist das über Chruschtschow, der sich vor den Vereinten Nationen den Schuh auszieht und damit auf den Tisch haut. Und beinah ebenso gut ist das Porträt über Bobby Kennedy, der damals Senator in New York war. Du hast ihn in Washington überallhin begleiten können, oder?«

»Ja, eine ganze Woche lang …«

»Das war eins deiner Porträts, die mich besonders fesselten«, sagte Ravelstein. »Dass sein Büro im Senat wie ein Heiligtum für seinen Bruder war – an der Wand ein riesenhaftes Gemälde von Jack. Und seine Trauer hatte etwas Primitives …«

»Rachsüchtig war mein Ausdruck.«

»Lyndon Johnson, nicht wahr, das war der Feind. Sie waren ihn losgeworden, indem sie ihn zum Vizepräsidenten machten – eine Art Botenjunge. Aber plötzlich war er Jacks Nachfolger. Und Bobby musste sich bewaffnen, um das Weiße Haus zurückzuerobern. Hass, reiner Hass. Die beiden Brüder waren sehr gut aussehende Männer. Bob war nur halb so groß wie Jack«, sagte Ravelstein, »aber wie ein Schläger von der Straße. Am lustigsten waren diese vielen Gänge vom Senatsgebäude zum Kapitol. Er stellte einfach herrliche Fragen, zum Beispiel: ›Erzählen Sie mir etwas über Henry Adams.‹ ›Was muss ich über H. L. Mencken wissen?‹ Wenn er Präsident werden wollte, so dachte er, musste er das alles wissen.«

Ravelstein unterhielt sich mit Begeisterung über Berühmtheiten. Am Flughafen in New York hatte er einmal Elizabeth Taylor entdeckt und war ihr fast eine geschlagene Stunde lang durch die Menge gefolgt. Dass er sie erkannt hatte, bereitete ihm besonderes Vergnügen. Weil sie so verblasst und es deshalb nicht einfach war. Sie schien zu wissen, dass ihr Glamour vergangen war.

»Hast du nicht versucht, mit ihr zu sprechen?«

»Ah, hm, nn-hein.«

»Als Bestsellerautor kannst du doch mit anderen Berühmtheiten von Gleich zu Gleich verkehren.«

Aber nein.

Wir saßen, wie schon seit Jahren, in seinem Wohnzimmer. Er trug den japanischen Morgenmantel, der ihm am ganzen

Leib schlotterte. Ravelsteins nackte Beine glichen preisgekrönten Kürbissen, denn die Knöchel waren furchtbar geschwollen – »dieses Scheiß-Ödem!« sagte er. Ravelsteins obere Hälfte war so lebendig wie eh und je. Doch die Krankheit ergriff Besitz von ihm, und er wusste das ebenso gut wie jeder Arzt. Er sprach nicht nur über das Erinnerungsbuch, das ich in seinem Auftrag schreiben sollte, er hatte mir auch merkwürdige Dinge mitzuteilen. Zum Beispiel, dass seine sexuellen Regungen keineswegs erstorben seien. »Ich war noch nie so geil«, sagte er. »Für einen Partner ist es heute schon zu spät. Ich muss mich selber erleichtern …«

»Was machst du?«

»Handarbeit. Was soll ich denn sonst machen? In diesem Stadium bin ich nicht mehr im normalen Rennen.«

Der Gedanke allein ließ mich zusammenzucken.

»Ich bin tödlich verseucht. Ich muss viel an die hübschen Knaben in Paris denken. Wenn sie die Krankheit kriegen, kehren sie oft zu ihrer Mutter zurück, die sich um sie kümmert. Meine alte Mutter ist längst in einem bedauernswerten Zustand. Beim letzten Mal fragte ich sie: ›Weißt du, wer ich bin?‹, und sie erwiderte: ›Natürlich. Du bist der Typ, der diesen berühmten Bestseller geschrieben hat, über den alle reden.‹«

»Das hast du mir schon erzählt.«

»Ist aber die Wiederholung wert. Ihr zweiter Mann besucht ebenfalls die Abschlussklasse für Neunzigjährige. Dennoch werde ich beide schlagen. Es sieht ganz so aus, als käme ich vor meiner Mama über die Zielgerade. Vielleicht warte ich auf sie.«

»Das gilt mir, oder?«

»Aber Chick, du hast doch so oft über das künftige Leben gesprochen.«

»Und du bist erklärter Atheist, da kein Philosoph an Gott glauben kann. Aber das kann ich nicht glauben. Eine spontane Umfrage von mir zeigt, dass neun von zehn Menschen damit rechnen, im nächsten Leben ihre Eltern wieder zu sehen. Aber bin ich überhaupt bereit, die Ewigkeit mit ihnen zu verbringen? Ich fürchte, ich bin es nicht. Mir wäre es lieber, man erlaubte mir, unter Gottes Anleitung das Universum zu studieren. Das ist wirklich kein besonders origineller Wunsch. Andererseits ist es ein ungeheurer Vorgang, wenn man die kollektive Sehnsucht von Milliarden von Menschen begreift.«

»Na ja, wir werden's ja bald wissen, Chick, du und ich.«

»Ach, siehst du denn schon die Anzeichen bei mir?«

»Allerdings, wenn ich ehrlich bin.«

Als wäre er das jemals nicht.

Seltsamerweise störte mich das bei ihm aber gar nicht. Dennoch hätte er einen Augenblick an Rosamund denken können. Gelegentlich war er sich über meine Beziehung zu ihr überhaupt nicht ganz im Klaren – die Krankheit brachte ihn natürlich durcheinander. Er hatte die Rolle des wohlwollenden Vermittlers, Beraters, Arrangeurs übernommen, waltete manchmal auch als Heiratsvermittler. Das hatte zum Teil mit dem Einfluss Jean Jacques Rousseaus zu tun, dem politischen Theoretiker und Reformer. Ursprünglich hatte er sich zu Jean Jacques hingezogen gefühlt, weil der inbrünstig an eine Liebe glaubte, die Menschen und Gesellschaften miteinander verbindet. In Momenten großer Vertraulichkeit konnte er auch zugeben, dass Rousseau, Genie und Erneuerer, dessen Ideen – dessen großer Geist – die europäische Gesellschaft länger als ein Jahrhundert machtvoll beherrscht hatten, selber (beinah unvermeidlich) ein Verrückter war. Um bei diesem zentralen Thema etwas deutlicher zu werden: Er war höchst erstaunt darüber, als er hörte, dass ich Rosamund geheiratet und ihn vorher nicht um Rat gefragt hatte. Ich war gern bereit zuzugeben, dass er womöglich mehr über mich wusste als ich selber, aber ich hatte keine Lust, mich unter seine Vormundschaft zu begeben und mich darauf zu verlassen, dass er sich schon um mein Leben kümmern würde. Das wäre auch Rosamund gegenüber ungerecht gewesen. Ich habe nicht die Absicht, hier Grundsatzerklärungen über Würde, Autonomie und den anderen Quatsch abzugeben. Sie und ich waren bereits über ein Jahr zusammen, ehe Ravelstein merkte, dass wir das hatten, was Klatschjournalisten ein »Techtelmechtel« nennen. Dennoch muss ich sagen, dass er es gelassen hinnahm und uns nichts nachtrug, als wir schließlich heirateten. Die Menschen tun von Natur aus, was sie schon immer getan haben. Bei den Alten zeigt sich eine Spinnerei nach der anderen, bis schließlich der Organismus komplett zusammenbricht. Ich hatte nicht das Geringste dagegen, ihn damit zu amüsieren, dass ich ein typischer Fall, ein lehrbuchmäßiger Fall war. In den letzten Monaten hatte er seine Einschätzung der engeren Freunde und seiner Lieblingsstudenten einer Überprüfung unterzogen und festgestellt, dass er alle schon immer richtig beurteilt hatte. Ich hatte ihm nie erzählt, dass ich mich in Rosamund verliebt hatte, weil er bloß gelacht und mich als Narren bezeichnet hätte. Dabei muss man aber verstehen, dass er keineswegs zu den Leuten gehörte, für die die Liebe ihren Nimbus verloren hatte und irdisch geworden war – für die sie ein historischer, ein romantischer Mythos war, der lange im Sterben gelegen hatte, aber heute endgültig tot war. Er dachte – nein, er *sah* –, dass jede Seele nach ihrem eigentümlichen Gegenstück suchte, sich verzehrte nach der Entsprechung. Ich habe keine Lust, Eros et cetera so zu beschreiben, wie er ihn sah. Ich habe auch bereits zu viel dazu gesagt. Nur so viel: Die Liebe ist von einem heiligmäßigen Glanz umgeben, der uns erst zum Menschen macht. Die Liebe ist die höchste Funktion unserer Spezies – ihre Berufung. Das kann man bei einer näheren Betrachtung

Ravelsteins nicht außer Acht lassen. Nie vergaß er seine Überzeugung; sie scheint in all seinen Urteilen auf.

Oft sagte er schöne Dinge über Rosamund. Er sagte, sie sei ernsthaft, fleißig und habe einen klugen Verstand. Sie war hübsch, eine lebhafte junge Frau. Junge Frauen hätten, so Ravelstein, unter etwas zu leiden, was er »Glamour-Wartung« nannte. Außerdem habe die Natur sie mit der Sehnsucht nach Kindern ausgestattet, demzufolge nach Heirat, nach jener Stabilität, die ein Familienleben erforderlich machte. Das alles, zusammen mit einer Menge weiterer Dinge, mache sie für Philosophie ungeeignet.

»Es gibt junge Frauen, die glauben, sie könnten ihren Ehemann ewig am Leben erhalten«, sagte er.

»Meinst du, das gilt auch für Rosamund? Ich denke eigentlich nie an mein kalendarisches Alter. Ich wandere unaufhörlich über dieselbe Hochebene, ohne dass ich ein Ende sähe.«

»Es gibt entscheidende Fakten, mit denen man leben muss, aber von denen man sich nicht abhängig machen sollte.«

Wenn er von seiner Krankheit sprach, dann fast immer in dieser indirekten Form. Ravelstein traf seine letzten Vorbereitungen. Niemand war bereit, mit ihm darüber zu sprechen. Nikki war die einzige Ausnahme. Aber Nikki gehörte in gewisser Weise zur Familie. Wenn Ravelstein schon eine Familie hatte, dann musste es eine exotische sein, denn Familien konnte er nicht haben. Nikki, der hübsche chinesische Prinz, würde sein Erbe sein. Wir Übrigen waren mehr oder weniger Freunde, aber nicht Erben.

In seinen letzten Lebensmonaten machte Ravelstein, was er immer gemacht hatte. Er hielt seine Seminare ab, organisierte Konferenzen. Als die Vorlesungen seine Kräfte überstiegen, bat er seine Freunde, sie für ihn zu halten. Drittmittel standen immer zur Verfügung. Sein kahler Schädel in der

Mitte der ersten Reihe beherrschte diese Veranstaltungen. War die Vorlesung beendet, war es immer er, der die erste Frage stellte.

Das wurde ein Ritual. Jeder wartete darauf, dass er die Diskussion anschob. Zu Beginn des Herbstsemesters war er noch immer sehr aktiv, obwohl er, wenn ich ihn von seiner Wohnung zum Campus begleitete, an jeder zweiten Ecke anhalten musste, um Luft zu schöpfen.

Ich erinnere mich, dass Schwärme von Papageien sich auf einer Baumgruppe niedergelassen hatten, in der essbare rote Beeren wuchsen. Diese Papageien, in denen man die Nachfahren eines zahmen Paares vermutete, das aus einem Käfig entflogen war, bauten im Park am See ihre langen, sackartigen Nester und kolonisierten von da aus die Seitenstraßen. In diesen Nistsäcken, die an den Masten der Versorgungsleitungen hingen, lebten Hunderte von grünen Papageien.

»Was schauen wir uns an?« fragte Ravelstein, der mir seine riesenhaften runden Augen zuwandte.

»Wir sehen uns Papageien an.«

»Weiß ich doch, aber ich hätte nie gedacht, dass ich je solche Papageien sehen würde. Und was für einen Krach die machen!«

»Ja, früher gab es nur Ratten, Mäuse und graue Eichhörnchen. Jetzt gibt es in den Seitenstraßen Waschbären und sogar Opossums. In den Großstädten entsteht ein neues, auf Abfall basierendes Ökosystem ...«

»Du willst sagen, dass der Großstadtdschungel keine Metapher mehr ist«, sagte er. »Es geht mir durch Mark und Bein, wenn ich diese lauten grünen Vögel aus den Tropen höre. Bringt sie denn der Schnee nicht um?«

»Offenbar nicht.«

Durch nichts waren sie mehr zu dezimieren. Die lärmenden grünen Vögel, die im Laub droschen und zankten, Schnee verstreuten und sich an den Beeren gütlich taten, vermochten Ravelstein länger zu interessieren, als ich erwartet hätte. Die Natur interessierte ihn herzlich wenig. Menschen beanspruchten ihn ganz und gar. Wer sich mit Gras, mit Blättern, dem Wind, mit Vögeln oder anderen Tieren abgab, wollte höheren Aufgaben ausweichen. Und ich vermute, die Vögel beanspruchten seine Aufmerksamkeit deshalb so lang, weil sie nicht bloß fraßen, sondern schlemmten, und er war selber ein unersättlicher Esser. Oder war es gewesen. Wenn er jetzt aß, dann zumeist aus gesellschaftlichen Gründen, wegen eines Gesprächs. Jeden Abend ging er essen. Nikki konnte nicht für all die Leute kochen, die einflogen, um mit Ravelstein zu sprechen.

Abe nahm das übliche Medikament, das in seiner Lage verschrieben wurde, wollte aber nicht, dass es allgemein bekannt wurde. Ich erinnere mich, wie schockiert er war, als seine Krankenschwester hereinkam – das Zimmer war voller Freunde. Sie sagte: »Zeit für Ihre AZT.«

Am nächsten Tag sagte er zu mir: »Ich hätte die Frau umbringen können.« Er tobte noch immer. »Werden diese Leute denn nicht ausgebildet?«

»Sie kommen aus dem Ghetto«, sagte Nikki.

»Geh mir doch mit Ghetto!« rief Ravelstein. »Ghettojuden hatten hoch entwickelte Gefühle, ein geschärftes Wahrnehmungssystem – Tausende von Jahren Übung. Sie hatten Gemeinden und Gesetze. ›Ghetto‹ ist ein ahnungsloser Begriff aus der Zeitung – tut mir Leid, Nikki. Die kommen nicht aus dem Ghetto, sondern aus einem lauten, sinnlosen nihilistischen Wirrwarr.«

Eines Tages sagte er zu mir: »Chick, ich brauche einen Scheck. Nicht viel. Fünfhundert Dollar.«

»Warum kannst du den Scheck nicht selber ausstellen?«

»Ich will keinen Ärger mit Nikki. Er sieht sonst den Beleg.«

»Gut. Wie willst du ihn haben?«

»Barscheck.«

Ravelstein musste nichts weiter erklären. »Ich habe die Adresse aufgeschrieben«, sagte er und reichte mir einen Zettel.

»Schon erledigt.«

»Ich überweise es dir dann.«

»Mach dir keine Gedanken«, sagte ich.

Ich überlegte, ob ein Besucher ein Feuerzeug geklaut oder sich ein anderes *bibelot* eingesackt hatte, das Ravelstein jetzt auslösen wollte. Aber schließlich beschloss ich, dass es die Sache nicht wert war. Er hatte mir bereits von seiner stark angewachsenen Libido berichtet. »Ich bin scharf, und wo soll ich hin damit? Manche Jungs haben eine ganz besondere Zärtlichkeit. Sie wissen genau, worum es geht. Nie hätte ich den Tod für ein so unheimliches Aphrodisiakum gehalten. Ich weiß gar nicht, warum ich das ausgerechnet dir erzähle. Vielleicht weil ich denke, dass solche Informationen wichtig für dich sind.«

Ich habe zeit meines Lebens die Angewohnheit gehabt, Dinge auf die lange Bank zu schieben. Natürlich war mir bewusst, dass Ravelstein sich bereits in der Endphase befand und nicht mehr lange zu leben hatte. Doch als Nikki mir erzählte, dass man Morris Herbst erwarte, verstand ich das als Hinweis, mich jetzt zusammenzureißen.

Ravelstein und sein enger Freund Morris Herbst telefonierten täglich. Mit Ravelsteins Unterstützung war es dem verwitweten Morris gelungen, zwei Kinder großzuziehen. Auf irgendeine Weise war Ravelstein in ihre verstorbene Mutter verliebt und sprach von ihr mit besonderer Achtung und voller Bewunderung. Er beschrieb mir ihr »dramatisches weißes Gesicht, die schwarzen Augen, ein schönes, sexuell offenes, aber keineswegs promiskuitives Wesen«. Im sexuellen Bereich ist heute nichts mehr verboten, aber es bleibt eine Herausforderung, gegen die herrschende sexuelle

Anarchie das eigene Recht zu behaupten. Ravelstein bewunderte Herbsts verstorbene Frau, liebte sie. Sie war die einzige Frau, deren Foto er in seiner Brieftasche mit sich herumtrug. Deshalb war es nur natürlich, dass er für ihre Kinder wie ein zweiter Vater war. Er besorgte ihnen Stipendien, suchte ihnen Arbeit auf dem Campus, überprüfte ihre Freunde und achtete darauf, dass sie die wichtigsten Bücher lasen.

Nikki hatte mir von Nehamahs Foto erzählt. »Es steckt neben den Kreditkarten und dem Ausweis der Krankenversicherung«, sagte er. »Du weißt ja, dass er Leute mit fundamentalen Leidenschaften mag – die einem Tränen in die Augen treiben können. Für Abe gibt es nichts Wichtigeres.«

Wenn Ravelstein nicht oft über Nehamah Herbst sprach, dann hatte das damit zu tun, dass Morris und er in ihren letzten Lebensmonaten einen regelrechten Kult um sie geschaffen hatten. In ihren letzten Wochen war Abe viel mit ihr zusammen gewesen, und sie hatte offen über geheime und vertrauliche Dinge gesprochen. Ravelstein gab keine Einzelheiten preis. Obwohl man sich nie darauf verlassen konnte, dass er Vertraulichkeit auch respektierte, erzählte er mir doch nie, worüber Nehamah und er gesprochen hatten.

Nehamahs Mutter kam aus Mea Sha'arim und flehte ihre Tochter an, sich der orthodoxen Zeremonie zu unterziehen.

»Wie, auf meinem Sterbebett?«

»Ja. Im Interesse deiner Kinder bist du dazu verpflichtet. Ich bin hier, um sie zu retten.«

Doch das Wahre bekommt man eigentlich nie, sagte Ravelstein manchmal. Worauf es wirklich ankommt, kann nur offenbart, niemals inszeniert werden. Allenfalls eine Hand voll Menschen verfügt über die ungeheure Phantasie und die besonderen Charaktereigenschaften, den wahren Eros zu leben. Nehamah weigerte sich nicht bloß, den orthodoxen Rabbi zu empfangen, den ihre Mutter an ihr Sterbebett gebracht hatte, sie redete auch nie wieder ein Wort mit ihr, und die alte Frau musste, ohne dass ihre Tochter von ihr Abschied genommen hatte, nach Mea Sha'arim zurückfliegen. »Nehamah war rein und unerschütterlich«, sagte Ravelstein mit jener leisen Stimme, die unendlichen Respekt bekundete.

Ich versuche hier, so gut ich kann, wiederzugeben, welche besondere Beziehung Ravelstein und Morris Herbst verband. Dreißig oder vierzig Jahre lang standen sie täglich in Kontakt. »Jetzt, wo die Penunze für alles da ist, genieße ich das Privileg, mit Morris in Kontakt zu sein, mit ihm ohne Rücksicht auf die Kosten zu sprechen«, erzählte mir Ravelstein. Die Telefonrechnungen machte er ohnehin nie auf, wie mir Nikki sagte. Die wurden von Legg Mason bezahlt, der großen Investment-Firma im Osten, die sich um sein Geld kümmerte. Abe hatte zu Nikki, der die Post öffnete, gesagt: »Ich mag diese Computer-Ausdrucke nicht, und ganz bestimmt werde ich sie nicht kontrollieren. Bleib mir damit vom Leib, ich will keinen Auszug sehen, es sei denn, der Kontostand sinkt unter zehn Millionen.« Damit schaffte er sogar Nikkis fernöstliche Zurückhaltung, der nicht mehr aufhören konnte zu lachen. »Kein Penny weniger als zehn Mio«, sagte er. Mit mir sprach er ganz offen, weil ich nie Druck auf ihn ausübte – wir redeten nie über Geld. Es wäre für ihn ein – na, was wäre es für ihn gewesen? »Affront« ist das passende Wort dafür. Er hatte eine ihm eigene prinzenhafte asiatische Milde, doch wenn man ihn beleidigte, konnte einem Nikki den Kopf herunterreißen.

Morris Herbst, um auf ihn zurückzukommen, stand bei Ravelstein bei jeder Konferenz, die er organisierte, ganz oben auf der Gästeliste. Er wurde immer als Erster eingeladen und sagte immer als Erster zu. Bei jeder einzelnen Veranstaltung Ravelsteins hielt er einen Vortrag. Er war bedächtig, gesetzt, ruhig und sprach bewusst ohne Eile oder Nervosität. Mit seinem eckigen weißen Bart – kein Schnäuzer – erinnerte er mich an einen Farmer aus Michigan, den ich vor fünfzig Jahren getroffen hatte. Auch Herbst hatte bei Professor Davarr studiert, doch ohne Griechisch hätte er sich nie als echtes Davarr-Produkt bezeichnen können. Er las über Goethe und hatte ein Buch über die *Wahlverwandtschaften* geschrieben, doch komisch an der Sache war – und es gibt immer diese komischen Sachen –, dass er auch eine Schwäche für Karten und Würfelspiel hatte und oft nach Las Vegas fuhr. Bedenkenlose Hasardeure standen bei Ravelstein in besonders hohem Ansehen. Ich hatte ebenfalls eine hohe Meinung von Herbst, warum, weiß ich nicht. Er spielte, er drehte vollkommen durch, wenn er Siebzehnundvier spielte, und obwohl er um seine Frau trauerte, war er doch hinter Frauen her. Nie aber wollte er besser erscheinen, als er war.

Ja, er hatte die Familie zusammengehalten, genau wie er es Nehamah versprochen hatte, doch wussten die Kinder genau über seine Frauengeschichten und Affären Bescheid. Nachdem Nehamah gestorben war, blieb immer mal wieder eine Frau über Nacht da, und aus allen Landesteilen riefen ihn Frauen an. Er war ein außergewöhnlich ruhiger Mann und konnte wie versteinert dasitzen. Die weißen Haare waren lockig und wellig zugleich; das Gesicht war gerötet. Er sah sehr gesund aus, verdankte sein Leben aber einer Herzoperation. Wenn man eine Frage an ihn richtete, musste man eine Weile warten, bis er sich die Antwort zurechtgelegt hatte. Manchmal saß er aufrecht da, dachte über die Antwort bis zu (die Zeit habe ich mehrfach gestoppt) fünf Minuten nach. Er war ein nüchterner und umsichtiger Gesprächspartner. Als geborener Deutscher hatte er sich auf deutsche Denker spezialisiert. Allerdings war er auf sie weniger wild als auf Frauen, hatte aber seit dem Tod seiner Frau nur eine einzige dauerhafte Liebesaffäre mit einer Frau gehabt, deren nicht übermäßig toleranter Gatte sich mit ihren langen nächtlichen Telefonaten abfinden musste. Was wäre Morris' spirituelles Leben ohne das Telefon gewesen? Ravelstein bevorzugte den französischen Ausdruck. Er sagte: »Ich würde Morris nicht als Schürzenjäger bezeichnen. Er ist ein echter *homme à femmes.* Wenn es keine Berufung ist, dann ist es nichts.«

Vor fünf Jahren hatten die Chirurgen zu Herbst gesagt, sein Herz sei verbraucht. Er wurde mit hoher Dringlichkeitsstufe auf die Warteliste gesetzt. Er hatte nur noch eine Woche zu leben, als in Missouri ein Motorradfahrer bei einem Unfall starb. Die Organe des Jungen konnten gerettet werden. Technisch gesehen sind diese Transplantationen ein ungeheurer Fortschritt. Die menschliche Seite der Angelegenheit ist allerdings, dass Morris das Herz eines anderen Menschen in der Brust trägt. Das Hauttransplantat eines passenden Fremden kann man noch hinnehmen, das Herz aber, darüber können wir uns wahrscheinlich schnell verständigen, ist eine andere Sache. Das Herz ist ein Rätsel. Wer einmal sein eigenes Herz auf dem Monitor gesehen hat (und inzwischen sind es gewiss Millionen), wie es sich rhythmisch zusammenzieht und wieder öffnet, der wird sich gewundert haben, warum dieser ausdauernde Muskel seine Aufgabe vom Uterus bis zum letzten Atemzug so verlässlich erfüllt. Dieses rhythmische An- und Entspannen geht unsichtbar weiter. Warum? Wie? Und wer hatte jetzt Morris Herbsts Leben verlängert – ein jugendlicher Kamikazefahrer im Geschwindigkeitsrausch aus Cape Girardeau in Missouri, über den Herbst nichts wusste? Nichts passt hier außer dem alten Werbespruch der Industrie: »Die Teile sind austauschbar.« Plötzlich sind wir mit der modernen Realität konfrontiert.

Während des Krieges fiel mir immer wieder auf, dass die russischen Truppen, die Hitlers Soldaten durch Polen zurücktrieben, das mithilfe von Schweinefleisch taten, das in Chicago eingedost worden war.

Warum Schweinefleisch? In diesem Fall war es immerhin angemessen. Morris war ein gläubiger Jude – nicht ganz und gar orthodox, aber im Wesentlichen fromm. Und dieser Freistil-Jude verdankt seine Existenz einem Herzen aus der Brust eines jungen Mannes, der die Kontrolle über sein Motorrad verloren hatte – die genaueren Umstände seines Todes sind mir nicht bekannt. Ich weiß nur, dass diese chirurgischen Techniker das Herz des Jungen herausgeschnitten hatten und dass es nun das versagende Organ in Herbsts Brust ersetzte. Herbst berichtete mir, dass das Herz des Jungen fremde Impulse und Gefühle in sein Leben brachte.

Ich fragte ihn, was er damit meine.

Er saß da, nachdenklich, die Hände auf den Knien, das bleiche Aussehen mit dem fehlerhaften Organ verschwunden, das ihn umgebracht hatte. Die weißen Haare lockten sich um sein jetzt rötliches Gesicht – er sagte von sich, dass er sich genau dann wie der Weihnachtsmann im Kaufhaus gefühlt habe, der die Kinder fragt, was sie sich zu Weihnachten wünschten. Denn im Zentrum seiner »physikalischen Fabrik« (so sein eigener Ausdruck) hatte sein geborgtes Herz das Kommando übernommen, und er hatte das Gefühl, dass sich damit ein anderes Temperament verband – jungenhaft, rücksichtslos, nicht bloß risikobereit, sondern regelrecht risikofreudig. »Ich fühle mich ein wenig wie dieser Kerl, der sich Evil Knievel nennt und mit seinem Honda-Motorrad über sechzehn Bierfässer springt.«

Seltsamerweise konnte ich das verstehen, da ich zur gleichen Zeit zu einer Physiotherapeutin ging, die mir erzählte, die wichtigsten Organe des Körpers seien von geladenen Energiefeldern umgeben, und sie, die Therapeutin, komme dann und wann mit meiner Gallenblase in Kontakt. Ich sagte: »Aber ich habe doch gar keine Gallenblase mehr. Ich bin operiert worden.«

»Ja, sicher, aber die Energiefelder bleiben – und sie bleiben, solange Sie leben«, erklärte sie mir.

Ich erwähne das, mit einem Hauch Agnostizismus, weil ich glauben sollte, dass es nicht bloß das Herz des jungen Mannes war, das den Körper gewechselt hatte. Die Organe sind auch Magazine voller Schatten oder bestimmender Impulse – ängstlich möglicherweise oder glücklich, und auch die waren mit dem neuen Herz in Herbsts Körper gelangt. Jetzt hatten sie sich mit den Kräften in der neuen Umgebung zu arrangieren.

Handelte es sich nur um eine Nieren- oder Bauchspeicheldrüsentransplantation, läge der Fall anders. Doch das Herz bedeutet so viel Kultur; hier liegt beim Menschen das Zentrum des emotionalen, des höheren Lebens.

Wie dem auch sei, Morris, ein deutscher Jude, wurde durch diesen Jungen aus Missouri gerettet. Und ich musste mir die Frage nach einem Herzen verbieten, das mit seinen Schattenenergien und seinem Rhythmus ursprünglich christlich oder nichtjüdisch gewesen war – wie vertrug es sich mit jüdischen Bedürfnissen und Besonderheiten, Schmerzen und Gedanken? Zu diesem Zeitpunkt konnte ich das Thema nicht mehr mit Ravelstein diskutieren. Sein Zustand erlaubte ihm nicht, dass er seine Gedanken in diese Richtung lenkte.

Ich wagte nur, Morris ganz behutsam nach dem Transplantat zu fragen. Er erzählte mir, dass man in allen Bundesstaaten, wenn man den Führerschein bekam, aufgefordert wurde, in einem Kästchen anzukreuzen, ob man zur Organspende bereit war oder nicht. »Innerhalb einer halben Sekunde machte der Junge sein X – was soll's, warum nicht! Also wurde das Herz nach Osten geflogen und die Operation im Bostoner Klinikum ausgeführt.«

»Und sonst weißt du nichts über den Jungen?«

»Sehr wenig. Ich habe einen Dankesbrief an die Eltern geschrieben.«

»Was hast du ihnen geschrieben? – Falls ich das fragen darf.«

»Ich habe ihnen ganz aufrichtig mitgeteilt, wie dankbar ich bin. Ich bin so direkt amerikanisch wie möglich aufgetreten, damit sie sich keine Gedanken darüber zu machen brauchten, dass das Herz ihres Sohnes vielleicht ein ausländisches Ekel am Leben erhält ...«

»Das muss ein seltsames Gefühl sein, wenn du auf der Straße plötzlich von einer Horde junger Männer auf Motorrädern, mit Schal, Helm und Schutzbrille umringt bist.«

»Darauf bin ich immer gefasst.«

»Hat die Familie des Jungen geantwortet?«

»Nicht mal ein Postkarte. Aber sie müssen froh sein, dass sein Herz weiterlebt.« Er senkte mit einem vorsichtigen Blick den Kopf. Seine auf der Schläfe gespreizten Finger stützten den Kopf – als suchte er im Muster von Ravelsteins Perserteppich die Antwort oder wäre dort einer bestimmten Botschaft zur wundersamen Verlängerung seines Lebens auf der Spur. Ich erwartete mir nichts von dem Teppich. Stattdessen verfiel ich wieder in die Sprache der großstädtischen politischen Machenschaften – hier war offenbar mit heißer Nadel gearbeitet worden. Und so ging das Leben – oder das, was man ununterbrochen sah, die Bilder, die das Leben produzierte – doch weiter. Das hatte mit einer Bemerkung zu tun, die ich einmal Ravelstein gegenüber gemacht hatte.

Er hatte mich gefragt, was der Tod für mich bedeute, wie ich ihn mir vorstelle, und ich hatte gesagt, dass dann die Bilder stehen blieben. Offensichtlich verstand ich unter Bildern das, was die Amerikaner »Erfahrung« nennen. In diesem Augenblick dachte ich nicht an die Bilder, die neuerdings zugänglich sind, die neuesten Angebote der Technologie –

die Tour zum Beispiel, die man jetzt durch den Verdauungstrakt unternehmen kann oder auch durch das Herz. Das Herz – eigentlich doch nur eine Muskelgruppe. Doch wie zäh es ist, es beginnt bereits im Mutterleib zu schlagen und macht regelmäßig weiter, womöglich ein ganzes Jahrhundert lang. In Herbsts Fall war es erschöpft gewesen, als er um die fünfzig war, und mithilfe des Transplantats konnte er bis über achtzig weitermachen. Einmal pro Jahr legte er sich zu den üblichen Untersuchungen ins Krankenhaus. Im Wesentlichen jedoch ging sein Leben weiter wie zuvor. Freundlich sah er aus, tolerant, aufgeschlossen. Seine gutmütige, stille Uhr von einem Gesicht mit dem sauberen, gekräuselten Bartrand war ruhig und gesund. Frauen sah er sich sehr genau an, kontrollierte ihre Figur, die Brüste, Beine, die Frisur. Er gehörte zu den Männern, die die Vorzüge einer Frau zu schätzen wussten und ihnen auch Gerechtigkeit widerfahren ließen. Seine Komplimente waren offenbar für keine Frau peinlich. Er fand ein unvoreingenommenes Vergnügen daran, Frauen abzuschätzen. Dabei benahm er sich aber zurückhaltend, er übertrieb es nicht, und deshalb waren die wenigsten durch sein Interesse verärgert.

Als Herbst eintraf, verdünnisierte ich mich. Sie waren beinah ein halbes Jahrhundert befreundet, deshalb würden sich Abe und Morris unendlich viel zu erzählen haben. Ravelstein rief vom Bett aus: »Bring ihn herein!« Die Pratesi-Laken waren an den Ecken herausgezogen, und die wunderschön gearbeitete, weiche Nerzdecke war zu Boden geglitten. Die Bilder an den Wänden wollten einfach nie gerade hängen. Auf den edlen alten Truhen und Anrichten im Zimmer stapelten sich Kleidungsstücke, Manuskripte und Briefe. Die Briefe erinnerten mich immer an die Kontroversen, in die er verwickelt war – die mächtigen, nachtragenden Feinde, die er sich in der akademischen Welt gemacht hatte. Sie alle waren ihm so was von egal.

Herbst beugte sich über das Bett und umarmte Ravelstein.

»Chick, zieh doch einen Stuhl für Morris heran, sei so gut.«

Ich holte den italienischen Lederstuhl mit der abgerundeten Lehne. Man konnte ohne weiteres vergessen, dass Herbst durch sein Transplantat am Leben gehalten wurde. Er sah gesund genug aus, um sich um normale Dinge zu kümmern. Allerdings hegte ich den leisen Verdacht, dass er Ravelstein, seinem ältesten Freund, als Invalide am liebsten war. Doch der Gedanke ging mir nur kurz durch den Kopf. Es passte nicht zu Ravelstein, dass er daraus ein Spiel machte. Natürlich lag er im Sterben, aber er hatte keine Lust auf das übliche Krankenzimmergetue. Er brauchte und wollte das Gespräch.

Ich ging hinaus und ließ die Freunde in dem Schlafzimmer, das sich Ravelstein eingerichtet hatte, wie es einem Mann seiner Bedeutung entsprach. Praktisch im nächsten Moment hörte ich die beiden laut lachen – sie erzählten sich die besten (die plumpesten, die pikantesten) Witze, die sie in letzter Zeit gehört hatten. Die feierliche Stimmung der »Letzten Tage des Sokrates« war nicht Ravelsteins Stil. Jetzt war nicht die Zeit, jemand anderes zu sein – nicht einmal Sokrates. Mehr als je zuvor wollte man der sein, der man immer schon gewesen war. Er hatte keine Lust, sich in seinen zur Neige gehenden Stunden vorzumachen, er sei jemand anderer.

Als sie ihr persönliches Gespräch begannen, ging ich nach Hause und berichtete Rosamund, was heute vorgefallen war. Sie hatte mit der Frau telefoniert, die ihre Dissertation abtippte. Ihre Promotionsvorlesung fand in wenigen Wochen statt. Sie hatte fünf Jahre bei Ravelstein studiert; wenn ich also wissen wollte, wie viel Machiavelli Livius verdankte, brauchte ich nur die schlanke, hübsche junge Frau mit den länglichen blauen Augen zu fragen. Derzeit allerdings waren mir Machiavellis Anleihen ziemlich egal. Viel wichtiger und unendlich tröstlich für mich war, dass diese junge Frau alles verstand, was ich ihr sagte.

»Ist Herbst gekommen? Die beiden werden sich einiges zu erzählen haben.«

»Daran zweifle ich nicht, aber als Erstes mussten sie ein paar schweinische Witze loswerden. Wie man es auch betrachtet, es ist eine seltsame Situation: Herbst, in dessen Brust das Herz eines anderen Mannes schlägt, und Ravelstein, der sich bereits von ihm verabschiedet hatte. In mancher Hinsicht passen Witze besser als ein Gespräch über die Seele und die Unsterblichkeit. Wenn man herausfinden will, was geschieht, nachdem man zu atmen aufgehört hat, muss man sich eine Fahrkarte kaufen.«

»Um zu sterben?«

»Wie sonst käme man an die Information?«

»Hat dir Nikki gesagt, dass Dr. Schley Ravelstein wieder ins Krankenhaus schickt?«

»Das überrascht mich«, sagte ich. »Grade erst hat er wieder gehen gelernt. Ich hätte gedacht, er hätte mindestens noch ein Jahr.«

»Wirklich?« fragte Rosamund.

»Ja, andererseits hat er aber auch keine Lust, es sich unnötig schwer zu machen. Im Krankenhaus ist er besser vor Freunden und allen Leuten geschützt, die ihm gute Besserung wünschen.«

»Er ist viel geselliger als du, Chick. Er umgibt sich gern mit Menschen.«

Es ging nicht bloß um die Gesellschaft anderer Leute. Sie kamen mit ihren Problemen zu ihm, als hätte man von seinem Sterbebett etwas zu erwarten, das an göttliche Informationen heranreichte.

Die Tür zu Ravelsteins Schlafzimmer stand auf, und ich konnte die langen Haare am Hinterkopf unseres Freundes Battle sehen, wie sie auf seinen riesenhaften Schultern lagen; dazu seine schicken, knöchelhohen Stiefel. Sein Gesicht konnte ich nicht ganz sehen, aber seine Frau weinte offensichtlich. Sie stand vornübergebeugt. Das mussten Tränen sein. Ich hatte große Achtung vor Mrs Battle und mochte ihren Mann sehr gern.

Die Battles waren richtige Ravelstein-Fans. Sie besuchten nie seine öffentlichen Vorträge, und ich bezweifle, dass sie seine Bücher lasen, aber sie nahmen ihn sehr ernst. Als Battle vor einigen Jahren emeritiert wurde, zog er mit seiner Frau über die Staatsgrenze in die Wälder von Wisconsin, wo sie sehr einfach und à la Thoreau lebten. Wenn sie in die Stadt kamen, ging Ravelstein gern mit ihnen in unserem serbofranzösischen Club essen.

Mir war aufgefallen, dass Menschen, die man durch den Kakao zog, liebenswerter wurden – wenn man jemanden als widerliche, rülpsende, schielende Bohnenstange bezeichnet hatte, verstand man sich gleich viel besser mit ihm, schon allein deswegen, weil man sich bewusst war, dass man der Sadist war, der ihm seine menschlichen Eigenschaften geraubt hatte. Außerdem schuldete man jedem, dem man metaphorisch Gewalt angetan hatte, besondere Aufmerksamkeit.

Nachdem sie fort waren, sagte mir Ravelstein (und er schien sich innerlich vor Vergnügen zu kringeln), dass sie ihn besucht hatten, weil sie seinen Rat brauchten.

»Wegen was?«

»Sie haben mit mir über ihren Selbstmord gesprochen. Sie haben sich dafür entschuldigt, dass sie mich damit behelligen. In diesem Stadium ...«

»Kann ich mir denken«, sagte ich.

»Sei nicht so streng mit ihnen, Chick. Bei älteren Leuten

sind Selbstmord-Phantasien sehr verbreitet. Ich glaube, sie meinten es ernst.«

»Also sie glaubten, es sei ihnen ernst damit.«

»Da ich im Sterben liege, hatte ich natürlich den gleichen Gedanken. Wirklich die denkbar beste Zeit für die Leute, mir mit ihren Problemen zu kommen. Sie haben es unter ›Einmal angenommen‹ vorgebracht. Ob ich der Meinung sei, wenn man an ihr fortgeschrittenes Alter und an alles andere denke, dass sie gut beraten seien ...?«

»Ein Selbstmord-Pakt?«

»Battle trug das Planspiel vor, und sie ergänzte es und führte vernünftige Gründe dafür an. Für die beiden bin ich die einzige Person, der sie genug vertrauen können und die sich nicht lustig über sie macht.«

»Und dann kommt man zu einem Menschen, der lieber nicht sterben würde, und legt ihm dar, was alles für einen Selbstmord spricht.«

»Battle hat schon seit Wochen Andeutungen gemacht. Er ist sehr gescheit, aber er muss mit zu vielen Skrupeln fertig werden. Er ist charakterlich schwerfällig. Sie ist die klügere von beiden. Sie kam in einem einfachen blauen Kostüm mit mehreren Knopfreihen vorne. Sehr groß ist sie nicht. Oder wirkt sie wegen ihres übergroßen Ehemannes so winzig? Jedenfalls hat sie dieses hübsche, aufblickende kleine Briten-Gesicht. Wenn Kinder sie anschauen, denke ich mir, dann sehen sie ein reizendes, verständnisvolles Gesicht ...«

»Und was ist so schrecklich für sie?«

»Für sie ist schrecklich, dass sie alt werden. Alle gebildeten Menschen machen den gleichen Fehler – sie glauben, dass Natur und Einsamkeit ihnen gut tun würden. Natur und Einsamkeit sind Gift«, sagte Ravelstein. »Der arme Battle und seine Frau sind durch die Wälder depressiv geworden. Das muss man als Erstes feststellen.«

»Was hast du ihnen gesagt?«

»Ich habe ihnen gesagt, dass es richtig war, damit zu mir zu kommen. Wer mit Selbstmordgedanken spielt, sollte sich immer Rat holen. Sie kommen auf diese Ideen, weil die Gemeinschaft fehlt, niemand da ist, mit dem man reden könnte.«

»Vielleicht wollen sie dir so ihre Hochachtung erweisen – als wollten sie damit sagen, dass ein Leben ohne ihren Freund Ravelstein allen Wert verloren hat«, sagte ich.

»Ach, es sind so liebe Menschen«, sagte Ravelstein. »Sie haben sich diese geheimnisvolle Methode zusammengeträumt, um mich wissen zu lassen, dass ich nicht allein sterben muss.«

»Offensichtlich sprechen sie ununterbrochen über dich, und du bist vielleicht ihr abwesender Schiedsrichter geworden.«

»So dass sie also, wenn ich sterben müsste, genauso gut auch tot sein könnten«, sagte Ravelstein, aber so machte er sich auch sonst über dieses Thema lustig. Er liebte Klatsch, doch es wäre schwierig, genau zu beschreiben, wie sehr er sich für andere Menschen interessierte. Er besaß eine seltsame, intuitive Begabung, bei der es sich weniger um Analyse als um eine Art Ahnungsvermögen handelte, das man spürte, wenn er über Personen sprach oder sich an sie herantastete.

»Ich habe jedenfalls gesagt, dass es ein Fehler sei, wenn man den Selbstmord zum Gegenstand einer Auseinandersetzung oder einer Debatte machte. Argumente für oder gegen das Leben zu sammeln, das ist doch Kinderkram.«

»Du verfügst bei beiden Battles über große Autorität. Wenn du also sagst, lasst es bleiben, dann lassen sie es auch bleiben.«

»Aber Chick, das ist doch nicht mein Stil, Regeln aufzustellen.«

Das war natürlich gelogen.

»Sie wollten ernst genommen werden«, sagte er. »Aber sie meinten es natürlich nicht ernst. Sie wollten mich mit ihrer Doppel-Selbstmord-Geschichte unterhalten.«

Das kam der Sache schon näher.

»Ich habe ihnen gesagt, dass sie eine großartige Liebesbeziehung erlebt hätten. Ein Klassiker.«

»Und sie sollten die Liebe nicht in Verruf bringen«, sagte ich.

»Oder so ähnlich«, sagte Ravelstein. »Du kennst ja ihre Geschichte. Nach einem einzigen Tanz mit Battle, den sie nie zuvor gesehen hatte, verließ sie ihren Ehemann. Sie sank Battle in die Arme, und damit war alles klar. Beiden wurde im selben Augenblick klar, dass ihre jeweilige Ehe beendet war ... Er war auf dem Tennisplatz und auf der Tanzfläche stark, aber kein Verführer, und sie war keine untreue Ehefrau. Er sagte, er würde am Flughafen auf sie warten ...«

»Wo war das gleich wieder?«

»In Brasilien. Und waren fortan glücklich – ihr ganzes Leben.«

»Jetzt weiß ich's wieder. Ihr Flugzeug wurde vom Blitz getroffen. Sie mussten in Uruguay landen. Dann waren sie viele Jahre zusammen – vierzig Jahre ohne eine einzige Enttäuschung. Die Battles verlassen sich darauf, dass ich Dinge zusammenfassen kann; also tat ich ihnen den Gefallen und erzählte ihnen ihre eigene Geschichte. Unter Millionen oder Hunderten von Millionen Menschen hatten sie den Glückstreffer. Sie durften eine große Liebe erleben und waren jahrzehntelang ohne Anstrengung einfach glücklich. Sie amüsierten sich gegenseitig mit ihren jeweiligen Exzentritäten. Wie können sie es nur wagen, alles durch einen Selbstmord zu entwerten ...? Ich habe gemerkt, dass Mrs Battle genau das hörte, was sie hören wollte. Sie erwartete von mir, dass ich mich für ihr Weiterleben verwendete.«

»Aber Battle war damit nicht ganz zufrieden – kann das sein?«

»Genau das ist es, Chick. Er wünschte sich eine Diskussion über Selbstmord und Nihilismus. Ich habe schon oft gedacht, dass sich Selbstmord- und Mordphantasien im mentalen Haushalt zivilisierter Menschen einigermaßen ausgleichen. Battle ist zwar Professor, aber nicht nur; er fühlte die Verantwortung, sich dem Nihilismus zu stellen. Viel versteht er zwar nicht davon, aber der Nihilismus liegt in der Luft. Er sagte etwas in der Art, dass gerade erfolgreiche Menschen zum Selbstmord neigten – weil sie die Illusionen des Erfolgs durchschauten und sich deshalb umbringen wollten.«

»Wenn man die Existenz nicht mag, ist der Tod die Befreiung. Wenn du willst, kannst du das Nihilismus nennen.«

»Ja, die amerikanische Spielart – ohne den Abgrund«, sagte Ravelstein. »Aber die Juden glauben, dass die Welt für jeden Einzelnen von uns geschaffen worden ist. Wenn man also ein einzelnes menschliches Leben zerstört, zerstört man eine ganze Welt – die Welt, wie sie für diesen Menschen existiert hat.«

Plötzlich war Ravelstein zornig auf mich. Zumindest sprach er mit ärgerlichem Nachdruck. Vielleicht lächelte ich immer noch über die Battles und vermittelte ihm damit womöglich den Eindruck, als ginge ich nicht konform mit der Anschauung, dass man eine ganze Welt zerstörte, wenn man sich selber zerstörte. Als würde ich damit drohen, eine Welt zu zerstören – ausgerechnet ich, der ich lebte, um die Phänomene zu sehen, der ich glaubte, dass sich das Herz aller Dinge an der Oberfläche dieser Dinge zeigte. Als Antwort auf Ravelsteins Frage »Wie stellst du dir den Tod vor?« hatte ich immer gesagt: »Die Bilder bleiben stehen.« Was, wie gesagt, bedeutet, dass man an der Oberfläche der Dinge das Herz der Dinge sehen konnte.

Als das Ende nahte, zog Ravelstein viele Besucher an. Nur die wenigsten gelangten in sein Schlafzimmer, darauf achtete Nikki. Sam Pargiter gehörte zu denen, die wichtig waren; seine Anwesenheit hatte eine seltsame Bedeutung. Er war einer meiner engen Freunde. Auf meine Anregung hin hatte er Abes berühmtes Buch gelesen, seine öffentlichen Vorträge besucht und war schließlich auch zu einigen unserer gemeinsamen Seminare gekommen. Er schätzte Ravelsteins Ansichten und Witze sehr. Vor einem großen Schild, auf dem »Rauchen verboten!« stand, steckte sich Ravelstein während der Vorlesung Zigaretten mit seinem Dunhill-Feuerzeug an und sagte: »Wenn Sie jetzt gehen, weil Sie Tabak mehr hassen als Ideen lieben, vermisst Sie niemand.« Er sagte das mit einer derart komischen Präzision und gleichzeitig so gut gelaunt, dass Pargiter an Ort und Stelle Zuneigung für ihn empfand und darum bat, diesem geistreichen Mann vorgestellt zu werden. Ich sagte zu Ravelstein, dass mein Freund Sam Pargiter ihn gern kennen lernen würde.

»Gut, dann geben wir zusammen ein Doppel-Team völlig kahler Freunde ab«, sagte Ravelstein. Ravelstein machte mir zwar deshalb keinen Vorwurf, aber so wie er es formulierte, wurde deutlich, dass ich ihm jetzt, da seine Zeit zur Neige ging, keine neuen Bekanntschaften mehr anbringen sollte.

»Hast du gesagt, dass er katholischer Priester war?«

»War er mal«, sagte ich. »Er hat um seine Entlassung ersucht. Aber er ist noch immer Katholik ... Du hast selber einen Freund, der Jesuit ist – Trimble.«

»Trimble und ich haben in Paris zusammen in einer Wohnung gewohnt und sind oft miteinander ausgegangen. Aber er studierte wie ich bei Davarr, und wir sprachen die gleiche Sprache.«

»Ich habe das mit Sam Pargiter noch nicht besprochen, aber du kannst sicher sein, dass er hierher kommt, weil er dich gelesen hat, und du kannst auch sicher sein, dass er es nicht auf eine Bekehrung kurz vor Toresschluss abgesehen hat.«

Im Rückblick fällt mir auf, dass ich seltsam besorgt war, welche Menschen Ravelstein noch einmal während seiner letzten Tage sehen kamen und an den Wänden seines Zimmers stehend, eine große schweigende Ansammlung von Zeugen bildeten. Ihm fehlte inzwischen die Kraft, Besucher vorzulassen oder zurückzuweisen. Bei manchen konnte ich sagen, dass er sie auf keinen Fall zu sehen wünschte. Smith, einer seiner langjährigen Rivalen, erschien mit seiner neuen Frau, die den Professor noch am Bett instruierte: »Sag, dass du ihn liebst. Los, sag es.« Und der Mann sagte wenig überzeugend: »Ich liebe Sie«, obwohl offensichtlich war, dass er ihn hasste. Sie hassten sich gegenseitig. Ravelstein durchbrach diesen unsäglichen Augenblick mit einem goldenen Lächeln, war aber nicht mehr in der Lage, dazwischenzufahren. Smith war erkennbar wütend über seine neue Frau. Niemand besaß die Autorität, den Smiths zu befehlen, das Zimmer zu verlassen. So war es auch nicht schlimm, wenn Pargiter kam, um zu trösten oder um Zeuge zu sein. Er wollte nur an der Wand sitzen und (im Wesentlichen schweigend) eine Pflicht erfüllen, und zwar dabei zu sein.

Andere, nach denen Ravelstein ein richtiges Bedürfnis hatte, kamen regelmäßig. Die Floods zum Beispiel, Mann und Frau, ein Paar, dem sich Ravelstein und Nikki eng verbunden fühlten. Flood gehörte zur Universitätsverwaltung; die Beziehungen nach draußen waren sein eigentlicher Verantwortungsbereich. Er vertrat die Universität im Rathaus und überwachte das Sicherheitssystem auf dem Campus; die Universitätspolizei war ihm verantwortlich. Skandalbewältigung gehörte zu seinen Aufgaben. Er war ein vielschichtiger, aufgeschlossener, ernster und gutherziger Mann. Der Himmel weiß, um wie viele unangenehme Dinge er sich im Auftrag der Universitätsgemeinschaft gekümmert hatte.

Man brauchte nicht einmal zu dieser Gemeinschaft zu gehören, um von ihm betreut zu werden. Da war zum Beispiel der griechische Restaurantbesitzer, dessen Tochter Flood das Leben gerettet hatte, weil er im letztmöglichen gefährlichen Moment für eine Operation sorgte. In der ganzen Stadt genoss er den stillen Ruf eines Mannes, »an den man sich wenden konnte, wenn man in der Klemme steckte«. Auch Ravelstein und mir hatte er etliche Male einen Gefallen getan. Wie bei Ravelstein standen die Türen der Floodschen Privatwohnung weit offen. Die Leute kamen und gingen ohne großen Anlass oder viele Umstände. Gilda Flood und ihr Mann liebten einander einfach. Mehr als jeder andere wusste Ravelstein diese naive (und unentbehrliche) menschliche Verbindung zu schätzen. Man muss es gar nicht ausführen. Ich nenne hier nur all die unterschiedlichen Besucher, die an Ravelsteins Bettstatt kamen. So konnte er, wenn er sich aufrichtete, um zu sehen, wie sie an der Wand entlang aufgereiht standen, Trost daraus schöpfen, genau die Menschen zu sehen, mit denen er vertraut war, mit denen ihn so vieles verband. Sie waren wie Verwandte oder jedenfalls das, was einer Familie am nächsten kam.

Als das Ende nahte, war Ravelstein mir gegenüber oft ungeduldig. Von Professor Davarr hatte er gelernt, dass moderne Menschen – und in gewisser Weise gehörte ich zu ihnen – sich die Dinge zu einfach machten. Es schadete ihnen also nicht, wenn man sie zur Rechenschaft zog – die hartnäckigen Auswüchse der Selbsttäuschung zurückstutzte. Darin konnte er direkt sein, ohne einen zu beleidigen.

Oft werden Sterbende extrem streng. Wir werden noch da sein, wenn sie schon fort sind, und es fällt ihnen schwer, uns das zu vergeben. Wenn ich vielleicht auch nicht das Lineal für die Meinung x verdient hatte, verdiente ich unbedingt einen verschärften Verweis für y. Je älter man wird, desto Schlimmeres findet man über sich selber heraus. Er hätte die Jahre, die *mir* bewilligt waren, weit besser zu nutzen gewusst. Die schlichten Tatsachen anzuerkennen, ist das Mindeste, was man tun kann. Er hielt mich für leichtfertig im Umgang mit der Sünde des Selbstmords, als ich sagte, er habe den Battles eine sehr jüdische Antwort gegeben. Dann wurde er wieder milder und sagte: »Auf jeden Fall kannst du mir zugute halten, daß ich zwei Leben gerettet habe.«

Mit Rosamunds Hilfe konnte ich jedenfalls das Versprechen halten, das ich Ravelstein gegeben habe. Er starb vor sechs Jahren, die jüdischen Feiertage hatten gerade begonnen. Als ich das Kaddisch für meine Eltern sagte, dachte ich auch an ihn. Und während der Gedenkfeier, dem Jiskor, dachte ich zum ersten Mal über das Erinnerungsbuch nach, das ich ihm versprochen hatte, und überlegte, wie ich es anstellen sollte: Wie ich mit seinen Launen, Spitzfindigkeiten, Seltsamkeiten, seinem Ess- und Trinkverhalten umgehen sollte, mit seiner Art, sich zu rasieren, sich anzuziehen oder wie er spielerisch seine Studenten malträtierte. Doch ist das nicht mehr als seine Naturgeschichte. Andere fanden ihn grotesk oder pervers – grinsend, rauchend, besserwisserisch, aufdringlich, ungeduldig, für mich aber war er brillant und charmant. Einer, der darauf aus war, die Sozialwissenschaften und andere universitäre Spezialitäten zu untergraben. Er war wegen seiner irregulären sexuellen Neigungen zum Sterben verurteilt. Mit mir und mit allen seinen engen Freunden sprach er ganz offen darüber. Er war kein »Schwuler«; nach einem veralteten Begriff galt er als invertiert. Tuntige Homosexualität verachtete er, und von »schwulem Stolz« hielt er gar nichts. Manchmal wusste ich nicht, was ich mit seinen Vertraulichkeiten anfangen sollte. Andererseits hatte er mich ausersehen, sein Porträt zu schreiben, und wenn er mit mir sprach, sprach er vertraulich und für die Nachwelt zugleich. Den Kopf zu verlieren, das passte zur großen Seele. Ich nehme an, dass man auch in dieser Zeit noch den Begriff »große Seele« versteht, obwohl damit nicht mehr die ständige Herausforderung von früher verbunden ist. Ravelstein verließ sich jedenfalls auf meine Fähigkeit, ihn getreulich zu schildern. »Du kannst es locker machen«, sagte er mir. Ich war einverstanden – mehr oder weniger.

Für die Toten lautet die Regel, dass sie vergessen sein sollen. Nach der Beerdigung beginnt ein universeller langsamer Prozess dem Vergessen entgegen. Bei Ravelstein gestaltete sich das nicht so einfach. In Rosamunds wie in meinem Leben beanspruchte er einen auffälligen Platz und erhielt ihn auch. Sie erinnerte sich an einen Text aus ihrer Schulzeit, in dem es hieß: »Schließe dich den edelsten Menschen an, die du finden kannst; lies die besten Bücher; lebe mit den Starken; aber lerne, allein glücklich zu werden.«

Für Ravelstein wären das die üblichen hochgestochenen Binsenweisheiten der Highschool gewesen.

Dennoch war Ravelstein auf seine eigene ungehobelte Art zweifellos einer dieser »edelsten Menschen« gewesen. Für mich aber verwandelte sich die Herausforderung, ihn zu porträtieren (was für ein altmodisches Wort dieses »Porträtieren« geworden ist!), mehr und mehr in eine Bürde. Rosamund allerdings glaubte, dass ich genau der Richtige für diese Aufgabe wäre. Und tatsächlich erlebte ich eine Probe meines eigenen Todes. Damals jedoch beschäftigten wir uns nur mit Ravelsteins Tod.

»Es geht nur darum, einmal anzufangen«, sagte sie. »Oder wie er sagte, es ist *le premier pas qui coûte.*«

»Ja. Irgendein französisches Ravelstein-Äquivalent Auf-Flasche-gezogen oder *sur papier timbre*, perfekt, in vorschriftsmäßiger Ordnung und vom Staat feierlich begangen.«

»Das ist es – genau der witzige Ton, den er sich von dir erhoffte. Die kritische Edition seiner philosophischen Gedanken kannst du anderen überlassen.«

»Aber unbedingt. Intellektuelle Angelegenheiten sind bei den Experten am besten aufgehoben.«

»Du musst nur noch die richtige Erzählhaltung finden.«

Doch während die Monate, die Jahre, vorübergingen, konnte ich beim besten Willen nicht diesen Ausgangspunkt finden. »Es sollte leicht sein. ›Leicht oder gar nicht‹ oder Wie-heißt-er-gleich sagte: ›Wenn es nicht wie Vogelgesang ist, ist es nicht richtig.‹«

Rosamund antwortete gelegentlich: »Passen Ravelstein und Vogelgesang zusammen? Irgendwie nicht.«

Jahre vergingen mit solchem Gedankenaustausch, und es wurde deutlich, dass ich nicht anfangen konnte, dass ich vor einem menschenmäßigen Hindernis stand. Rosamund ermutigte oder beriet mich nicht mehr. Es war klug von ihr, mich in Ruhe zu lassen.

Dennoch sprachen wir weiter fast täglich von Ravelstein. Ich erinnerte mich an seine Basketball-Abendpartys, die Studentenessen in Greektown, seine Einkaufstouren und an die wilden und doch ernsthaften Seminare, die er veranstaltete. Eine andere Frau hätte mich vielleicht unangenehm bedrängt. »Schließlich war er ein lieber Freund, und du hast es ihm geschworen« oder »Im Leben nach dem Tode wird er von dir enttäuscht sein«. Doch Rosamund wusste nur zu gut, dass ich mir diese Gedanken schon selber machte, bedrückend oft. Ich stellte ihn mir manchmal im Totenhemd vor, wie er neben dem Vater lag, den er gehasst hatte. Ravelstein sagte immer: »Dieser Hysteriker, der mir den nackten Hintern versohlte und nur Blödsinn kreischte – und später, ganz gleich wie erfolgreich ich auch wurde, musste er mir immer vorwerfen, dass ich nie in die Phi-Beta-Kappa-Studentenverbindung aufgenommen wurde. ›Du hast also ein Buch herausgebracht, und es ist gut angekommen – aber nichts mit Phi Beta Kappa?‹«

Rosamund sagte darauf nur: »Und wenn du nur diese Phi-Beta-Kappa-Skizze machst, das allein wird Ravelstein im Leben nach dem Tode aufheitern.«

Und meine Antwort darauf war immer die gleiche: »Ravelstein hat nicht an ein Leben nach dem Tode geglaubt. Und falls er irgendwo existiert, welches Vergnügen hätte er daran, sich an seinen hohlköpfigen Vater zu erinnern oder sonst an irgendwas von dem, was wir unsere sterbliche Spanne nennen? Ich bin es doch, der sich die toten Eltern auf der anderen Seite vorstellt. Und die Brüder, Freunde, Cousins, Tanten und Onkel ...«

Rosamund nickte oft. Sie gab zu, dass sie eine ähnliche Neigung hatte. Manchmal fügte sie hinzu: »Ich frage mich, was sie im Leben drüben tun.«

»Würde man eine Umfrage zu diesem Thema veranstalten, dann ergäbe sich, dass eine Mehrheit von uns damit rechnet, die Toten, die wir geliebt haben und weiter lieben, wieder zu sehen – genau die Menschen, die wir immer mal wieder betrogen und manchmal verachtet oder gehasst oder gewohnheitsmäßig angelogen haben. Du natürlich nicht, Rosamund, du bist ungewöhnlich ehrlich. Doch selbst Ravelstein, ein Mann, der für solche Illusionen zu hart war, sagte ... Er hat sich verraten, als er mir sagte, von allen Menschen, die ihm nahe seien, würde ich ihm aller Wahrscheinlichkeit nach als Nächster folgen – aber wohin folgen? Würde ich ihn einholen, und würden wir uns wieder sehen?«

»Zu viel sollte man aus solchen Bemerkungen auch wieder nicht machen«, sagte Rosamund.

»Nichts liegt doch näher als die Erklärung, dass diesen Illusionen eine kindliche Liebe zugrunde liegt. Damit gebe ich auf meine Weise zu, dass ich nach einem halben Jahrhundert glaube, meine Mutter nicht zum letzten Mal gesehen zu haben. Freud hätte das als sentimental und hirnverbrannt weggewischt. Aber Freud war Arzt, und die Ärzte des 19. Jahrhundert sind streng mit Gefühlen umgegangen. Sie sagten, das menschliche Wesen beinhalte chemische Bestandteile im Wert von ungefähr 62 Cents – sie waren strikte Rationalisten und harte Burschen.«

»Aber Ravelstein war alles andere als einfältig«, sagte Rosamund.

»Natürlich nicht. Aber gehen wir ein, zwei Schritte weiter. Ich vertraue dir eine abstruse Überlegung an. Ich frage mich, was passiert. Wenn ich mein Erinnerungsbuch über Ravelstein schriebe, dann gäbe es keine Schranke mehr zwischen dem Tod und mir.«

Rosamund musste furchtbar lachen. »Glaubst du vielleicht, dass du dann deine Pflicht erfüllt und keinen Grund mehr zum Weiterleben hättest?«

»Nein, nein. Zu meinem Glück lebe ich ja immer noch für dich, Rosamund. Wahrscheinlich möchte ich damit ausdrücken, dass ich nach Ravelsteins Ansicht in diesem Leben nichts mehr zu tun habe, als mich seiner zu erinnern.«

»Das ist aber wirklich eine merkwürdige Überlegung.«

»Er glaubte, dass er mir ein großartiges Thema schenkt – das Thema aller Themen. Und das ist wirklich merkwürdig. Aber ich habe mich nie für einen rationalen, modernen Menschen gehalten. Ein rationaler Mensch würde seinen Toten nicht in der Dämmerung begegnen – ganz gleich, wo diese Dämmerung ist.«

»Ganz egal«, sagte Rosamund. »Wenn das Thema so hartnäckig ist, kann man sich auch darauf einstellen.«

»Aber warum ich? In weniger als einer Minute kann ich fünf Leute nennen, die dafür besser qualifiziert sind.«

»Für seine Ideen, ja«, sagte Rosamund. »Aber sie verfügen wahrscheinlich nicht über die Farbe, die es brauchte. Außerdem seid ihr beiden erst spät im Leben Freunde geworden. Normalerweise gehen ältere Leute keine solchen Bindungen mehr ein …«

Vielleicht wollte sie damit auch sagen, dass die Alten sich nicht mehr verliebten. Sie neigten nicht mehr dazu, in jenes magnetische Feld hineinzustolpern, in dem sie nichts verloren hatten.

»Ein oder zwei Jahre ließ Ravelstein mich nicht in Frieden, weil Vela und ich uns so oft mit Radu Grielescu und seiner Frau trafen«, erzählte ich Rosamund.

»War es denn unterhaltsam mit ihnen?«

»Sie haben uns in gute Restaurants mitgenommen – jedenfalls in die teuersten. Vela war begeistert von diesem Küss-die-Hand, dem Verbeugen und dem ganzen Getue um die Frauen, den Blumensträußchen am Dekolleté und den Trinksprüchen. Es gefiel ihr ungeheuer. Grielescu hat ein unglaubliches Gewese veranstaltet. Ravelstein brannte vor Neugier auf diese Abende. Er sagte, dass Grielescu zur Eisernen Garde gehört hatte. Ich hatte dem keine besondere Bedeutung beigemessen. Ich begriff nicht, worauf er hinauswollte, und das ärgerte Ravelstein.«

»Du hast ihn nicht als Nazi erkannt?« sagte Rosamund.

»Ravelstein ging noch einen Schritt weiter und erzählte mir, dass Grielescu vor ungefähr zehn Jahren Vorlesungen in Jerusalem hätte halten sollen, die Einladung aber zurückgezogen worden sei. Aber irgendwie ging mir nicht einmal dabei ein Licht auf. Ich war vermutlich zu beschäftigt, um eins und eins zusammenzuzählen. Manchmal schalte ich einfach meine Rezeptoren ab und bin entschlossen, genau das nicht zu sehen, was unübersehbar ist. Ravelstein ist das natürlich aufgefallen. Nur ich habe es nicht gemerkt.

Ravelstein wollte einfach wissen, was für eine Methode Grielescu hatte, und ich erzählte ihm, dass er bei einem Abendessen über Ur-Geschichte dozierte und dabei seine Pfeife stopfte und unglaublich viele Streichhölzer verbrauchte. Man hält sich an der Pfeife fest, damit sie nicht zittert, und dann zittern die Finger mit dem Streichholz gleich doppelt so arg. Er stopfte seine Pfeife immer wieder mit dem widerspenstigen Tabak. Wenn sie nicht gestopft blieb, verfügte er nicht über genug Daumendruck, um den Tabak unten zu halten. Wie konnte ein solcher Mensch politisch gefährlich sein? Seine Manschetten rutschten ihm über die Fingerknöchel.«

Rosamund sagte: »Ich vermute, dass es für Grielescu sehr wichtig war, mit dir in der Öffentlichkeit gesehen zu werden. Aber so verhältst du dich immer, Chick: deine Beobachtungen verdrängen das Wesentliche.«

»Genau das hat mir letztlich auch Ravelstein vorgehalten. Und wie seltsam es war, dass ich mich auf diese Weise benutzen ließ.«

»Du wolltest deiner Frau eine Freude machen. Du wolltest, dass sie eine gute Meinung von dir hatte. Und Ravelstein dachte wahrscheinlich, dass du dich linken lässt. Ab durch die Hintertür ...«

»Wahrscheinlich habe ich es mir als eine franko-balkanische Absurdität erklärt. Irgendwie konnte ich diese Faschisten vom Balkan nicht ernst nehmen. Wenn die Rechnung kam, sprang Radu von seinem Stuhl auf, um sie sich zu schnappen. Es wurde ein Spiel daraus – ich sollte kein einziges Mal bezahlen. Aber richtig fertig gemacht hat er mich damit, dass er immer mit sauberen, bügelglatten, druckfrischen Scheinen zahlte, und nie schien er auf den Rechnungsbetrag zu achten. Wenn man während der Wirtschaftskrise aufgewachsen ist, achtet man auf so etwas.«

»Und du hast Ravelstein mit deinen Schilderungen unterhalten.«

»Ich habe es versucht. Doch er tat die Pfeifen und die Manierismen mit einer Handbewegung ab. Er wartete darauf, dass ich aus dem Nebel hervorkam.«

»Aber er hatte dich doch zu seinem Biografen berufen. Dass du dich als so schwer von Begriff zeigtest, konnte ihm doch nicht gefallen.«

»Natürlich nicht. Als er mir berichtete, dass Radus Einladung nach Jerusalem abgesagt worden war, fragte ich nicht einmal nach näheren Einzelheiten. Ich merke, dass ich es vermasselt habe.«

»Aber als er dich aussuchte, um über ihn zu schreiben, hat er dich doch nicht für fehlerlos gehalten«, sagte Rosamund.

»In fundamentalen Dingen stimmten wir, trotz meiner Unbildung, fast vollkommen überein«, erzählte ich ihr. »Er berief sich auf die klassischen Autoren. Ich ganz bestimmt nicht, aber wenn ich mich irrte, verschwendete ich nicht allzu viel Kraft darauf, auf meinen Fehlern zu beharren. Erst im späteren Leben begriff ich, wie dumm es ist, darauf zu bestehen, dass man Recht hat.«

»Du musstest Recht haben, aber du konntest dich nicht einfach so durchmogeln und auch noch Recht haben«, sagte Rosamund.

»Velas Plan bestand darin, dass Grielescu Ravelstein ersetzen sollte. Als Abe in Paris in unser Zimmer stürmte und sie im Unterrock überraschte, lief sie ins Badezimmer – sie lief so komisch, hippiti-hopp auf Zehenspitzen! – und verriegelte die Tür. Dann kam der Zeitpunkt, da sie mir mitteilte, dass wir uns nicht mehr mit Ravelstein treffen könnten.«

»Das war sehr merkwürdig«, sagte Rosamund. Wenn sie von Vela sprach, verhielt sie sich immer korrekt und vorsichtig. »Hat Vela damals ihre Mutter kommen lassen? Hat sie sie nach Paris geholt?«

»Nein, nein. Das alte Mädchen war zwei Jahre vorher gestorben. Dein Gefühl ist dennoch nicht falsch. Sie verließ sich darauf, dass ihre Mutter die – wie soll ich sie nennen? –, die zwischenmenschlichen Beziehungen übernahm. Dafür hatte sie selber keinerlei Begabung. Jedenfalls hasste mich das alte Mädchen. Dass sie einen jüdischen Schwiegersohn hatte, vergiftete ihr die letzten Jahre.«

»Endlich zeigst du mit dem Finger auf das eigentliche Thema«, sagte Rosamund. »Du hast unheimlich viel über alle möglichen Probleme nachgedacht, nur nicht über das wichtigste. Du hast mit der jüdischen Frage begonnen«, sagte sie.

»Natürlich dreht sich unsere Unterhaltung genau darum – was es für die Juden bedeutet, dass so viele andere, Millionen anderer, ihren Tod wollten. Der Rest der Menschheit hat sie ausgestoßen. Jeder wusste, dass Hitler gesagt hatte, wenn er einmal an die Macht käme, würde er reihenweise Galgen auf dem Marienplatz in München aufrichten und die Juden bis zum letzten Mann dort aufhängen. Dieses Judenthema half Hitler an die Macht. Er hatte kein anderes Programm, und er brauchte auch kein anderes. Er wurde Reichskanzler, indem er Deutschland und einen großen Teil des übrigen Europa gegen die Juden vereinte. Jedenfalls soweit es hier um Grielescu geht, glaube ich nicht, dass er ein böswilliger Judenhasser war, aber als er sich erklären musste, erklärte er sich. Er hatte eine Stimme, und er gab sie ab. Nach Ravelsteins Ansicht verweigerte ich mich der unangenehmen Arbeit, das alles zu durchdenken.«

»Du hast wahrscheinlich nicht gewusst, wo du anfangen solltest.«

»Ich hatte auf jeden Fall ein jüdisches Leben in der amerikanischen Sprache zu führen, und das ist keine Sprache, die einem bei dunklen Gedanken behilflich ist.«

»Hast du je mit Ravelstein über diese Kraft der Bösartigkeit gesprochen?«

»Kann sein. Abe war seiner ganzen Veranlagung nach wesentlich fröhlicher als ich. Er hatte diesen weit offenen, taghellen Blick in die Welt. Er war eher ein normaler Mensch. Andererseits war er alles andere als unschuldig.«

»Ich habe Thukydides bei ihm studiert«, sagte Rosamund. »Und ich erinnere mich, was Thukydides zur Pest in

Athen zu sagen hatte und dazu, dass man tote Eltern oder Schwestern auf die Scheiterhaufen warf, auf denen Fremde ihre Toten einäscherten. Aber das mit den Massen von Toten im 20. Jahrhundert zu verknüpfen – das hat er im Seminar nicht gemacht. Kannst du dich vielleicht an etwas erinnern, was er dazu gesagt hat?«

»Was glaubst du«, fragte ich Rosamund, »wie ein Mann wie Ravelstein seine Existenz – das tägliche Bewusstsein, im Sterben zu liegen – mit der Tatsache in Einklang bringt, dass seine Aufmerksamkeit jetzt auf die vielen Millionen gelenkt wird, die im 20. Jahrhundert vernichtet wurden? Ich denke jetzt nicht an die Soldaten oder an die Bauern, die Kulaken, die Bourgeois oder Parteimitglieder oder jene, die als geeignet für Zwangsarbeit, für den Tod in den Gulags oder den faschistischen Konzentrationslagern ausgewählt wurden – Menschen, die man leicht zusammentreiben und in Viehwaggons abtransportieren konnte. Normalerweise hätte sich Ravelstein nicht für sie interessiert. Das waren die üblichen ›Verlierer‹, Menschen, um die sich zu kümmern eine Regierung keinen Grund hatte. Jemand hat von der ›Treibsand-Gesellschaft‹ gesprochen, die ihre Angehörigen nach unten saugt, sie ertränkt oder erstickt. Mit diesen Leuten wurde kurzer Prozess gemacht, man beseitigte sie, verwandelte sie in Leichen. Dann waren da noch die Juden, die ihr Existenzrecht verwirkt hatten und das von ihren Henkern auch gesagt bekamen – ›Es gibt keinen Grund, warum ihr nicht sterben solltet.‹ Und deshalb kam es vom Gulag im russischen Asien bis zur Atlantikküste zu einer nie da gewesenen Vernichtung, einer Art todverbreitenden Anarchie. Man musste an die Abermillionen denken, die aus ideologischen Gründen vernichtet wurden – gewissermaßen mit einem rationalem Vorwand. Eine rationale Begründung war sehr wichtig, sowohl als Ausdruck von Ordnung wie auch für die entschiedene Durchführung des Vorhabens. Die verrücktesten Formen von Nihilismus aber waren besonders strikt bei der deutschen Wehrmacht zu finden. Davarr zufolge, der ein sehr bedeutender Analytiker war, brachte der deutsche Militarismus einen besonders extremen und schauerlichen Nihilismus hervor. Bei den einfachen Soldaten führte das zu einem revanchistischen Mordeifer, wie er blutiger und wahnsinniger nicht hätte sein können. Wenn ein Befehl auszuführen war, verstand es sich von selber, dass alle Verantwortung ganz oben lag, dort, von wo sämtliche Befehle kamen. Und damit war jedermann freigesprochen. Sie waren durch und durch wahnsinnig. Damit gelang es der Wehrmacht, der Verantwortung für ihre Verbrechen zu entgehen. Man stelle sich vor, es hätte zivile Methoden gegeben, schuldhaftes Verhalten milder zu beurteilen, sagte Ravelstein. Um dann hinzuzufügen: ›Aber jetzt rede ich dummes Zeug.‹ Er hatte eine eindeutige Meinung zu jedem Thema, aber gegen Ende, wenn er indirekt auf seine Situation anspielte, war er meistens eher traurig als ironisch, nicht wahr, Rosie?«

»Aber allzu lange versank er nicht in Traurigkeit.«

»Es gab aber eine allgemeine Bereitschaft, mit der Vernichtung von Millionen zu leben. Es entsprach der Stimmung des Jahrhunderts, dies einfach hinzunehmen. An der Front war man durch die besonderen Bedingungen, die für Soldaten galten, geschützt. Aber ich denke an die vielen, vielen, dem Tod Geweihten in den Gulags und den deutschen Arbeitslagern. Wie kommt das Jahrhundert dazu – ich weiß nicht, wie ich es sonst formulieren sollte –, dieses Ausmaß an Vernichtung zu unterschreiben? Uns alle befällt eine gewaltige Lähmung, wenn wir uns mit diesen Fakten beschäftigen.«

Ich meine, dass diese Unterhaltung etwa zwei Jahre nach Ravelsteins Tod stattfand. Nach der Guillain-Barré-Infektion hatte er sehr hart daran gearbeitet, wieder gehen und seine Hände gebrauchen zu können. Er wusste, dass er kapitulieren musste und verfallen würde, aber er bestimmte wo. Es war nicht so schlimm, dass er die Kaffeemühle nicht mehr bedienen konnte, aber er brauchte seine Hände, um sich zu rasieren, Notizen zu machen, sich anzuziehen, zu rauchen und Schecks auszufüllen. Den meisten von uns wird klar sein, dass sie nur mehr eine lebende Leiche und dem Tode bereits anheim gegeben sind, wenn sie sich nicht auf die Genesung konzentrieren. Am Morgen jenes Tages, an dem er und ich die Stechpalmen voller Papageien entdeckt hatten, in denen die Vögel sich an roten Beeren gütlich taten und den Schnee bekleckerten, war das Krankenbett mit dem Stahldreieck abgebaut und aus Ravelsteins Schlafzimmer geschafft worden. »Danke an wen auch immer«, hatte er gesagt, als es im Lastenaufzug aus seinem Blickfeld versank. »Ich möchte diese Takelage nie wieder sehen.«

Er konnte wieder allein gehen – nicht völlig sicher natürlich, aber er war ein Lazarus, wie er im Buche stand. Man ist dem Tod von der Schippe gesprungen und stößt auf eine ganze Sippe grüner Papageien, tropische Vögel, die einen Winter im Mittleren Westen überleben. Ravelstein grinste mich an und sagte: »Sie haben was richtig Jüdisches.« Und obwohl er sich praktisch überhaupt nicht für Naturwissenschaften interessierte, fragte er mich noch einmal, wie sie sich so hatten vermehren können. Plötzlich wurde ich zum Naturexperten. Und ich beschrieb sie ihm erneut: Da hingen schmale Säcke von Bäumen herab und an den Querstangen der hölzernen Strommasten. Wie ausgeleierte Nylonstrümpfe baumelten diese Nestbauten, in denen die Eier ausgebrütet wurden, bis zu zehn Meter herunter. »Bei diesen Nestern muss ich an die Mietshäuser an der Eastside denken«, sagte ich zu ihm.

»Nikki soll uns hinfahren, damit wir sie sehen können. Wo ist das Hauptquartier?«

»Jackson Park. Es gibt aber auch eine große Kolonie in einer Seitenstraße der Fiftyfourth Street.«

Aber wir fuhren nie hin, um uns die Papageien-Nistplätze anzusehen, die schwingenden, übereinander geschichteten Röhren, in denen sie ihre Nester hatten. Stattdessen erzählte mir Ravelstein bei unserer nächsten Begegnung, dass er mit Nikki nach Paris fliegen werde.

»Aber warum denn das?«

Ich merkte, dass ich eine dumme, eine beleidigende Frage gestellt hatte und dass ich Ravelstein damit enttäuschte. Doch es entsprach ihm, seine Freunde zu schützen, und es war nur natürlich, dass er auch mich schützen wollte. »Die Leute im Krankenhaus haben gesagt, dass ich fahren darf.«

»Tatsächlich?« fragte ich.

Man konnte die Überlegungen der Ärzte verstehen. Obwohl es mit Ravelstein zu Ende ging, war er für den Flug doch noch fit genug. Paris gehörte zu seinen größten Freuden: Er hatte dort viele enge Freunde und mit vielen noch nicht die letzten Dinge besprochen. Wenn er unbedingt wollte, warum sollte man ihn nicht ziehen lassen? Die Ärzte dachten, dass eine zehntägige Reise nicht allzu viel Schaden anrichten würde. Mich hätten fünfundzwanzig Stunden mit dem Flugzeug zu sehr erschöpft, aber Ravelstein würde im Rollstuhl sitzend die Flughäfen durchqueren und im Unterschied zu mir reiste er erster Klasse. Um deutlicher zu werden: Ich muss zugeben, dass ich das ganze Unternehmen bei einem Sterbenden für höchst unverantwortlich hielt. Außerdem wusste keiner, was das in einem Fall wie dem Ravelsteins heißen sollte – »für den Flug noch fit genug«. Flog er mit einer 727 oder trug er mächtige Schwingen unter dem Mantel?

Und obwohl ich glaube, dass ich Ravelstein enttäuscht hatte, glaube ich nicht, dass es ihn überrascht hat. Zwischen uns galt die Prämisse, dass es nichts Verborgenes oder zu

Peinliches gab, das man nicht beichten könne, und es gab auch nichts, was ich Ravelstein nicht hätte sagen können. Das bedeutete allerdings auch, dass es kaum etwas gab, was er nicht selber hätte herausfinden können. Deshalb hätte er auch verstanden, dass ich Paris eher herablassend betrachtete. Ein jüdischer Freigeist hat einmal über Paris gesagt: *Wie Gott in Frankreich.* Das sollte heißen, dass selbst Gott seinen Urlaub in Frankreich verbrachte. Warum? Weil die Franzosen Atheisten sind, und sich sogar Gott sorglos unter ihnen bewegen könnte, ein *flâneur* wie jeder andere Tourist auch.

Bis zum Schluss jedoch wollte ich nicht begreifen, dass Ravelstein in Paris ein zweites, ein zusätzliches Leben führte. Er kam von diesem kurzen Abschiedsausflug zurück und war merklich fröhlicher. Er erzählte nichts von seinen französischen Freunden, vermittelte aber den Eindruck, als habe er genau das getan, was getan werden musste.

Allerdings erfuhr ich, dass Dr. Schley Ravelstein jetzt wegen »weiterer Untersuchungen« ins Krankenhaus zurückbeordert hatte. Nikki bestätigte das, fügte aber hinzu, dass das Zimmer, das Ravelstein haben wollte, erst Anfang nächster Woche frei werde. Sonntagnachmittag gab Ravelstein eine Party – Pizza und Bier, ein Picknick mit Papiertellern und Pappbechern. Er hatte sich eine neue Videoanlage gekauft – *dernier cri,* wie er sagte (was selbst mir lieber war als das »Neueste auf dem Markt«). Sänger und Musiker waren in voller Körpergröße und in einer Art unmittelbarer tropischer Dschungelbeleuchtung zu sehen. Das Video, das Ravelstein zur Vorführung ausgesucht hatte, gehörte zu seinen liebsten – Rossinis *Italienerin in Algier.* Der Bildschirm, auf dem die Schauspieler und Sänger erschienen, war flach, dünn, hoch, breit und unfassbar wirklich – Kunst, durch Technologie aufgerüstet, wie sich Ravelstein ausdrückte. Die Gesichter der Sänger hatten die Farbe von venezianischem

Glas, und mit Hilfe der Kamera gelangte der Zuschauer in ihre herrlichen dunklen Augen und sogar zwischen ihre Zähne. Ravelstein saß in seinem Kamelhaarmorgenrock in seinem Sessel und bewunderte und erklärte die neue Anlage – und machte sich gleichzeitig lustig über die Ahnungslosigkeit der noch nicht Initiierten. Allerdings war er allem nicht ganz gewachsen und musste wiederholt den Ton wegschalten, damit man ihn verstehen konnte. Schließlich wurde es einfach zu viel für ihn. Nikki half ihm hoch und brachte ihn nach draußen mit den Worten: »Die ganze Aufregung ist zu viel. Er dachte, er könnte wenigstens einmal seine Siesta ausfallen lassen. Aber es geht nicht.«

Das Video lief weiter ohne Ton. Ravelstein war ebenfalls stumm und dachte, während er mit Nikki hinausging, aus einer ungewöhnlichen Perspektive über Krankheit und Tod nach. Wir brachten ihn zurück in sein Schlafzimmer zu seinem Schlittenbett und den seidenen Daunendecken. Als er sich ins Kissen sinken ließ, deckte ich ihn mit all den Laken und Seidenbetten zu.

Die Wohnung leerte sich schnell. Wenn noch verspätet Gäste auftauchten, drückte Nikki den Knopf, um die Fahrstuhltüren aufzuhalten, und sagte: »Abe hätte sich wahnsinnig gefreut, Sie zu sehen, aber er hat jetzt alle möglichen Medikamente eingenommen und weiß nicht mehr, wo vorn und hinten ist.«

Als Ravelstein am nächsten Tag auf das Thema zu sprechen kam, sagte ich: »Nikki war sehr diskret. Er hat einfach keine Fragen beantwortet. Die Party ging dann ziemlich schnell zu Ende.«

»Ja, er beantwortet nie irgendwelche Fragen. In jeder Ecke melden sich stumme Fragen, aber er nimmt sie nicht einmal wahr. Dazu bedarf es schon einer ziemlichen Stärke.«

»Er hat die neue Videoanlage ausgeschaltet. Ich wüsste wahrscheinlich gar nicht, wie das geht.«

Während seiner letzten Tage leistete ich Ravelstein häufig am Vormittag Gesellschaft. Da ich im selben Block wohnte und keine festen Arbeitszeiten hatte, kam ich nach dem Frühstück vorbei. Nikki, der regelmäßig erst um vier Uhr morgens ins Bett ging, schlief fest bis zehn Uhr, und weil niemand für ihn da war, döste Ravelstein vor sich hin, die großen Knie weit gespreizt. Die Ärzte hatten ihm Medikamente (Beruhigungsmittel) gegeben, doch hielt ihn das nicht vom Denken ab – im Lichte der Morgendämmerung dachte er über verschiedene Probleme nach. Selbst wenn er döste, konnte man noch eine Menge über ihn erfahren, indem man sein eigenartiges jüdisches Gesicht betrachtete. Ein ungewöhnlicheres Behältnis für diesen ungewöhnlichen Intellekt konnte man sich nicht vorstellen. Irgendwie suggerierte seine einmalige, vollkommene, beinah geologische Kahlheit, dass er nichts mehr zu verbergen hatte. Gern sagte er – und wie üblich sagte er es lieber auf Französisch –, dass er einen *succès fou* erlebt habe, jetzt aber vor dem Friedhof stehe.

Obwohl ich etliche Jahre älter war als er, betrachtete er sich als meinen Lehrer. Aber das war schließlich seine Branche – er war Pädagoge. Er gab sich nie als Philosoph aus – Philosophieprofessoren waren keine Philosophen. Er hatte eine philosophische Ausbildung hinter sich und gelernt, wie ein philosophisches Leben zu führen war. Darum ging es in der Philosophie, und deshalb las man auch Plato. Hätte er zwischen Athen und Jerusalem wählen müssen, die für uns zwei die beiden Hauptquellen eines höheren Lebens waren, hätte er sich für Athen entschieden, ohne deshalb Jerusalem den Respekt zu versagen. Doch während seiner letzten Tage wollte er über die Juden sprechen, nicht über die Griechen.

Als ich eine Bemerkung über diese Veränderung machte, wurde er ärgerlich. »Warum sollten wir nicht über sie reden?« fragte er. »Im Süden sprechen sie nach mehr als einem Jahrhundert noch immer über den Krieg zwischen den Bundesstaaten. Dabei wurden zu unserer Lebenszeit Millionen vernichtet, und die meisten waren nicht anders als du. Als wir. Wir dürfen uns nicht von ihnen abwenden. Moses besprach sich mit Gott, der ihm Anweisungen gab, und diese Verbindung hat Jahrtausende gehalten.«

Ravelstein redete noch eine ganze Weile in diesem Stil weiter. Er sagte, die Juden seien benutzt worden, um der ganzen Spezies einen Maßstab menschlicher Verworfenheit zu liefern. »Man erzählt den Leuten, dass ein neues, großartiges Zeitalter beginnen wird, wenn man die herrschende Masse oder die Bourgeoisie abschafft, wenn man die Produktionsmittel rationalisiert, wenn man die unheilbar Kranken der Euthanasie zuführt. Den derart vorbereiteten Hirnen schlägt man dann vor, dass die Juden vernichtet werden müssten. Und man legt auch gleich richtig los, bringt mehr als die Hälfte der europäischen Juden um – und du und ich, Chick, wir gehören zu den Übriggebliebenen.« Ravelstein hat es nicht genauso formuliert. Ich gebe den Inhalt seiner Worte wieder. Er sagte, dass wir als Juden inzwischen wüssten, was möglich ist.

»Schwer zu sagen, woher es beim nächsten Mal kommen wird – vielleicht aus der französischen Ecke? Nein, nein, nicht in Frankreich. Sie hatten ihr Blutbad im 18. Jahrhundert. Sie hätten nichts dagegen, wenn was passierte, aber sie würden es nicht selber tun. Aber wie steht es mit den Russen? Die *Protokolle der Weisen von Zion* waren eine russische Fälschung. Und vor nicht allzu langer Zeit hast du mir von Kipling erzählt.«

»Ja, ja, Kipling. Ein wunderbarer Schriftsteller«, sagte ich. »Doch jemand wies mich auf eine Sammlung seiner Briefe hin, und in einem davon hat er einen Zornesausbruch gegen Einstein. Das war am Anfang des 20. Jahrhunderts. Er sagte, die Juden hätten bereits die gesellschaftliche Wirklichkeit zugunsten ihrer jüdischen Absichten verkehrt. Damit nicht zufrieden, würde Einstein mit seiner Relativitätstheorie auch noch die physische Wirklichkeit verzerren, und die Juden würden nun versuchen, dem physikalischen Universum eine verfälschende jüdische Drehung zu geben.«

»Du wirst Kipling von der Liste deiner Lieblingsautoren streichen müssen«, sagte Ravelstein.

»Nein, wir können es uns nicht leisten, einen jüdischen Index einzurichten. Schon allein, weil wir ihn niemals durchsetzen könnten, nicht einmal bei jüdischen Lesern. Man kann doch von keinem verlangen, dass er Céline streicht. Ach, übrigens, ich habe dir doch mein Exemplar seiner Hetzschrift *Les Beaux Draps* geliehen ...«

»Ich bin nie dazu gekommen.«

»Du hast eine Schwäche für die Nihilisten«, sagte ich.

»Wahrscheinlich weil sie einem nicht eine Menge großartiger Lügen erzählen. Ich mag die Nihilisten, die den Nihilismus als Zustand akzeptieren und in diesem Zustand leben. Nicht ertragen kann ich die intellektuellen Nihilisten. Mir ist ehrlich gesagt die Sorte lieber, die mit dem Bösen lebt. Die natürlichen Nihilisten.«

»Céline hat vorgeschlagen, dass man die Juden wie Bakterien ausrottet. Vermutlich spricht da der Arzt in ihm. In seinen Romanen hemmt ihn die Kunst etwas, doch in seinen Propagandaschriften ist er ein astreiner Mörder.«

Hier musste die Unterhaltung vorübergehend abgebrochen werden, weil wieder einmal der leise Krankenwagen vor Ravelsteins Tür vorgefahren war und die Pfleger, mit der Anlage längst vertraut, den Lastenaufzug holten. Ravelstein war so oft ins Krankenhaus gekommen und wieder entlassen worden, dass er mit sich abgemacht hatte, keine Notiz mehr davon zu nehmen.

Dr. Schley hatte mit mir nie über Ravelsteins Krankheit gesprochen. Er war einer dieser überernsten Ärzte – klein, steif, adlernasig, effizient. Die Haare, die ihm noch geblieben waren, trug er im Irokesenstil hochgekämmt. Er war mir gegenüber nicht zu medizinischen Erklärungen verpflichtet. Ich war kein Blutsverwandter von Ravelstein. Inzwischen hatte Schley jedoch gemerkt, dass Ravelstein und ich sehr vertraut miteinander waren, und er machte mir nun stumme Zeichen – *chanson à la carpe* nannte man das, wie mir eine Dame aus Paris beigebracht hatte, die ich vor Jahrzehnten in der ABC-Music-hall kennen gelernt hatte. Niemand sonst schien diesen Ausdruck je gehört zu haben, doch ich schwor darauf – zwei große Fische, umgeben von durchsichtigen Bläschen, kommunizieren miteinander, indem sie das Maul öffnen. Auf diese Weise teilte mir Dr. Schley mit, dass Ravelsteins Tage gezählt waren. Und auch Rosamund hatte gesagt: »Das ist vielleicht Ravelsteins letzte Fahrt zum Krankenhaus.« Ich musste ihr zustimmen. Nikki war natürlich zum gleichen Schluss gekommen. Er widmete sich ihm viele Stunden, machte Besorgungen, nahm Anrufe entgegen. Nicht die Schwestern, sondern Nikki rasierte Ravelstein mit dem elektrischen Rasierer, während Ravelstein mit geschlossenen Augen den Kopf zurücklehnte, um das Kinn heben zu können. Eine kleine Plastikkapsel unter der Nase versorgte ihn mit Sauerstoff.

»Es sieht nicht besonders gut aus, oder?« sagte Nikki auf dem Gang zu mir.

»Nein, wirklich nicht.«

»Er hat eine Botschaft für seinen Anwalt. Und er bat mich, Morris Herbst kommen zu lassen.«

Von dieser Krankheit gab es, wie wir alle wussten, keine Genesung. Bei seinem letzten Krankenhausaufenthalt hatte Ravelstein von seinem Bett aus improvisierte Seminare gehalten, die er brillant zu leiten verstand. Das pädagogische Vaudeville lief damals noch. Selbst jetzt saßen seine Studenten noch im Besucherzimmer unter dem großen Oberlicht und warteten darauf, dass er sie hereinkommen ließ. Doch obwohl er nach dem einen oder anderen von ihnen fragte und noch ihre Namen nannte, unterrichtete er nicht mehr und hielt auch nicht mehr Hof. Tatsächlich konnte ich an seinen Bewegungen schon die ersten Anzeichen des Todes erkennen – der Kopf wurde für den Hals und die Schultern zu einer Belastung, die Gesichtsfarbe änderte sich, vor allem unter den Augen. Seine Meinungsäußerungen wurden knapper, und er war weniger rücksichtsvoll, so dass es sich empfahl, sich auf neutrale Themen zu beschränken. Über Vela sagte er: »Du hast nachgegeben – du hast versucht, mir die kolorierte Anziehpuppe dieser Frau zu verkaufen, die wie eine dieser Pappfiguren war, die früher einmal im Vorsaal der Kinos aufgehängt waren. Weißt du, Chick, du sagst manchmal, dass es nichts gebe, was du mir nicht sagen könntest. Aber du hast das Bild deiner Exfrau verfälscht. Du wirst sagen, dass du es im Interesse deiner Ehe getan hast, aber was ist denn das für eine Moral?«

»Du hast natürlich Recht«, sagte ich. Er hatte genau den schwachen Punkt erwischt, todsicher. Als ich ihm vorwarf, Nihilisten seien ihm lieber als seine »prinzipientreueren« akademischen Zeitgenossen, hätte er noch hinzufügen können, dass die Nihilisten wenigstens keine kleinbürgerlichen Entstellungen und Lügen als Beispiele für hehre Prinzipien oder gar für Schönheit vorbrächten.

Nikki, Ravelsteins chinesischer Sohn, der überhaupt nichts mit diesen Unterhaltungen zu tun hatte, stand neben dem Bett, um ihm das Gesicht abzuwischen. Nikki verließ seinen Platz nur, wenn die Laboranten zum Röntgen oder Blutabnehmen kamen. Hin und wieder legte ich meinem Freund die Hand auf den kahlen Schädel. Ich merkte, dass er berührt werden wollte. Zu meiner Überraschung entdeckte ich unsichtbare Stoppeln auf seiner Kopfhaut. Er hatte offenbar für sich beschlossen, dass ihm völlige Kahlheit besser stand als sein dünner werdendes Haar, und rasierte sich den Kopf genau so wie die Wangen. Dieser Kopf jedenfalls rollte langsam zum Grabe hin.

»Ist es heute draußen trüb«, fragte mich Ravelstein, »oder bin ich in düsterer Stimmung?«

»Es liegt nicht an deiner Stimmung. Alles ist voller Wolken.«

Ravelstein kümmerte sich sonst nicht im Mindesten um das Wetter; das Wetter würde sich genau dem anpassen, was die Menschen, auf die es ankam, gerade dachten. Manchmal kritisierte er mich, weil ich mich »um Äußerlichkeiten kümmerte« – nämlich nach den Wolken sah. »Du kannst dich darauf verlassen, dass die Natur das tut, was sie schon immer getan hat. Oder glaubst du im Ernst, du könntest dich einfach so hineinstürzen und dir eine Einsicht herausfischen?« sagte er gern. Doch solche heiteren Augenblicke waren inzwischen sehr selten geworden. Häufiger wirkte er jetzt komatös – und Rosamund flüsterte besorgt: »Ist er noch da?«

Manchmal fehlte mir die Zuversicht für eine Antwort. Es war uns wiederholt klargemacht worden, dass er das nicht überleben würde. Unregelmäßig atmend lag er da, ein Kästchen voller Medizinfläschchen in der Nähe des Kopfes, neben den auffallenden, riesigen Ohren. Manchmal sah es aus, als würde er am liebsten in den Tod hinüberduseln. Vielleicht beschäftigte ihn ein Gedankengang, über den er mit niemandem sonst zu sprechen wünschte. Im Wesentlichen hatte er sich den beiden Polen des menschlichen Lebens gewidmet – der Religion und der Regierung; so hatte es Voltaire formuliert. Ravelstein hielt Voltaire intellektuell nicht für seriös, aber gelegentlich gelang dem Philosophen eine ganz praktische Zusammenfassung der Dinge. Heutzutage hätte Ravelstein noch hinzugefügt, dass Voltaire, der berühmt war für die Kampagnen, die er ausgefochten hatte – *»Écrasez l'infâme!«* –, die Juden leidenschaftlich hasste. Einen weiteren physischen

Unterschied galt es festzuhalten: Ravelsteins ausgestreckter Körper war sehr groß, er maß knapp zwei Meter, und sein Krankenhemd, das den Patienten normalerweise um die Knöchel schlackerte, endete bei ihm knapp oberhalb der Knie. Seine große Unterlippe hatte eine zärtliche Krümmung, aber seine dicke Nase war streng. Er atmete durch den Mund. Seine Haut hatte die Struktur von Mehlschwitze.

Ich merkte, dass er jüdischen Ideen oder jüdischen Weisheiten nachspürte. Ganz gleich, mit wem er redete, Plato oder Thukydides erwähnte er praktisch überhaupt nicht mehr. Jetzt beschäftigte ihn ausschließlich die Schrift. Er sprach über die Religion und das schwierige Projekt, im wahrsten Sinn des Wortes ein Mensch zu sein, ein Mensch zu werden und nichts als ein Mensch. Manchmal drückte er sich klar aus, meistens aber konnte ich ihm nicht mehr folgen.

Als ich darüber mit Morris Herbst sprach, erwiderte er: »Aber natürlich wird er über alles reden, solange überhaupt noch ein Atemzug in seinem Körper ist – und für ihn gibt es nichts Vordringlicheres, weil es mit dem großen Bösen zu tun hat.« Ich verstand sehr gut, was er meinte. Der Krieg hatte klargemacht, wie sich beinah alle darüber einig waren, dass die Juden kein Lebensrecht besaßen.

Das trifft bis ins Mark.

Andere Menschen haben die Wahl zwischen verschiedenen Möglichkeiten – dieses oder jenes Thema verlangt ihre Aufmerksamkeit, und von Themen umlagert treffen sie je nach Neigung ihre Wahl. Für die »Auserwählten« jedoch gibt es keine Wahl. Noch nie hat man von einem solchen Ausmaß an Hass und Verweigerung des Lebensrechtes gehört oder etwas Derartiges gefühlt, und der Wille, der ihren Tod wollte, wurde durch die weit reichende allgemeine Übereinkunft bestätigt und gerechtfertigt, dass die Welt durch ihr Verschwinden und ihre Auslöschung nur besser werden könne. Professor Davarr sprach von »Rismus«, wenn er die Bösartigkeit, den Hass, die Entschlossenheit meinte, dieses aufdringliche Volk in Öfen und Massengräbern loszuwerden. Wir brauchen das Thema nicht zu vertiefen. Menschen wie Herbst und Ravelstein zogen daraus den Schluss, dass es unmöglich ist, die eigene Herkunft loszuwerden, dass es unmöglich ist, nicht Jude zu bleiben. Für Ravelstein und Herbst, die darin einer These folgten, die ihr Lehrer Davarr vorgegeben hatte, bezeugten die Juden vor der Geschichte, dass es keine Erlösung gab.

Und sterbend dachte Ravelstein über diese Fragen nach, formulierte, was er sagen wollte, war aber nicht mehr in der Lage, seine Schlussfolgerungen vorzubringen. Eine dieser Schlussfolgerungen lautete, dass ein Jude ein tiefes Interesse an der Geschichte der Juden haben sollte – an ihren Rechtsgrundsätzen zum Beispiel. Doch nicht jedes Problem lässt sich lösen. Und was hätte Ravelstein tun können?

Jedenfalls wäre er nicht mehr da, um etwas zu tun. Was aber war in diesem Fall seine wichtigste Empfehlung für seine Freunde? Er sprach über die nahenden jüdischen Feiertage und befahl mir, mit Rosamund in die Synagoge zu gehen. Herbst war sich sicher, dass Ravelstein damit auf den Weg verwies, der für die Juden am besten war, da es für sie nichts Wertvolleres gab als dieses religiöse Erbe.

Herbst und Ravelstein waren bereits seit ihrer Studentenzeit vor vierzig Jahren eng befreundet, und deshalb konnte ich Herbst gut um Rat bitten. Doch sobald ich anfing, Fragen zu stellen, würde ich mich unvermeidlich in Selbsterklärungen verstricken, und darauf hatte ich überhaupt keine Lust. Ravelstein lag im Sterben – der ganze Körper zugedeckt, die Augen geschlossen. Er schlief entweder oder dachte an das, was in diesen letzten Tagen gedacht werden musste. Ich hatte das Gefühl, dass er versuchte, alles zu tun, was in diesen letzten Augenblicken getan werden konnte – getan, will ich sagen, für die Menschen, für die er sorgte, für seine Schüler. Ich war allerdings für einen Schüler zu alt, und Ravelstein hielt nichts von Erwachsenenbildung. Fürs Platonisieren war's für mich längst zu spät. Und das, was die Leute so gern Kultur nennen, war nur eine Umschreibung für ihre Dummheit. Ravelstein sagte manchmal, dass ich am liebsten schlafwandelte, was aber nicht hieß, dass ich ein hoffnungslos unbelehrbarer Fall war, dass es nur an mir lag zu entscheiden, wann ich zum Agieren bereit war.

Man konnte mir etwas von allergrößter Wichtigkeit erzählen, ich würde es auch einigermaßen verstehen, mich aber weigern, es ganz und gar zu begreifen. Das war alles andere als normale Verstocktheit.

Es gibt nur ganz wenige Menschen, mit denen man solche Dinge diskutieren kann. Was natürlich schade ist. Nachdem uns so oft Urteile abverlangt werden, vergröbern wir sie naturgemäß durch ständigen Gebrauch und Missbrauch. Dann sieht man natürlich nichts Originelles, nichts Neues; am Ende wird man von keinem Gesicht oder Menschen mehr gerührt. Genau das hatte Ravelstein interessiert. Er drehte einem das Gesicht wieder zum Original. Er zwang einen dazu, das, was man schon geschlossen hatte, neu zu öffnen.

Eines Tages ging ich sogar so weit, dass ich ein paar Notizen zu diesem Thema diktierte, und meine damalige Sekretärin Rosamund machte eine außergewöhnliche persönliche Bemerkung: »Ich glaube, ich weiß, wovon Sie sprechen.« Nach und nach ließ ich mich davon überzeugen, dass es wirklich so war.

Nikki, Ravelsteins Erbe und nächster Hinterbliebener – es gab zahlreiche Konkurrenten –, wohnte um die Ecke in dessen Apartment. Zwischen seinem Haus und dem unseren lag ein Grasplatz, auf dem kleine Kinder herumstolperten und Werfen und Fangen übten. Von meinem Schlafzimmerfenster aus sah ich hinüber zu der Wohnung, die einmal Ravelstein gehört hatte. Das Licht war an. Es gab keine Partys mehr. Es war noch schlimmer, wie Rosamund zutreffend bemerkte: »Die ganze Gegend ist ein einziger Friedhof. Die Gemeinschaft deiner Toten. Man kann ja nicht mehr mit dir spazieren gehen, ohne dass du ständig auf Türen und Fenster zeigst, hinter denen alte Freunde und Bekannte gelebt haben. Wir können nicht um den Block gehen, ohne dass dir nicht etwas zu alten Kumpels und Freundinnen einfällt. Ravelstein war ein lieber Freund – eine Ausnahme. Aber er hätte gesagt, dass du einfach zu schwer an deiner Niedergeschlagenheit trägst.«

Sie war der Meinung, dass wir wegziehen müssten. Wir hatten das Haus in New Hampshire und eine auf drei Jahre befristete Einladung einer Universität in Boston, um dort (so gut es ging allein) die Kurse, die ich mit Ravelstein zusammen veranstaltet hatte, zu geben. Man bot Rosamund und mir eine schöne Wohnung im Back-Bay-Viertel an. Rosamund würde sich um den Umzug kümmern, da brauchte ich mir keine Sorgen zu machen. Da die Wohnung in Back Bay möbliert war, konnten wir die im Mittleren Westen untervermieten. Auf diese Weise konnten wir jederzeit zurückkommen, wenn es uns im Osten nicht gefiel. Und uns blieb der Blick über den Grasplatz auf die Fenster von Ravelsteins Wohnung erspart.

»Und als Bonbon …« Rosamund hielt ein paar Hochglanz-Reiseprospekte hoch – sonnige Strände, bewaldete Hügel, Palmen, eingeborene Fischer. Sie schlug einen Urlaub in der Karibik vor. Wir würden in Boston auspacken und die Kartons wegstellen, in denen unsere Sachen verpackt waren. Dann wollten wir über San Juan nach Saint Martin fliegen. Dort wollten wir uns einfach treiben lassen, im warmen Meer träumen und unsere lebenswichtigen Batterien wieder aufladen.

»Wo hast du denn diese ganzen glänzenden Reiseprospekte her, Rosamund? Saint Martin also. Fahren da nicht die Durkins hin?«

»Egal. Sie sind gute Freunde. Sie wissen genau, was du brauchst.«

»Die Westindischen Inseln werden mich von diesem jahrelangen Stress befreien, und plötzlich bin ich wieder hergestellt, fühle mich gut und auch stark, um das Buch über Ravelstein zu schreiben.«

»Ich schlage keinen Arbeitsurlaub vor«, sagte Rosamund. »Ich nehme an, du bist schon mal in der Karibik gewesen.«

»Ja.«

»Und es hat dir nicht gefallen?«

»Ein einziger großer tropischer Slum ... Aber das ist mein Eindruck vor allem von Puerto Rico. Große Spielcasinos, eine riesige, stinkende Lagune, trüb und schlammig – unglückliche Massen von Eingeborenen, die nach subventionierter Armut aussehen. Dazu die Europäer, die mit Chartermaschinen einfliegen. Sie nehmen das Gefühl mit nach Hause, dass die Amerikaner dort alles versaut haben und dass Castro die Solidarität unabhängiger, intelligenter Skandinavier und Holländer verdient.«

Rosamund setzte sich schließlich durch. Ich merkte jedoch am Anfang unserer Ehe, dass sie, wenn sie sich durchsetzte, meine Interessen über die eigenen stellte. Die Durkins hatten uns zu einer kleinen Wohnung am Strand geraten. Das Gepäck war eingecheckt – die ganzen Sommersachen, Zeitungen, Badeanzüge, Sandalen, der Sonnenschutz und das Insektenspray. San Juan schien mehr Glamour zu haben, jedenfalls in der Strandgegend. Zwischen den Flügen hatten wir Zeit totzuschlagen, und wir schlugen sie in der Bar des Grand Hotel tot. Wir saßen neben einem Amerikaner, der sich einiges reinkippte und uns erzählte, dass seine Frau Opfer einer unbekannten Krankheit geworden sei. Der Mann sagte, dass er zwischen Dallas, wo er eine Firma hatte, und dem fabrikgroßen Krankenhaus von San Juan, in dem sie behandelt wurde, hin und her pendelte. Schon seit mehreren Wochen hatte sie nicht mehr sprechen können, vielleicht auch nichts gehört – wer wusste das schon? Sie war bewusstlos. Sie wollte, konnte vielleicht auch nicht die Augen aufmachen. »Sie reagiert nicht. Ich komme mir wie der letzte Depp vor, wenn ich mit ihr rede.«

Unser Bus wartete, und wir ließen den Mann an der Bar zurück. Er hatte große Ähnlichkeit mit einem Felsvorsprung aus rotem Sandstein, über den vertrocknetes Gras herabhing. Rosamund konnte sich kaum von ihm trennen, so Leid tat er ihr – so ist sie. Doch er reagierte nicht darauf, als wir uns verabschiedeten.

Ungefähr eine halbe Stunde später landeten wir in Saint Martin und gingen durch die Ankunftshalle, eine riesige Nissenhütte aus grünem Wellblech; in den Tropen, so kommt es mir vor, wirkt alles provisorisch. Unter glutheißen Scheinwerfern standen wir vor einem offiziellen Schalter an, um eine Gebühr zu bezahlen und unseren Pass gestempelt zu bekommen. Dann stiegen wir in ein Taxi und ließen uns ans französische Ende der Insel fahren. Unsere Vermieterin war kurz angebunden, weil sie unseretwegen so lange hatte aufbleiben müssen. Etwas später, als wir selber im Bett lagen, tauchte ein tobender Mann auf, trat und hämmerte gegen ihre Tür und schrie, dass er sie umbringen werde. Ich sagte: »Wenn die Sicherheitskette nicht hält, erleben wir hier einen Mord.« Doch die Polizisten kamen mit einem Auto, auf dem eine Suchlampe blitzte, und nahmen ihn mit.

»Was denkst du?« fragte Rosamund.

Ich meine mich zu erinnern, dass ich sagte, so was sei wahrscheinlich normal in diesem Klima. Hinreißend, aber unsicher.

Ich war nicht bereit, mich von dem Land verzaubern zu lassen. Vielleicht war es das Alter. Ich war einmal ein fröhlicher Reisender, doch heute rieche ich erst am Bettzeug, bevor ich mich hinlege. Hier witterte ich das Waschpulver in den Laken und Kissen und den Desinfektionstank unter dem Badezimmer.

Doch wir erwachten an einem klaren tropischen Morgen mit Eidechsen und krähenden Hähnen. Unmittelbar vor uns auf dem Ozean zogen die Yachten ihre Beiboote hinter sich her. Am Flughafen starteten und landeten Maschinen. Aber der Strand war schön, fest, breit und mit einem Saum von Bäumen und blühenden Sträuchern, über denen Massen von gelben Faltern dahintrieben. Auf der meerabgewandten Seite des Hauses stand ein riesiger Baum, der voller Limonen hing. Dahinter lag ein steiler Hügel.

Zum Morgenkaffee spazierten wir ans andere Ende der Hauptstraße. In den Bistros und Bäckereien wurde so etwas Ähnliches wie Französisch gesprochen. Wir saßen auf der Terrasse und ließen die Eindrücke auf uns wirken. Was gab es hier zu sehen? Oder zu tun? Als Erstes mussten wir jeden Tag das Nötigste einkaufen. Danach gingen wir schwimmen. Die Wellen kamen nur selten bis in die Bucht. Man konnte sich stundenlang auf dem Rücken treiben lassen oder sich zum Trocknen in den Sand legen. Man konnte auch vorn am Wasser entlanggehen und einen Blick auf die Frauen ohne Oberteil werfen, die ihre Brüste bräunten oder zeigten. Zurück zur Natur wahrscheinlich. Doch verrieten einem die Augen dieser Frauen, dass sie nicht antworten würden, wenn man sie anspräche.

Als wir umdrehten, machten schon die Imbissbuden für das Mittagessen auf. An ungefähr zwanzig Grillständen, die alle nah zusammenstanden, gab es Rippchen, Huhn und Hummer. Die Flammen schlugen senkrecht in die Höhe, mehr als man für ein anständiges Essen überhaupt brauchen konnte. Jede einzelne Bude hatte einen eigenen grinsenden Schlepper, der schrie, lachte und lebende Hummer in die Höhe hielt und sie am Schwanz oder an den Fühlern hin- und herschwenkte. Wenn sich ein Teil des Tieres löste und zu Boden fiel, gehörte auch das zur Unterhaltung.

»Gehen wir weiter«, sagte Rosamund. Sie klagte über den Grillrauch. Die Augen brannten ihr davon. Vor allem konnte sie es nicht ertragen, wie die Hummer gequält wurden. Wenn sie in New Hampshire Salamander auf der Straße sah, hob sie die Tiere auf und brachte sie in Sicherheit. Ich sagte immer: »Vielleicht wollen sie gar nicht dort sein, wo du sie hinträgst.« Aber es war natürlich nicht richtig von mir, mich über diesen menschlichen Impuls lustig zu machen. Weichherzigkeit ist für alle Beteiligten ein Problem. Die Weichherzigen überlassen den Gefühlloseren die Erklärung: »Das ist einfach Naturgesetz. Wir müssen essen. Und sind Schalentiere nicht selber Kannibalen?« Aber das war natürlich eine Ausflucht. Man sprenkelt seine »Interpretation« mit Schulbuchwissenschaft. Wachsen diesen gepanzerten Hummern vielleicht die Scheren nach, wenn sie sie verlieren? Wahrscheinlich haben wir nur deshalb wissenschaftlichen Unterricht, um so unsere Herzlosigkeit verbergen zu können. Oder sie jedenfalls verfeinern zu können. Polonius ist beim Nachtmahl, wo er nicht speist, sondern wo er gespeist wird – von den Würmern. Der Lohn für ein Leben voller Nachtmahle.

Man kann sein menschliches Maßband nicht in jeder Situation anlegen. Ehe man sich versieht, ist man schon von den Toten umgeben, die man doch abwehren wollte. Was hätte Ravelstein dazu gesagt? »Mädchen-Beschwerden.« Was so viel heißen konnte wie: »Sie ist ein weichherziger Mensch und muss selber alles zuwege bringen. Jeder Erwachsene muss sich über dieses Thema gründlich Gedanken machen. Was aber die roten Salamander angeht, vielleicht könnte man sie in die Spaghettisoße tun ...«

Wir wohnten auf Saint Martin am unteren, dem östlichen, Ende der Bucht in einem zweigeschossigen Haus. Unter uns hatte eine Touristenfamilie aus Nordfrankreich den Garten mit Beschlag belegt. Sie waren *en famille*, während wir ihn eigentlich nicht brauchten. Uns interessierte der Strand hinter der niedrigen Mauer. Wir hatten ungefähr zehn Meter bis zum Wasserrand. Ein Boot mit Glasboden brachte Touristen nach einem festen Fahrplan zum Korallenriff im Norden.

Ich war dankbar für die Bucht. Sie schuf einen Rahmen. Ich weiß Grenzen zu schätzen. Ich mag es, wenn um mich herum Linien gezogen sind. Ich wollte hier keineswegs die See bezwingen, sondern in aller Ruhe schwimmen und mich treiben lassen. Und mich auf Ravelstein vorbereiten. Oft zog oder trug mich Rosamund in fast schultertiefes Wasser. Sie schob die Arme unter mich und ging vor und zurück. Sie war keine starke junge Frau, aber das musste sie auch nicht sein. Meerwasser scheint leichter zu tragen; anders als in einem See oder einem Teich muss man nichts tun, um zu treiben. Rosamund ist schlank, aber nicht mager, nicht eckig. Die braunen Haare fallen ihr auf die Schultern. Wie ein unbegrenzter Vermögenswert. Ihre länglichen Augen sind, wie sich zeigt, blau und nicht braun, wie man es bei ihrem dunklen Haar erwartet hätte. Während sie meinen Körper durchs Wasser treiben ließ, sang sie etwas aus Händels *Salomo*. Wir hatten das Oratorium vor einigen Monaten in Budapest gehört. »Ewiges Leben«, sang sie. »Glücklicher, glücklicher Salomon.« Dieses Chorlied, das sie nun solo sang, wurde vom Schwappen des Meerwassers begleitet. Ich lag auf ihren Armen und sah die Falter, die sich blassgelb langsam zu Schwärmen von Hunderten drehten. Wahrscheinlich war jetzt ihre Fortpflanzungszeit. Und über der Hauptstraße hing eine Wolke von Grillrauch, die Schlepper, die Kinder Belials, lachten, geblendet von der Sonne, und hielten wahrscheinlich wieder lebende Hummer an den Fühlern hoch, um Touristen anzulocken.

Ich war mir sicher, dass ich mich nie richtig mit diesem tropischen Paradies würde anfreunden können. Stattdessen musste ich, während Rosamund mit ihrer wunderschönen Stimme »Ewiges Leben« sang, an Ravelstein in seinem Grab denken, an seine großen Begabungen, diesen unendlich unterhaltsamen Menschen und seinen nun völlig bewegungslosen Intellekt. Als er mich damit beauftragte, sein Leben aufzuschreiben, hat er von mir wahrscheinlich nicht erwartet, dass ich mich mit dem Charakteristischen zufrieden gebe – dem für mich Charakteristischen, meine ich natürlich.

Rosamund und ich tauschten jetzt die Plätze, und ich trug sie durch das Wasser. Der Sand unter den Füßen war zerfurcht, weil das Meer sich bewegte, und im Mund waren oben am Gaumen ebenfalls Furchen. »Sollen wir auf dem Heimweg bei *Le Forgeron* vorbeigehen und einen Tisch für heute Abend bestellen? Es ist ungefähr fünf Minuten vom Strand entfernt.«

Roxie Durkin hatte uns einen Brief an M. Bédier mitgegeben, dem das Restaurant gehörte, und Rosamund hatte uns bereits zum Abendessen angemeldet. Was Restaurants betraf, konnte man sich auf die Durkins verlassen. In den letzten Jahren waren sie viel mit Ravelstein zusammen gewesen. Wir hatten oft in Greektown zusammen gegessen oder in Kurbanskis Club.

Die Durkins waren sehr aufmerksam gewesen. Sie hatten dafür nur um einen einzigen Gefallen gebeten. Durkin war Anwalt und hatte mehrere dicke Bände mit nach Saint Martin gebracht, allerdings vergessen, sich mehrere Seiten zu kopieren, die einen Fall betrafen, der demnächst verhandelt werden sollte. Er bat uns um die Gefälligkeit, die Seiten nachzuschauen und sie ihm per E-Mail zu schicken. Rosamund hatte mich mehrere Male an diese Bücher erinnert. Die Vermieterin ließ sie von einem Diener in unsere kleine Wohnung tragen.

An diesem Abend gingen wir am sich langsam abkühlenden Strand entlang zu *Le Forgeron.* Rosamund trug in einem Täschchen unsere Schuhe und Sandalen. Wir zogen sie an, ehe wir durch das Tor auf der Meerseite eintraten. Angenehm plätscherndes Wasser wurde in den Garten geleitet – Reben, Büsche, Blumen. Mme Bédier, die in der Küche arbeitete, nahm uns nicht einmal wahr. M. Bédier blickte ohne besonderes Interesse auf Roxies freundliche Empfehlung. Er war groß und kahl, ein sehr dicker Mann, der eine Art körperlicher Gewalttätigkeit ausstrahlte. Wenn er seine Botschaft in Worte hätte fassen können, dann hätte sie gelautet: »Ich bin bereit, dem Gast *[client]* jeden Wunsch zu erfüllen, aber ich stehe unter einem fürchterlichen Druck und kann jeden Augenblick explodieren.« Er war der einzige Kellner, und sein Lokal füllte sich bereits. Sonst war niemand da, der ihm geholfen hätte. Seine Frau kochte allein. Doch die Touristen, so viel wurde einem vermittelt, standen gesellschaftlich nicht auf einer Stufe mit ihnen.

Mir war bewusst, dass Ravelstein mitwirkte, wenn ich eine solche Szene entwarf. Ich kann es gern zugeben, dass er bei alltäglichen Ereignissen häufig auftauchte. Das lag an der Kraft seiner Persönlichkeit. Es lag auch daran, dass sein Leben besser strukturiert war als meins. Ich war von seiner Gabe, Erfahrungen zu ordnen, abhängig geworden; es kann gut sein, dass auch er fortexistieren wollte. Deshalb wiederum war er auf mich angewiesen. Viele Leute wollen die Toten loswerden, während ich im Gegenteil an ihnen hänge. Ich habe ständig das Gefühl – so viel sollte inzwischen klar sein –, dass sie nicht für immer und alle Zeit fort sind. Ravelstein hätte solche Gedanken als Kinderkram abgelehnt. Vielleicht ist es ja auch kindisch. Ich will mich darüber nicht streiten, sondern berichte nur. Mir ist bewusst, dass sein intellektuelles Ansehen einbüßt, wer sich zu solchen Phantasien bekennt. Wie Sie sehen, folge auch ich der allseits akzeptierten Anschauung. Vielleicht aber gibt es ganz einfache Erklärungen dafür, dass Ravelstein im Alltagsleben für mich weiterexistierte. Als er starb, fiel mir auf, dass es mir zur Gewohnheit geworden war, ihm jedes Mal zu erzählen, was seit unserer letzten Begegnung vorgefallen war.

Dennoch tauchte er auf seltsame Weise auf, und ich will auch nicht so tun, als wäre er nicht verstohlen von dort herübergekommen, wo immer auch er weiterlebte. Das soll hier aber nicht eine Diskussion über das Weiterleben nach dem Tode werden. Ich habe keine Lust, das zu diskutieren. Allerdings fällt es mir schwer, eine Information nur deshalb zu unterschlagen, weil es sich um keine intellektuell respektable Information handelt.

Also gut. Was empfahl uns M. Bédier vom *Forgeron* denn heute Abend? Den Rotbarsch, kalt serviert, mit Mayonnaise. Rosamund bestellte irgendeinen anderen Fisch. Keins der Gerichte war richtig durch. Der Barsch hatte Zimmertemperatur und war matschig. Die Mayonnaise schmeckte wie Zinksalbe.

»Wie schmeckt es?« fragte Rosamund.

»Nicht durch.«

Sie probierte und bestätigte, dass der Fisch nicht gar war. Innen roh.

»Sag es dem *patron*. Du kannst französisch mit ihm sprechen.«

»Englisch kann er aber besser. Die Leute mögen es nicht, wenn sie wie kleine Kinder miteinander sprechen müssen. Warum sollte er es auf Französisch mit mir versuchen? Er würde denken, ich bräuchte einen Berlitz-Kurs.«

Ich brachte den Barsch nicht hinunter. Das Essen zog sich endlos.

Rosamund sagte: »Heute hat das Personal frei. Sie können an einem so schönen Ort nicht so schlecht kochen.«

Unmöglich, an diesem warmen, tropischen Wasser, darüber, um das Bild abzurunden, der Mond, Gerichte zu servieren, die man nicht essen konnte. Ein Restaurant nur zehn Minuten zu Fuß von unserer Wohnung hätte der Traum jeder jungen Ehefrau sein können – kein Einkaufen, Schälen, Kochen, Auftragen, Abspülen, kein Abfall.

Gegen Mitternacht kam es zu einer Flaute im Luftverkehr. Sehr bald hatte ich herausgefunden, dass viele Privatflugzeuge diesen kleinen Flugplatz benutzten. Ein Beweis für den Reichtum und die fliegerischen Fähigkeiten eines beträchtlichen Anteils einer Bevölkerung von US-Amerikanern, Mexikanern, Venezolanern, Honduranern und sogar italienischen und französischen Freizeitsportlern – alles Leute, die Wert darauf legten, dass die Wirklichkeit sich nach ihren Vorstellungen richtete. Man brauchte nur an einen bestimmten Ort zu denken, und innerhalb weniger Stunden befand man sich bereits dort. Im 16. Jahrhundert dauerten Reisen von Spanien übers Meer manchmal Monate. Heute konnte man in Venezuela Golf spielen und am selben Abend auf der Halbinsel Yucatan zu Abend essen. Am nächsten Morgen war man dann rechtzeitig in Pasadena, um beim Orange Bowl dabei zu sein.

Wenn man einmal anfängt, sich solche Gedanken über Leute zu machen, die reich genug sind, um herumzusausen, dann ihre Reisepläne nachzeichnet und überlegt, wie viele Kilometer sie zurücklegen, wird man sehr schnell merken, dass die Erschöpfung angesichts dieser Stunden in der Luft die eigene ist.

Bédier vom *Forgeron* hatte mich infiziert.

Als ich über Müdigkeit und mangelnde Energie klagte, versicherte mir Rosamund, es handle sich um die aufgestaute Erschöpfung, und Sorgen und Kummer hätten mich noch zusätzlich belastet. Auch sie trauerte immer noch um den armen Ravelstein, den seine leichtsinnigen sexuellen Gewohnheiten zerstört hatten. Rosamund tat meine Beschwerden keineswegs ab; sie reagierte nicht etwa gereizt, sondern widmete ihnen ihre volle Aufmerksamkeit. Sie sagte, dass der Urlaub oft mit solchen belastenden, schweren Gefühlen beginne. Zärtlich strich sie mir übers Gesicht und empfahl mir, endlich Schlaf nachzuholen.

Ich tat wie geheißen, aber es ging mir nicht besser. Das Toxin, das der Fisch in sich trug, war unempfindlich gegen Hitze, wie ich noch erfahren sollte; auch längeres Kochen oder Braten hätte es nicht neutralisiert. Wie man mir später in Boston erläuterte, wurde das Ciguatoxin vom Körper rasch ausgeschieden, allerdings zerstörte es vorher gründlich das Nervensystem. Nicht viel anders als Ravelsteins Guillain-Barré-Syndrom. Eins der ersten Symptome ist plötzlicher Ekel vor dem Essen. Ich konnte es nicht einmal mehr sehen. Jeder Geruch von Essen wurde mir widerwärtig. Zum Abendessen konnte ich nur Cornflakes mit etwas Milch zu mir nehmen. Ich versicherte Rosamund, dass das nur gut sei. Ich verlor unerwünschtes Gewicht. Wie jeder US-Bürger, sagte ich, sei ich abstoßend überernährt.

Die französische Familie in der Wohnung unter uns war aus Rouen hierher gekommen, um in den Tropen auszuspannen, herumzuhängen und es ruhig angehen zu lassen. Sie schwammen in der sanften See; das machten Rosamund und ich auch. Wir ließen uns am Strand trocknen und plauderten entspannt. Doch der Geruch, der aus ihrer Küche drang, wurde immer unerträglicher. Ich sagte zu Rosamund: »Was für eine Scheiße kochen die denn da?«

»Ist es wirklich so schlimm?« fragte Rosamund.

Dann hielt ich ihr einen Vortrag über den Niedergang der französischen Küche. »Früher konnte man in jedem *bistrot* gutes Essen bekommen. Womöglich hat der Tourismus den Standard gesenkt. Oder ist denkbar, dass das Verschwinden der Bauern die französische Küche ruiniert hat?«

»Es macht auch deshalb so viel Freude, mit dir zusammen zu sein, Chick, weil dir zu jedem Thema so viel einfällt. Aber du hast erkennbar überhaupt keinen Appetit mehr. Ich habe auch eine Theorie anzubieten: Du bist offenbar so angestrengt gewesen – so überanstrengt, ausgepumpt –, dass dir dieser friedliche Ort zu friedlich ist. Du bist einfach zu verkrampft.« Offensichtlich machten ihr die Härte und Heftigkeit meiner Reaktionen Sorgen.

»Ich muss von diesem widerlichen Essensgestank weg.«

»Dann gehen wir aus.«

»Ja, gehen wir. *Du* musst etwas essen, Rosamund – du solltest ein schönes Abendessen haben. Ich selber habe keinen Appetit, aber ich möchte, dass du isst.«

Unruhige Nächte hatte ich hier auf der Insel verbracht – mein Herz schlug unregelmäßig. Ich hatte die Chiningaben erhöht, die mir Dr. Schley, mein Kardiologe, verschrieben hatte. Ich schluckte Tabletten mit Gläsern voller Chininwasser. Mein Kopf war einigermaßen klar, aber meine Fußsohlen fühlten sich taub an. »Ich habe ein unangenehmes Kribbeln in den Füßen«, sagte ich.

»Vielleicht liegt es an deinem ewigen Sitzen. Versuch mal, im Stehen zu arbeiten. Vielleicht nimmst du auch zu viel Chinin«, sagte Rosamund.

»Dr. Schley sagte, ich könnte Dosen in beliebiger Höhe für die Arrhythmie, für das Herzflimmern nehmen – lieber Gott! Heutzutage hört sich jeder gleich wie ein Arzt an.«

Wir gingen am Strand entlang, um dem Gestank der Hühner- und Hummerbuden an der Hauptstraße auszuweichen. Der Patron von *Le Forgeron* lag im Freien, tat so, als würde er aufs Meer hinausschauen, und erwiderte meinen

Gruß nicht. »Fünftausend Meilen von Frankreich fort, und er kennt keine *politesse* mehr«, sagte ich.

»Wir essen dort nicht mehr …«

»*Macht nichts.* Er ist ein Schwein, dem man Manieren beigebracht hat, aber es hilft nichts. Schreckliche Menschen überall. Aus dem Arschloch einer Sau lässt sich keine seidene Börse nähen.«

Ich wusste nicht, wie krank ich war. Ich wusste nur, dass ich außerordentlich reizbar oder auch ziemlich kaputt war – ein wenig derangiert. Mir war klar, dass ich mich wiederholte und Rosamund damit belastete. Sie überlegte, was sie tun sollte. Wahrscheinlich machte sie sich Vorwürfe, weil sie mich hierher gebracht hatte. Vielleicht lohnt sich die Schilderung einer meiner Obsessionen. Oft sagte ich zu Rosamund, eins der Probleme des Älterwerdens sei die Beschleunigung der Zeit. Die Tage blitzten vorbei »wie U-Bahn-Haltestellen vom durchfahrenden Zug aus«. Oft erwähnte ich den »Tod des Iwan Iljitsch«, um Rosamund das Gefühl zu erläutern. Für Kinder sind die Tage sehr lang, doch im Alter fliegen sie dahin, »schneller als das Weberschiffchen«, wie Hiob sagt. Und auch Iwan Iljitsch erwähnt, dass der Stein, den man in die Luft wirft, nur langsam steige, aber wenn er zur Erde zurückfällt, mit hundert Meter je Sekunde im Quadrat beschleunige. Man wird vom Magnetismus der Schwerkraft beherrscht, und das gesamte Universum wirkt zusammen, um das Ende so schnell wie möglich herbeizuführen. Wenn wir nur die erfüllten Tage zurückholen könnten, die wir als Kinder hatten! Aber, so mein Vorschlag, wir haben uns zu sehr an die Erfahrungsdaten gewöhnt. – Unsere Methode, die Daten zu organisieren, die in vielfältiger Gestalt vorübertreiben – das heißt in zunehmend abstrakter Form –, beschleunigt Erfahrungen zu einer gefährlich und wild zappelnden Komödie im Schnellvorlauf. Unser Verlangen nach einer raschen Entsorgung löscht die Kleinigkeiten aus, die

Kinder bezaubern, ergreifen oder aufhalten. Kunst ist eine Rettung vor dieser chaotischen Beschleunigung. Metrum im Gedicht, Tempi in der Musik, Form und Farbe in der Malerei. Dennoch spüren wir, wie wir auf die Erde zurasen, um irgendwann in unser Grab zu stürzen. »Ach, wenn das bloß Worte wären!« sagte ich zu Rosamund. »Aber ich spüre es jeden Tag. Machtloses Denken frisst selber auf, was vom Leben noch übrig ist ...«

Die arme Rosamund, sie musste sich dieses Zeug Abend für Abend beim Essen anhören. Dabei hätten diese Ferien in der Karibik ein romantisches Erlebnis sein sollen, eine Art zusätzlicher Flitterwochen.

»Hast du mit Ravelstein darüber gesprochen?« fragte sie.

»Ja ... ja, das habe ich.«

»Und was hat er dir gesagt?«

»Er sagte, dass Iwan Iljitsch ein *mariage de convenance* eingegangen sei und dass die Sache anders ausgesehen hätte, wenn er und seine Frau sich geliebt hätten.«

»Die Armen haben einander gehasst«, sagte Rosamund. »Man überquert einen Berg aus Glasscherben beim Lesen dieser Geschichte. Eine einzige Qual.« Sie war sehr intelligent, Rosamund. Wir konnten nicht bloß miteinander reden, sondern auch darauf vertrauen, dass wir uns verstanden.

Jetzt kümmerten wir uns also um die Bände, in denen wir für unseren Freund Durkin nachschlagen sollten. Gemeinsam gingen wir die Seiten durch, die er kopiert haben wollte. Es war keine besonders langwierige Arbeit, und Rosamund übernahm den größten Teil der Arbeit. Für Bände in diesem Format gab es keine Kopiergeräte. Ich las die Exzerpte laut vor, und Rosamund tippte sie in ihr Notebook. Anfangs hatte mich das Material nicht übermäßig interessiert, ich wurde dann aber sehr schnell hineingezogen. Nicht wegen der juristischen Seite, einer Urheberrechtsklage, die Durkins

Mandant eingereicht hatte. Der Verfasser des Tagebuchs, auf dem das Buch basierte, war ein amerikanischer Arzt, der mit einem Forschungsstipendium des National Institute für Irgendwas mehrere Jahre im Regenwald von Neuguinea verbracht hatte und das Pidgin oder Kauderwelsch der Insel sprach. Dass er hervorragend schreiben konnte, machte seinen Bericht nur noch wirkungsvoller; manche Formulierungen prägten sich sofort ein. Einen Steilhang, der mit großen Blumen bedeckt war, beschrieb er als »purpurnen Wasserfall aus Orchideen«. Es gab viele Stellen, die an Kitsch grenzten, aber man hatte das Gefühl, er reagierte damit auf die kitschige Natur. Er hatte ein festes wissenschaftliches Ziel, und der ganze Artikel war wichtig – menschlich packend. Er begann damit, dass er über den Proteinmangel in der Nahrung jener Eingeborenen sprach, die er erforscht hatte. Er sagte, dass die Eingeborenen es sich in ihren primitiven Kriegen nicht leisten konnten, die Körper ihrer Feinde zu verschwenden.

Derartigen wissenschaftlichen Spekulationen galt jedoch nicht mein eigentliches Interesse. Ich habe immer mal wieder erwähnt, dass ich mich auf die Einzelheiten des gewöhnlichen Alltags spezialisiert habe. Auch Ravelstein hatte verschiedentlich darauf hingewiesen – nicht die Noumena oder »Dinge an sich«; derlei wollte ich gern den Kants dieser Welt überlassen. Schwarze, kopflose Körper in einem Dschungel, in dem purpurne Orchideen über vielleicht hundert Meter herabstürzen – das, nicht wahr?, wären Phänomene. Die Männer waren gerade getötet und geköpft worden. Die Köpfe wurden aufbewahrt. Der Forscher, der über das alles seine Aufzeichnungen machte, sagte, sie seien eine Währung, die man beim Frauenkauf einsetze. Deshalb jagten Kopfjäger nach Köpfen. Doch war dieser amerikanische Forscher nicht von den miteinander ringenden Kämpfern in den Hinterhalt am Fluss gelockt worden, sondern vom

Geruch bratenden Fleischs. »Küchengeruch wie zu Hause – ein richtig großer Braten im Ofen. Oder ein Truthahn an Thanksgiving. Genauso appetitlich. Auch Menschenfleisch kann die Speicheldrüsen in Gang setzen ... die Krieger boten mir von ihrem menschlichen Šiš-Kebab an. Die Opfer waren auf den Bauch gedreht worden. Der Boden war tiefrot vom Blut. Die Sieger fanden meinen Gesichtsausdruck zum Brüllen komisch. Sie sagten: ›Aber es ist doch nur Fleisch, genauso wie anderes auch.‹« Und tatsächlich verbreitete sich der Autor mehr als nötig über den appetitanregenden Duft. Die Jäger sagten, auch die anderen hätten sie, wenn sie in deren Hinterhalt geraten wären, gekocht und aufgegessen. Für uns war das vielleicht eine vernünftige Betrachtungsweise, für sie war es eine schlichte Tatsache in ihrem Überleben. Im Dschungel gibt es nicht allzu viel Wild. Die Jäger sind oft erschöpft und brauchen dringend etwas zu essen. Der Amerikaner stellt dann Spekulationen über Leningrad in der Zeit der Belagerung durch die Nazis an und spricht von den japanischen Soldaten, die im philippinischen Dschungel vergessen wurden und ihre eigenen Toten aßen, und erwähnt auch noch die südamerikanischen Sportler, deren Flugzeug über den Anden abstürzte. Bestimmt würden unsere eigenen Nihilisten, die erzählen, dass alles erlaubt ist, ebenfalls die Meinung vertreten, dass Kannibalismus nur logisch sei. »Am schwierigsten für mich war«, schreibt der US-Forscher, »dieser leckere Geruch des bratenden menschlichen Oberschenkels, der von einer Leiche abgeschnitten war, die in diesem Blumenparadies noch immer vor sich hin blutete. Das war wirklich schwer erträglich. Nicht die Köpfe, die die Kämpfer tragen, wenn sie auf Freiersfüßen wandelten, und die sie dann am staubigen Haar hin- und herschwenkten.«

Rosamund, die jetzt merkte, dass ich wirklich krank war – auch wenn ich es weiter bestritt –, ging meilenweit durch den Rauch und am Feuer der Grillbuden am Straßenrand vorbei, um nach einem Truthahn für Thanksgiving zu suchen. Sie konnte keinen auftreiben. Die mageren Hühner hier schienen statt Federn Haare zu tragen. Am Boden einer Tiefkühltruhe im Supermarkt entdeckte sie abgepackte und versteinerte Keulen und Flügel. Sie sagte, sie sähen aufgetaut noch viel schlimmer aus. Auf dieser Insel, auf der Süßkartoffeln und Kokosnüsse wuchsen, war kein Suppengrün zu finden. Dennoch gelang es ihr in stundenlanger Mühe, eine Hühnerbrühe zu fabrizieren. Aus Dankbarkeit wollte ich einen Witz darüber machen, dass ich sie nicht hinunterbrachte. Ich musste an eine Einwanderermutter aus meiner Kindheit denken, die laut schrie: »Mein Joey kann keine Eistüte essen. Er dreht einfach den Kopf weg. Wenn er nicht am Eis leckt, muss er bald sterben!«

Vielleicht weil ich die Tropen als Todesdrohung wahrnahm, ließ mich mein Instinkt jedenfalls bei jeder Frage, die bedacht sein wollte, nach der komischen Perspektive suchen. Zum einen dachte ich dauernd daran, dass der Boden hier poröser war, nicht so fest wie oben im Norden. Es musste sehr schwierig sein, jemanden in diesem Boden aus verrottenden Korallen zu beerdigen. Rosamund wollte ich dieses verrückte Thema nicht zumuten. Rosamund machte sich Vorwürfe, weil sie mich zu diesem herrlichen Urlaub überredet hatte – doch ich wusste, ich konnte mich darauf verlassen, dass sie das Richtige tat. Ich kam mir seltsam dabei vor, aber ich redete mir ein, dass ich diese Krankheit aus dem Norden mitgebracht hatte – eine Art Unwohlsein oder Magenverrenkung –, metaphysischen Kummer vielleicht. Vor Jahren, als ich einmal längere Zeit in Puerto Rico gestrandet war, hatte ich das gleiche Unwohlsein in der tropischen Umgebung empfunden: der brackige Geruch von Salzwasser und fauligem Meeresgetier, der den Lagunen entstieg, der fremdartige Gestank der Dschungelpflanzen,

Überreste von Tierkadavern. Der Mungo war in Puerto Rico so verbreitet wie anderswo Straßenköter. Nicht vorstellbar, dass so große Tiere an den Hauptstraßen und in den hinteren Dorfgassen lebten.

Nachts drang immer mal wieder ein Schwall Stammesmusik aus der Stadt herüber. Die Hähne unterbrachen unseren Schlaf. Aber ich schlief ohnehin nicht viel und ernährte mich von Cornflakes. Ich wollte das Leitungswasser nicht trinken, und Rosamund, die sich inzwischen ernste Sorgen machte, ging immer wieder zum Laden und schleppte die schweren Wasserflaschen herbei.

Ich war offensichtlich krank, konnte es mir aber nicht eingestehen. Ich merkte, dass mich abnormale Gedanken umtrieben, und allmählich dämmerte mir, dass ich mich um das Problem der Evolution sorgte. Natürlich glaubte ich an die Evolution – wer könnte sich weigern, die tausendfachen Beweise anzuerkennen? Weniger offensichtlich war, dass sie sich durch zufällige Veränderungen ergeben haben sollte, wovon die vielen Wissenschaftsgläubigen überzeugt waren. »Wenn ausreichend Zeit ist, kann *alles* passieren, und in Milliarden von Jahren ist Zeit genug für all die Fehler und Sackgassen.« Der Genetiker Watson hatte das Gesetz dafür aufgestellt. Doch wie ich, immer noch im Streit mit Watson, zu Rosamund sagte, wenn man die subtilen Ressourcen des Körpers einberechnete, diese tausendfachen Möglichkeiten, viel zu subtil, um allein vom Zufall abzuhängen, dann war Watson ein Grobschmied, der nach Anleitung lustig mit seinem Spielzeug herumhämmerte, aber alles andere als ein Feinmechaniker.

Im Nachhinein tut es mir Leid – ich fühle mit Rosamund, die jetzt merkte, dass ich krank war. In ihrer kleinen Küche versuchte sie Heilmittel zuzubereiten. Sie kochte immer wieder ein Essen, das ich normalerweise mit Genuss verzehrt hätte. Doch das Fleisch vom Supermarkt war widerwärtig. Wenn sie eine Suppe zubereitete, brachte ich nicht einmal einen Löffel voll hinunter. Die französische Familie unter uns kochte weiter diese Scheißgerichte, deren Geruch mich zum Wahnsinn trieb.

»Wie können nette, anständige, angenehme, höfliche Menschen nur diesen stinkenden Dreck kochen und dann auch noch essen!«

Rosamund sagte: »Sie würden sich bloß ärgern, wenn ich sie darum bäte, die Fenster zuzumachen. Aber meinst du nicht, dass du zum Arzt gehen solltest? Hier in der Straße ist doch ein französischer Arzt. Wir sind Dutzende von Malen an dem Schild vorbeigekommen.«

Wir saßen auf der Veranda und tranken ein Glas Wein vor dem Essen, das ich nicht hinunterbringen würde. Ich aß die gefüllten Oliven, die Rosamund hingestellt hatte. Ich mochte die Oliven gern mit Anchovis gefüllt, wie in Spanien. Hier gab es nur welche mit Paprika. Ich bin der Meinung, dass man den karibischen Abendhimmel nicht betrachten kann, ohne an Gott zu denken. Und an Gott nicht denken kann, ohne dass einem die eigenen Toten in den Sinn kamen. Dann erneuerte man die Verbindung zu seinen Toten und beurteilte sich schließlich selber so ehrlich, wie man es nur ertragen konnte – ließ das Leben mit all seinen Aktivitäten, Zuneigungen und Bindungen Revue passieren. Ich kam nicht besonders gut dabei weg.

Und da ich es Rosamund schuldig war, alles Menschenmögliche zu unternehmen, um den Dingen auf den wissenschaftlichen Grund zu gehen, ging ich am nächsten Tag zum Arzt. Amerikaner halten nicht viel von ausländischer Heilpraxis. Sie erwarten, dass ein französischer Arzt ihnen sagt, sie hätten eine *crise de foie* und sollten in Zukunft weniger Rotwein trinken. Der Arzt bei uns in der Straße hatte nichts über Wein zu sagen. Vielmehr teilte er mir mit, ich litte an Denguefieber. Na, das war ja nicht ganz so schlimm.

Dengue ist eine tropische Krankheit, die durch Moskitos übertragen wird; man behandelt sie mit Chinin. Deshalb ergänzte ich das Chinaglutelit, das mein nordamerikanischer Arzt – jener Dr. Schley, der Ravelstein ausgeschimpft hatte, weil der schon wenige Minuten nach der Verlegung aus der Intensivstation wieder geraucht hatte – verschrieben hatte, damit mein Herz nicht durchbrannte, um das einheimische Chinin.

Rosamund ging wieder in die Apotheke – drei Meilen ungeschützte Wanderung in der Sonne. Die Diagnose des französischen Arztes schien sie einigermaßen zu beruhigen. Auch wenn das Dengue-Fieber eine ernste Sache war, ließ es sich doch behandeln.

Die Nachbarn, deren Essensgestank mich die Wände hochgehen ließ, boten ihre Hilfe an. Sie sagten, sie seien jederzeit bereit, mich die vierzig Kilometer zum Krankenhaus in der Stadt M. zu fahren. Die Straße war pittoresk, aber, wie ich wusste, immer verstopft mit vergammelten Farmfahrzeugen und *guaguas* (Bussen).

Der Doktor war milde, er spielte, wie wir sagen, die Sache herunter und kam nicht in Versuchung, einen melodramatischen Befund zu erstellen. Deshalb beschloss ich, mein Denguefieber ohne viel Umstände hinzunehmen und die Chininmischung zu trinken, die er mir verschrieben hatte. Rosamund und ich lasen zusammen *Antonius und Cleopatra* und erinnerten uns an Ravelsteins Satz, dass sich Leidenschaften ohne große Politik nicht darstellen ließen. Rosamund weinte, als Antonius sagte: »Ich sterb, Ägypten, sterbe«, und als sich Kleopatra die Schlange an die Brust legte. Danach gingen wir ins Bett und schliefen, aber nicht lange.

Auf den kühlen Fliesen des Badezimmers wurde ich ohnmächtig. Es war dunkel, ich hatte mich aus dem Zimmer getastet und war gestürzt. Rosamund war nicht in der Lage, mich aufzuheben oder mich aufs Bett zu rollen. Sie lief nach unten, um die Vermieterin zu wecken, die sofort nach einem Krankenwagen telefonierte. Als ich hörte, dass der Krankenwagen unterwegs sei, sagte ich, dass ich einer Einlieferung ins Krankenhaus nicht zustimmen würde. Ich hatte einige dieser Einrichtungen kennen gelernt. Kolonialmedizin, vor allem in den Tropen, war ein Hazardspiel.

Rosamund sagte: »Du *musst.*« Doch als sie merkte, wie stur ich blieb, lief sie noch einmal nach unten und rief vom Telefon der Vermieterin aus den Arzt an. Er wohnte fünf Minuten entfernt. Er nahm es außerordentlich gefasst, dass man ihn geweckt hatte, leuchtete mir mit der Taschenlampe in den Rachen und in die Augen. Inzwischen drängten sich im Gang zwei bullige Sanitäter mit einer zusammengefalteten Trage. Die beiden Schwarzen in Pflegerkitteln hatten bereits angefangen, die Trage auf dem Boden auseinanderzunehmen, als ich sie mit dem Satz bremste: »Ich bleibe hier.«

Rosamund bat den Arzt um sein Urteil, und er erwiderte: »Also, es ist nicht unbedingt *nécessaire,* wenn er sich so dagegen sträubt.« Er schickte den Krankenwagen weg. Die beiden Sanitäter, die schweigend gingen, kümmerte es nicht groß. Der Motor des Krankenwagens knurrte allerdings.

Irgendwie brachten wir den Rest der Nacht herum, und bei Tageslicht saß ich, ohne dass von Frühstück auch nur die Rede gewesen wäre, auf der Terrasse und schaute auf die schwarzen Riffs. Die Atmosphäre und das Wasser taten, was sie immer taten. Eine der Attraktionen dieser Jahreszeit waren die Wolken bleicher Falter, ein weiches vielfältiges Gelb. Sie waren nicht groß und auch nicht besonders schön gezeichnet, sie schwebten nur hinaus aufs Meer und wieder zurück in die Vegetation.

Rosamund war unten und wieder am Telefon der Vermieterin, das wir vorher nie hatten benutzen dürfen. Die Vermieterin nahm keine Nachrichten für uns entgegen. Gäste durften von ihr aus niemanden anrufen. Doch jetzt war ich krank, und sie wollte nicht, dass ich auf ihrem Grund und Boden abkratzte. Ich dachte, das sei auch für Rosamund klar, und seltsamerweise regte sich in mir kein wie auch immer geartetes Gefühl. Die Sonne stand noch nicht sehr hoch, und es war gerade hell genug, dass man Festes von Flüssigem unterscheiden konnte – ein Meer – eine bestimmte Flachheit – und eine passende innere Leere. Nur Rosamund, die sonst so nachgiebige, damenhafte, respektvolle und vornehme Rosamund, offenbarte jetzt eine (nicht in Frage zu stellende) grundsätzliche Härte und einen ungeheuren Willen, so dass sie mit dem schlechten Charakter der Vermieterin und der bürokratischen Hartherzigkeit beim Telefonservice der Fluggesellschaft umgehen konnte. Und als sie wieder hochkam, sagte sie mit einem leichten Lächeln: »Wir fahren morgen früh zurück. Im Flugzeug ab San Juan sind wegen Thanksgiving genügend Plätze frei. Das Problem waren die Flüge nach San Juan. Aber ich habe gesagt, dass es sich um einen medizinischen Notfall handelt. Sie werden für einen Rollstuhl sorgen.«

Ein Rollstuhl! Nicht einmal im Alptraum wäre ich draufgekommen, dass ich so krank war. Aber es zeigte sich, dass die unerfahrene Rosamund einen weit besseren Blick für die Wirklichkeit hatte als alle anderen. Ich rechnete nie mit einer Krise oder einem Notfall.

Bekamen wir auch bestimmt so früh am Morgen ein Taxi? Ja. Schon allein, weil die geschäftstüchtige, mittelalterliche, elegante, strenge, afro-karibische Vermieterin in der vergangenen Nacht den Krankenwagen und den Arzt wohl bemerkt hatte. Vielleicht hatte sie sich auch mit dem gewissenhaften, wenn auch nicht unbedingt ehrlichen jungen Franzosen besprochen. Seine Warnung brauchte sie jedoch nicht; ein Blick auf mein faltiges, unglückliches Morgengrauen-Gesicht auf der Außentreppe hätte bereits genügt.

Rosamund, die es inzwischen mit der Angst bekam, war heilfroh, endlich abreisen zu können. Ihr blass-braunes Gesicht war wieder auf Boston umgestellt, auf Boston mit seinen Tausenden von Ärzten. Sie hatte es offenbar verstanden: Ein noch längerer Aufenthalt auf der Insel hätte den sicheren Tod bedeutet. Sie fragte mich: »Welche Bücher und welche Artikel lassen wir hier?« Die Entscheidung fiel leicht. »Die schweren Bücher lassen wir alle hier. Und vor allem Brownings *Gesammelte Gedichte*.« Ich mochte Browning nicht mehr; er gehörte für mich jetzt in eine Kategorie mit der karibischen Küche und den französischen Nachbarn.

Nicht zurücklassen wollte ich das Magazin meines Freundes Durkin – die Ausgabe mit den Kannibalen. Ich war scharf auf das brutzelnde Menschenfleisch, die Kannibalen und die abgehauenen Köpfe, die vom blutbespritzten Gras zu den mit Orchideen bedeckten Felsabhängen hinaufschauten. Das Menschenfleisch, das gegessen wurde, drängte sich in mein – ich muss es zugeben – vergiftetes Bewusstsein. Meine Krankheit machte mich besonders empfänglich dafür. Um keinen Preis wollte ich diese Seiten zurücklassen. Zu meiner Entlastung konnte ich auf meine Krankheit verweisen. Doch das Magazin ging irgendwo unterwegs verloren.

Die Erleichterung, die sich bei unserer streng-eleganten Vermieterin einstellte, sprach für sich. Wie froh, wie stolz sie war, mich loszuwerden! Soll er doch gehen und woanders sterben – in einem Taxi oder im Flugzeug. Sie stand vor der Morgendämmerung auf, um uns zu verabschieden. Auch die Nachbarn aus Frankreich kamen heraus. Der Krankenwagen mit den Sirenen und den blitzenden Lichtern musste sie in der vergangenen Nacht geweckt haben. Freundlich und bekümmert zugleich wünschten sie uns alles Gute und winkten uns zum Abschied. Eigentlich doch anständige Leute. Die Verabschiedung durch die Vermieterin hieß nichts anderes als: »Verschwindet!« Wahrscheinlich hätte ich an ihrer Stelle das Gleiche gedacht. Im Fünf-Uhr-Licht winkte sie uns zum Abschied – noch mal davongekommen!

Rosamund, die an unseren vermurksten Urlaub dachte, sagte: »Ein Alptraum!« Im Geschüttel des dahinrasenden Taxis verabschiedete sie sich mit trotziger Erleichterung von der Insel. Wenigstens war sie jetzt den maskierten Motorradfahrer los, der ein- bis zweimal die Woche die Hauptstraße beherrschte. Er war ganz in Leder gepackt und trug einen Buck-Rogers-Helm. Seine großen, geraden Zähne waren gebleckt. Wenn er durchrauschte, verschwand die Polizei. Die Leute sprangen zur Seite, wenn er angedüst kam. Vor und zurück brauste er, wirbelte Staubwolken auf und hätte die Fußgänger wahrscheinlich auch umgebracht. »Der Dorfwahnsinnige«, nannte ihn Rosamund. »Jetzt muss ich mir auf dem Weg zur Apotheke und zurück seinetwegen keine Sorgen mehr machen«, sagte sie.

An der riesigen grünen Metallhütte am Flughafen, die mehrere hundert Quadratmeter Grundfläche umfasste, half Rosamund dem Kranken, also mir, in den bereitgestellten Rollstuhl. Dort saß ich, fühlte mich zum Schwachsinnigen degradiert und unterschrieb die Reiseschecks auf dem Schoß, damit wir die Ausreisegebühren bezahlen konnten. Meinem Gefühl nach hätte ich gar keinen Rollstuhl gebraucht. Ich konnte noch immer gehen, sagte ich zu Rosamund und führte es ihr vor, als ich die vielen Stufen ins Flugzeug hochstieg. Und in San Juan wieder herunter, wo ich dankbar in den zweiten bereitgestellten Rollstuhl sank. Das Gepäck war zum größten Teil um mich herum und auf meinen Knien aufgetürmt. Dann allerdings kam die Passkontrolle, für die ich aufzustehen hatte. Am schlimmsten war die Zollkontrolle. Rosamund musste die großen Koffer und Taschen vom Gepäckband zu den Tischen bringen, wo sie überprüft werden sollten; musste sie öffnen, Fragen dazu beantworten, sie wieder verschließen und herunterzerren, damit sie an Bord des Flugzeugs in die USA verladen werden konnten. Rosamund besaß nicht den männlichen Zugriff, die Muskeln fehlten ihr. Hier endlich merkte ich ein für alle Mal, dass ich nicht mehr der fitte Passagier von einst war. Rosamund erzählte den Inspektoren, dass ich nicht gesund sei, aber sie schenkten ihr keine besondere Beachtung.

Es war Thanksgiving und das Flugzeug halb leer. Die Stewardess schlug mir vor, dass ich mich ausstrecken solle, und führte uns ganz nach hinten, wo sie die Lehnen in einer Sitzreihe hochklappte. Ich bat um Wasser und dann um noch mehr Wasser. Noch nie war ich so durstig gewesen. Der Chefsteward, der im Krieg im südlichen Pazifik an Denguefieber gelitten hatte, hatte viele sinnvolle Sachen beizutragen. Er wollte mir Sauerstoff bringen. Rosamund drängte mich, ihn zu nehmen, aber ich wollte nur noch mehr Wasser.

In der Zwischenzeit versuchte sie, meine Ärzte in Boston zu erreichen. Es waren zwei, der Hausarzt und der Kardiologe. Der Kardiologe befand sich auf dem Golfplatz und war nicht zu erreichen; der Hausarzt war zum Familienessen nach New Hampshire gefahren.

Ich erinnere mich, dass ich während des Flugs wieder über den jungen Freund von Grielescu zu sprechen begann, der in einer Kabine auf der Herrentoilette ermordet worden war.

»Du hast mir schon von ihm erzählt.«

»Wann war das?«

»Vor kurzem.«

»Offenbar will er mir nicht aus dem Sinn. Ich werde ihn nicht noch mal erwähnen. Aber ich glaube, ich habe ihn irgendwie mit Ravelstein in Verbindung gebracht. Weißt du, ich habe Grielescu nicht besonders gemocht, aber ich fand ihn komisch. Für Ravelstein war das eine faule Ausrede und damit auch typisch für mich. Wenn ich sagte, Grielescu sei amüsant, gab ich ihm einen Freibrief. Dabei stand er unter Verdacht – man brachte ihn mit Mördern in Verbindung. Ich bin ganz offensichtlich nicht streng genug mit den Fleischerhaken-Menschen.«

Rosamund gab sich größte Mühe, mir zuzuhören. Sie ermutigte mich, immer weiter zu reden. Sie war krank vor Sorge.

»Er starb mittendrin – als er sich erleichterte. Sie haben ihn aus nächster Nähe erschossen. Ravelstein glaubte, das sei einer meiner typischen Fehler gewesen …«

»Wollte er damit sagen, dass Grielescu mit den Mördern zu tun hatte?«

»Genau. Er sagte, ich hätte es besser wissen müssen.«

»Doch dieser Mord passierte erst nach Ravelsteins Tod.«

»Dennoch war sein Verdacht begründet. Der berühmte weltfremde Gelehrte Grielescu war, das wollte er sagen, doch nur ein Nazi.«

Rosamund versuchte, mich von diesem Grielescu-Karussell herunterzubringen, und fragte: »Wo lagen eure Gemeinsamkeiten?«

»Er hat mir Zitate von mir vorgehalten.« Er hatte einen Kommentar ausgegraben, den ich einmal über die moderne Ernüchterung abgegeben hatte. Unter dem ganzen Schutt der modernen Ideen läge immer noch die Welt und warte darauf, neu entdeckt zu werden. Für ihn hatte sich das graue Netz der Abstraktion, das die Welt bedeckte, um sie zu vereinfachen und auf eine Weise zu erklären, die unseren kulturellen Bedürfnissen diente, längst in die eigentliche Welt verwandelt. Wir brauchten deshalb alternative Visionen, eine Vielzahl von Perspektiven – und er dachte an Perspektiven, die nicht von Ideen beherrscht wurden. Für ihn war es eine Frage der Wörter: »Werte«, »Lebensstil«, »Relativismus«. Bis zu einem gewissen Grad konnte ich ihm zustimmen. Wir streben nach Wissen, doch ist unser tiefstes menschliches Bedürfnis mit diesen Begriffen nicht zufrieden zu stellen. Wir können nicht aus der Grube von »Kultur« und »Ideen« herausklettern, die dieses Bedürfnis angeblich ausdrücken. Die richtigen Wörter wären außerordentlich hilfreich. Mehr noch, ein Geschenk, um damit die Wirklichkeit zu lesen – der Impuls, ihr liebevoll das Gesicht zuzuwenden und die Hände dagegen zu drücken.

»Doch dann kommt Ravelstein aus dem linken Feld (oder meine ich eher: aus dem rechten?) und drängt jeden, Céline zu lesen. Aber selbstverständlich! Céline war ungeheuer begabt und gleichzeitig ungeheuer verrückt, und vor dem Krieg veröffentlichte er seine *Bagatelles pour un massacre*. In diesem Pamphlet empörte sich Céline über die Juden und warf ihnen vor, sie hätten Frankreich besetzt und vergewaltigt. Für viele Franzosen war das Judentum der Feind und nicht Deutschland. Hitler – das wurde 1937 geschrieben – würde Frankreich von der jüdischen Herrschaft befreien. Die Engländer waren mit dem Judentum verbündet und hatten sich mit ihm verschworen, *la France* zu zerstören. Frankreich war bereits in ein jüdisches Freudenhaus verwandelt. *Un lupanar Juif – Bordel de Dieu*. Der Fall Dreyfus wurde wieder aufgewärmt. Millionen anonymer Briefe von anti-dreyfusianischen Judenhassern trafen bei den Behörden ein. Ich war mir mit Ravelstein einig, dass Céline wenigstens nicht so getan hatte, als wäre er nicht für Hitlers Endlösung gewesen. Ich würde auch nicht den kleinen Zwischenspieler Grielescu gegen den rechten Feldspieler Céline austauschen. Wenn man das Ganze in den Baseball-Slang übertrug, merkte man, wie wahnsinnig alles war.«

Rosamund ließ mir meinen Willen. Noch nie war ich so krank gewesen. Ich kam überhaupt nicht auf den Gedanken, dass ich krank war. Unwohl, das schon; es war offensichtlich, dass irgendwas nicht stimmte. Doch ich hatte lange genug gelebt, um sagen zu können, dass ich nicht starb, sondern kränkelte. Vielleicht beschloss eine reaktionäre Geheimgesellschaft, dass es Zeit für dich sei zu sterben – eine Kamarilla deiner Landsleute hatte für deine Ermordung gestimmt. Deshalb wurde dein System einer Untersuchung unterzogen. Angeblich aus politischen Gründen, doch steckte nichts weiter dahinter als Gehässigkeit. Ein unberechenbarer lebenslustiger Gelehrter mit regelmäßigen Gewohnheiten setzte sich hin, um einem natürlichen Drang zu genügen – dem täglichen Geschäft –, wurde von einem Attentäter in der nächsten Kabine erschossen und war im nächsten Augenblick schon tot.

Rosamund war unbedingt dafür, vom Flughafen sofort ins Krankenhaus zu fahren.

Ich bestand aber darauf, zuerst nach Hause zu fahren. Sobald ich im Bett lag, würde es mir besser gehen. Ich konnte mich natürlich nicht selber sehen. Ich bekam nicht mehr mit, wie hoch das Fieber schon gestiegen war, zumal ich ja unbedingt beweisen wollte, wie vollkommen gesund ich war. Rosamund gab schließlich nach und packte unsere Taschen und Kisten in den Kofferraum des Taxis. Am Ende der Fahrt, als der Preis entrichtet war, erwies es sich als unmöglich, das ganze Gepäck nach oben zu schaffen; der Fahrer, der Schwierigkeiten ahnte, steckte sein Geld ein und machte sich davon. Er sah unsere Schwierigkeiten, ich nicht. Ich schleppte mich nach oben und legte mich ins Bett.

»Was bin ich froh, von dieser Winselinsel fort zu sein!« sagte ich zu Rosamund. »Ist es wirklich erst zwölf? Und wir sind heute in der Morgendämmerung los. ›Der kupplerische Zeigefinger der Uhr macht sich jetzt am Stichel des Mittags zu schaffen‹, wie Mercutio sagt – eine von Ravelsteins Lieblingszeilen bei Shakespeare.«

Unter meiner Bettdecke fühlte ich mich sicher und wohl und sagte deshalb Rosamund, dass mir nichts weiter als ein langer Schlaf fehle. Dabei war es früher Nachmittag und nicht

Schlafenszeit. Rosamund wollte sich nicht damit abfinden, dass ich nur schlafen müsste. Mit einer für mich nicht erkennbaren Fähigkeit erkannte sie, dass mein Zustand verzweifelt war. »Du wärst im Schlaf gestorben«, sagte sie später. Sie versuchte weiter, die Ärzte zu erreichen. »Thanksgiving ist der Tag der Familie, da wird gespielt, Golf vor allem.«

Rosamund hatte sich nie vernachlässigt. Sie meditierte, besuchte Yoga-Kurse. Mit dem großen Zeh konnte sie die Schläfe berühren. Doch mit dem Gepäck aus Saint Martin hatte sie sich überanstrengt. Irgendwie hatte sie es geschafft, alles in die Wohnung im zweiten Stock zu schleppen. Man hätte sich niemals vorstellen können, dass sie die Kraft dafür hätte.

Aber das war leichter gewesen, wie sie sagte, als Hilfe vom Krankenhaus zu bekommen. Niemand ging ans Telefon. Wenn die Ärzte an Feiertagen freihaben, sollen Vertreter für sie einspringen. »Aber es ist doch gar nicht so dringend, wie du meinst«, sagte ich. »Du kannst auch morgen noch mit den Ärzten sprechen.« Für Rosamund war jedoch erkennbar, dass ich gar nicht wusste, was ich da redete. Wäre ich weiter auf Saint Martin geblieben, wäre ich vor dem nächsten Morgen tot gewesen. Hätte ich den Anschlussflug von Puerto Rico aus verpasst, wäre ich in San Juan gestorben. Und wenn sie mir die gewünschte Nacht in meinem eigenen Bett gegönnt hätte, wäre ich auch dahin gewesen. Rosamund sagte, dass ich ohne Sauerstoff die Nacht nicht hätte überstehen können.

Die Sonne ging unter, und die Krähen ließen ihr Horn ertönen. Hier waren sie zu Stadtbewohnern geworden. Irgendein französischer Dichter hatte sie *les corbeaux délicieux* genannt – aber wer? Ich bezweifle, dass selbst Ravelstein es gewusst hätte. Mein Kopf war zu keiner logischen Gedankenreihe mehr fähig. Dennoch war ich mir sicher, dass mich meine Kissen und meine Decke retten würden.

Doch Rosamund hatte jetzt ihren Vater draußen im Staat New York am Telefon. »Überleg mal, wer der einflussreichste Mensch ist, den du erreichen kannst«, sagte er ihr. »Bitte ihn um Hilfe.«

In meinem Adressbuch fand Rosamund zum Glück die Privatnummer von Dr. Starling, dem Mann, der uns nach Boston geholt hatte. Als sie ihm erzählt hatte, was los war, sagte er nur: »Binnen zehn Minuten hören Sie von Andras, dem Leiter des Krankenhauses. Halten Sie die Leitung frei.« Bald danach fragte Dr. Andras, ein sehr alter Mann, Rosamund nach meinen Symptomen; dann sagte er, er werde einen Krankenwagen schicken. Rosamund erzählte ihm, dass ich mich in der Karibik geweigert hatte, in einen Krankenwagen zu steigen. Der alte Direktor bat darum, mit mir sprechen zu dürfen. Ja, gut, versicherte ich ihm, und dass ich mich genau da wohl fühle, wo ich war, in meinem eigenen Bett, doch um meiner Frau eine Freude zu machen, würde ich mich von den Ärzten untersuchen lassen. Aber ich würde mich auf keinen Fall auf einer Trage transportieren lassen. Nach einer blödsinnigen Feilscherei war ich schließlich bereit, mich im Sitzen transportieren zu lassen.

»Abgemacht!« rief Dr. Andras. »Wir müssen Sie sofort hier haben.«

Mit wirbelnden Lichtern und unter dumpfen Seufzern der Sirene wurde ich auf dem Beifahrersitz des Krankenwagens in die Notaufnahme geschafft. Auf einer Trage rollte man mich dann in eine Ecke, wo mich mehrere Ärzte untersuchten. Ich habe keine zusammenhängende Erinnerung an das, was jetzt folgte. Am besten weiß ich noch, dass ich sofort eine Sauerstoffmaske bekam. Danach gab es eine längere Verzögerung. Einige waren der Meinung, ich sollte sofort kardiologisch intensivbehandelt werden. Andere hielten das Atmen für mein Hauptproblem. Die Schwester legte mir die Sauerstoffmaske übers Gesicht, die ich immer wieder wegschob. Rosamund passte auf mich auf. Sie sagte: »Du brauchst dringend Sauerstoff, Chick. Ich möchte nicht, dass sie dir die Hände festbinden.«

»Aber ich ersticke«, sagte ich.

Ich habe meine eigene Version von dem, was dann passierte. Der verantwortliche Arzt trug keinen Kittel, sondern nur ein Hemd. Er war redselig und sehr pragmatisch, sein Gesicht war gerötet, und beiläufig beschrieb er meinen Zustand. Unter solchen Umständen wachsen Männer und Frauen über sich hinaus, zeigen sich, materialisieren sie sich. Dieser redselige Arzt schien über technische Details zu sprechen, die nichts mit meiner Situation zu tun hatten. Doch ich habe nichts von dem begriffen, was um mich herum vorging. Ich wurde in die Kardiologie geschickt und hatte dort noch in der gleichen Nacht ein Herzversagen. Daran kann ich mich jedoch nicht erinnern. Auch nicht an die Innere Abteilung, in die ich verlegt wurde und wo meine Lungen behandelt wurden. Rosamund berichtete mir, dass ich in beiden Flügeln durch die Lungenentzündung einen (so der klinische Ausdruck) »Whiteout« hatte. Eine Maschine übernahm das Atmen für mich – Schläuche im Hals und in der Nase.

Ich wusste nicht, wo ich war, und merkte auch nicht, dass Rosamund neben mir in einem Klappstuhl schlief. Sie verbrachte mehrere Nächte unter den Verwandten, die in der Intensivstation kampierten, während ihre Söhne oder Schwestern eine Krise durchmachten. In den ersten zehn Tagen ging Rosamund überhaupt nicht nach Hause. Sie nahm von den Essensresten, die sie auf den Tabletts fand. Sie wollte nicht einmal in die Cafeteria gehen, für den Fall, dass ich starb, während sie aß. Als die Schwestern das begriffen hatten, gaben sie ihr regelmäßig zu essen.

Das alles erfuhr ich erst später. Ich merkte natürlich nichts davon, dass ich um mein Leben kämpfte. In diesen Wochen war ich völlig mit Verset betäubt. Eine Wirkung des Medikaments besteht darin, dass sie sämtliche intellektuellen Regungen abschaltet. Ich dachte nicht darüber nach, ob ich tot war oder am Leben. Sämtliche Erscheinungen (die Außenwelt) waren ausgelöscht. Einmal näherten sich mir meine verstorbenen Brüder, beide. Sie trugen die mir bekannten Hemden, Krawatten, Schuhe, die Anzüge, die ihnen ihr Schneider gemacht hatte. Mein Vater stand im Hintergrund. Er kam nicht näher. Meine Brüder gaben zu erkennen, dass sie mit ihrem Zustand zufrieden waren. Ich habe nicht nach meinem Vater gerufen. *Er* wusste Bescheid über die Regeln. Ich wusste keinen Grund, warum ich fragen sollte. Da mir vorkam, als wäre ich schon halb dort, quälte mich keine Neugier. Ich wollte Informationen, konnte die Antworten aber abwarten. Dann zogen sich meine Brüder zurück oder wurden zurückgezogen. Ich kam mir nicht wie ein Sterbender vor. Ich hatte den Kopf voller Wahnvorstellungen, Halluzinationen, verkehrte Ursache und Wirkung. Es heißt, dass Verset die Erinnerung abtötet. Doch meine Erinnerung war immer zäh gewesen. Ich kann mich erinnern, dass ich häufig umgedreht wurde. Eine Schwester oder ein Pfleger, die sich auskannten, klopften mir auf den Rücken und befahlen mir zu husten.

Ich hatte Ravelstein und andere Freunde oder Verwandte in der Intensivstation verschiedener Krankenhäuser besucht und mir mit der angeborenen Dummheit des normalen, gesunden Menschen manchmal ausgemalt, wie es wäre, wenn eines Tages ich derjenige wäre, den man festschnallt und an diese ganzen Überlebensmaschinen anschließt.

Doch jetzt lag ich im Sterben. Meine Lungen hatten versagt. Eine Maschine hatte das Atmen übernommen. Bewusstlos, wie ich war, hatte ich ebenso wenig Ahnung vom Tod wie die Toten. Aber mein Kopf (jedenfalls nehme ich an, dass es mein Kopf war) steckte voller Visionen,

Wahnvorstellungen, Halluzinationen. Keine Träume oder Alpträume. Alpträume haben immer einen Notausgang ...

Vor allem erinnere ich mich daran, dass ich herumlief und wie schwer es mir fiel. In einer meiner Halluzinationen befinde ich mich an einer innerstädtischen Straße und suche nach dem Ort, an dem ich die Nacht verbringen soll. Schließlich finde ich ihn. Ich gehe in ein Gebäude, das vor langer Zeit, in den Zwanzigern, ein Kinopalast war. Das Kassenhäuschen ist zugenagelt. Doch gleich dahinter, auf einem gefliesten Boden, der sich nach oben wölbt, befinden sich Feldbetten. Ein Film wird nicht gezeigt. Hunderte von Sitzen, alle leer. Allerdings weiß ich, dass die Luft hier besonders behandelt wurde und es gut für die Lungen ist, hier tief einzuatmen. Man bekommt medizinische Punkte auf die Wiederherstellung angerechnet, wenn man hier die Nacht verbringt. Deshalb geselle ich mich zu dem halben Dutzend Menschen, die schon hier sind, und lege mich hin. Meine Frau soll mich am nächsten Morgen abholen. Das Auto steht auf einem Parkplatz um die Ecke. Hier ist keiner müde, aber redselig sind die Männer auch nicht. Sie stehen auf. Sie lungern im Vorraum herum oder setzen sich auf den Rand ihres Feldbetts. Der Boden ist seit fünfzig Jahren nicht mehr gewischt worden. Keine Heizung. Man schläft angezogen, den Mantel bis oben zugeknöpft. Hut, Mütze und Schuhe werden auch nicht ausgezogen.

Noch bevor ich aus der Intensivstation entlassen wurde, stieg ich aus dem Bett, weil ich mir einbildete, ich sei in New Hampshire und eine meiner Enkelinnen führe ums Haus herum Ski. Ich ärgerte mich über ihre Eltern, die sie nicht hereingebracht hatten, damit sie den Großvater besuchte. Es war ein Wintermorgen, jedenfalls dachte ich mir das so. In Wirklichkeit war es mitten in der Nacht, doch schien die Sonne auf den Schnee zu scheinen. Ich überstieg die Stange am Bett, ohne zu bemerken, dass ich mit Schläuchen und

Nadeln an Flaschen hing, die alle möglichen intravenösen Mixturen enthielten. Auf dem sonnenüberfluteten Boden sah ich meine Füße, die einem anderen zu gehören schienen. Sie wollten offenbar mein Gewicht nicht tragen, aber ich zwang sie dazu, meinem Willen zu gehorchen. Dann stürzte ich und fiel auf den Rücken. Zunächst spürte ich keinen Schmerz. Allerdings ärgerte es mich, dass ich das Bett nicht verlassen und zum Fenster gehen konnte. Als ich hilflos dalag, kam ein Pfleger gelaufen und sagte: »Ich habe schon gehört, dass Sie gern Schwierigkeiten machen.«

Einer der Ärzte sagte, mein Rücken sei so stark entzündet, dass er wie ein Waldbrand aus der Luft aussehe. Die Ärzte jagten mich durch den Kernspintomographen. Mir kam es vor, als befände ich mich in einem überfüllten Straßenbahnwagen und würde von hinten gedrückt und gerempelt. Ich flehte darum, dass man mich herausließ. Doch niemand wollte mir den Gefallen tun.

Da ich hohe Dosen eines Blutverdünnungsmittels bekam, war mein Sturz gefährlich. Ich hatte innere Blutungen. Die Schwestern packten mich in eine Zwangsjacke. Ich bat meine erwachsenen Söhne, mir ein Taxi zu rufen. Ich sagte, dass es mir zu Hause besser ginge, wo ich mich in die Badewanne legen könnte. »In fünf Minuten könnte ich dort sein«, sagte ich. »Es ist gleich um die Ecke.«

Oft kam es mir vor, als befände ich mich unter dem Kenmore Square in Boston. So seltsam diese halluzinative Umgebung war, sie wirkte gleichzeitig befreiend. Gelegentlich frage ich mich, ob ich mich an der Schwelle des Todes nicht einfach wie ein normaler Mensch unbekümmert unterhalten habe und mich an diesen grotesken Wahnvorstellungen auch noch freute – Fiktionen, die gar nicht mehr erfunden werden mussten.

Ich befand mich in einem riesenhaften Keller. Die Ziegelwände hatten ihren letzten Anstrich vor Ewigkeiten erlebt.

An manchen Stellen waren sie noch so weiß wie Hüttenkäse. Doch der Käse war inzwischen verdorben. Fluoreszierende Röhren erleuchteten den Raum – ein Wühltisch am anderen, Frauenkleider vor allem, die dem Krankenhaus zum Wiederverkauf geschenkt worden waren: Unterwäsche, Strümpfe, Pullover, Schals, Röcke. Unendlich viele Tische. Ich musste an Filene's Basement denken, wo die Kunden sich bald um die Sonderangebote rangeln und kabbeln würden. Doch hier war niemand, mit dem man sich streiten konnte. Weit, weit entfernt standen junge Frauen, die offenbar freiwillige Sozialarbeit machten. Ich saß fest inmitten von Hunderten von Ledersesseln. Völlig ausgeschlossen, dass ich mich aus dieser Schmierkäseecke würde befreien können. Hinter mir kamen riesige Rohre aus der Wand und versanken im Boden.

Die Zwangsjacke oder der Pullover, den ich tragen musste, hielt mich auf schmerzhafte Weise beschäftigt. Diese heiße Khakiweste würgte mich, brachte mich um, zwängte mich in den Tod. Ich versuchte mich zu befreien, scheiterte aber. Ich dachte: Wenn ich bloß eine von diesen freiwilligen Sozialarbeiterinnen dazu bewegen könnte, mit einem Messer oder einer Schere zu kommen! Doch sie befanden sich mehrere Straßenzüge entfernt, und sie würden mich nicht einmal hören können. Ich befand mich in einer weit, weit entfernten Ecke und war von Barca-Sesseln eingekreist.

Noch so ein merkwürdiges Erlebnis:

Ein Krankenhausangestellter auf einer Trittleiter hängt Weihnachtsschmuck, Mistelzweige und Immergrün auf die Haken an der Wand. Dieser Angestellte kümmert sich nicht groß um mich. Er war es, der mich als denjenigen bezeichnete, der immer gern Schwierigkeiten machte. Aber deshalb nahm ich ihn doch wahr. Wahrnehmung ist ein Teil meiner Arbeitsbeschreibung. Die Arbeit ist – oder war – die Existenz. Ich beobachtete ihn also auf seiner dreistufigen

Leiter – seine hängenden Schultern und den breiten Rücken. Dann stieg er herunter und trug seine Leiter zur nächsten Säule. Noch mehr Weihnachtsschmuck und stechendes Immergrün.

An der Seite befand sich ein anderer alter Knabe, klein, nervös und zappelig; ständig schlüpfte er in seine Filzpantoffeln und wieder heraus. Das war mein Nachbar. Sein Wohnbereich begann am hinteren Ende meines Zimmers, aber er wollte mich nicht wahrnehmen. Er hatte einen dünnen Bart, seine Nase sah aus wie ein Topfkratzer aus Plastik, und er trug eine Baskenmütze. Er *musste* ein Künstler sein. Seine Gesichtszüge schienen mir jedoch völlig belanglos zu sein.

Nach einiger Zeit fiel mir ein, dass ich ihn vom Fernsehen kannte. Er war tatsächlich Künstler, sogar ein angesehener. Er hielt Vorträge und zeichnete dazu. Seine Themen waren in Mode – Umweltbewusstsein, ganzheitliche Blumenessenzen und dergleichen. Seine Skizzen waren verschwommen, deuteten Liebe und Verantwortungsbewusstsein für unsere natürliche Umgebung an. Auf einer Schiefertafel produzierte er zunächst eine neblige Meeresoberfläche, um dann mit der Kante der Kreide die Illusion eines lauernden Gesichtes hinzuzufügen – das gewellte Haar einer Frau, ähnlich wie gekochter Rhabarber, Spuren von Natur, die eine menschliche Anwesenheit andeuten sollten –, irgendetwas Mythisches oder, ebenfalls möglich, eine Projektion. Eine Undine vielleicht oder eine Rheintochter. Dennoch konnte man diesem Typ nicht eigentlich Mystifikation oder Aberglauben vorwerfen. Drankriegen konnte man ihn nur für seine Aufgeblasenheit und Selbstzufriedenheit – auf Französisch seine *suffisance*. Das französische *suffisance* gefällt mir besser als »Selbstgefälligkeit«, ebenso wie mir das »Ersticken« lieber ist als das französische *suffoquant – Tout suffoquant et blême.* (Verlaine?) Wenn man erstickt, warum sollte man sich dann noch um seine Blässe sorgen?

Dieser Ananias oder falsche Prophet (Künstler) hatte sich hier eingerichtet – er besaß eine kleine Wohnung an der Seite des Krankenhausgebäudes. Diese Wohnung lag um die Ecke, deshalb konnte ich sie vom Bett aus nicht einsehen. Ich sah nur undeutlich seine Bücherregale und einen grünen Teppichboden. Der Betreuer für den Christbaumschmuck benahm sich dem Künstler gegenüber sehr ehrerbietig, der aber seinerseits keinerlei Notiz von mir nahm. Überhaupt nicht! Ich durfte nicht einmal einen Eindruck hinterlassen. Was ja wohl nichts anderes heißt, als dass ich in keins seiner Konzepte passte.

Dieser *artiste* aus dem Fernsehen jedenfalls machte den Eindruck, als habe er sich hier für längere Zeit eingerichtet, doch wurde bald klar, dass er noch am nämlichen Tag entlassen würde. Aus seiner Wohnung – oder seinem Flügel – wurden Kartons herausgetragen. Die Möbelpacker stapelten seine Sachen auf. Die Bücher verschwanden aus den Regalen, die Regale selber wurden in Windeseile abgebaut. Ein Transporter wurde rückwärts hereingefahren und rasch beladen, und schließlich erschien in einem langen, grün-goldenen Gewand die alte Frau des Künstlers, beugte sich vor und ließ sich auf den Sitz des Transporters helfen. Sie trug einen Seidenhut. Der Fernsehkünstler stopfte sich die Pantoffeln in die Taschen seines Mantels, zog Halbschuhe an und stieg zu seiner Frau in den Wagen.

Der Betreuer war da, um ihn zu verabschieden, und sagte dann zu mir: »Sie sind der Nächste. Wir brauchen den Platz, und mein Befehl lautet, Sie auf der Stelle hinauszubefördern.« Sofort tauchte ein Team auf, nahm die Regale auseinander und zerlegte auch alles andere. Die Wände wurden wie Theaterkulissen niedergetreten. Nichts blieb übrig. Ein Umzugswagen war inzwischen rückwärts hereingefahren, und meine Straßenkleidung, mein Borsalino, der Rasierapparat, sämtliche Toilettenartikel, die CDs und so weiter wurden in Plastiktüten aus dem Supermarkt gestopft. Man half mir in den Rollstuhl und brachte mich dann in einen Wohnwagen. Dort entdeckte ich ein Büro – nein, es war das Schwesternzimmer, klein aber vollständig und elektrisch beleuchtet. Die Ladeklappe fuhr hoch; die oberen Türen wurden nicht verschlossen, und der Laster raste sofort hinunter, in einen Tunnel hinein. Längere Zeit donnerte er mit Höchstgeschwindigkeit dahin. Dann blieben wir stehen, der riesige Motor im Leerlauf. Er lief immer weiter.

Nur eine einzige Schwester hatte Dienst. Sie merkte, wie aufgeregt ich war, und erbot sich, mich zu rasieren. Ich musste zugeben, dass ich eine Rasur nötig hatte. Sie seifte mich also ein und rasierte mich mit einem Wegwerf-Schaber von Schick oder Gillette. Die wenigsten Schwestern wissen, wie man einen Mann rasiert. Sie sprayen den Schaum auf, ohne vorher, wie das die Barbiere früher gemacht haben, den Bart mit heißen Handtüchern geschmeidig zu machen. Wenn man nicht eingeseift und der Bart nicht eingeweicht ist, zerrt die kratzende Klinge an den Stoppeln, und das Gesicht brennt.

Ich sagte der Schwester, dass ich um vier Uhr meine Frau Rosamund erwarte. Auf der großen kreisrunden Uhr war es schon nach vier. »Wissen Sie, wo wir sind?« Die Schwester konnte es nicht sagen. Ich vermutete, dass wir uns unter dem Kenmore Square in Boston befanden, und wenn sie den laufenden Motor ausgeschaltet hätten, dann hätten wir die U-Bahnzüge der Green Line hören können. Inzwischen war es fast sechs Uhr, aber morgens oder nachmittags, wer konnte das schon sagen? Wir hielten jetzt langsam neben einem Fußgängerüberweg an, wo die Leute – es waren nicht viele – auf die Straße hinaufgingen oder von dort herunterkamen.

»Sie sehen ein wenig aus wie ein indianischer Kämpfer«, sagte die Schwester. »Außerdem haben Sie so viel Gewicht verloren, dass Sie jetzt mehr Falten haben; der Bart wächst in den Furchen. Schwer an ihn ranzukommen. Waren Sie mal dick?«

»Nein, aber meine Statur hat sich mehrfach geändert. Im Sitzen habe ich immer schon besser ausgesehen als im Stehen«, sagte ich und musste trotz meines wehen Herzens lachen.

Sie konnte mit meinen Bemerkungen nichts anfangen.

Einen Umzugswagen hatte es nicht gegeben. Ich musste mein Zimmer freimachen – es wurde dringend gebraucht –, und ich wurde mitten in der Nacht in einen anderen Teil des Krankenhauses verlegt. »Wo warst du?« fragte ich Rosamund, als sie auftauchte. Ich war ärgerlich auf sie. Doch sie erklärte mir, dass sie plötzlich hellwach und besorgt um mich im Bett gesessen habe. Sie rief die Intensivstation an, erfuhr, dass man mich verlegt hatte, warf sich in ein Taxi und kam sofort her.

»Es ist Abend«, sagte ich.

»Nein, es ist früher Morgen.«

»Und wo bin ich?«

Die zuständige Schwester war bemerkenswert schnell und voller Mitgefühl. Sie zog den Vorhang vor mein Bett und sagte zu meiner Frau: »Ziehen Sie die Schuhe aus und legen Sie sich zu ihm. Sie brauchen ein paar Stunden Schlaf. Alle beide.«

Noch eine kurze Vision, nur zur Orientierung.

Vela tritt hier auf.

Wir sind beide zur Schau gestellt, damit die ganze Welt sich ein Urteil über uns bilden kann. Ihre geöffnete elegante Hand lenkt die Aufmerksamkeit auf meine unsichere Haltung.

In diesem Szenario befinden sie und ich uns vor der polierten Steinwand in der Schalterhalle einer Bank – einer

Investmentbank. Bei dieser Gelegenheit hatten wir wieder Krach. Doch war ich auf ihren Wunsch in die Bank gekommen. Ein sehr eleganter Mann, der wie ein Spanier aussah und Mitte bis Ende zwanzig war, begleitete sie. Noch ein dritter Mann war dabei, ein Banker, der französisch sprach. Direkt vor uns, in die teure Marmorwand eingelassen, befanden sich zwei Münzen. Die eine war ein Zehn-Cent-Stück, die andere ein Silberdollar mit einem Durchmesser von drei bis vier Metern.

Vela stellte mich ihrem spanischen Begleiter vor. Eine richtige Vorstellung war es nicht, weil er mich nicht zur Kenntnis nahm. Dann sagte sie einfach zur Erklärung: »Bis jetzt hatte ich noch keine Erfahrung mit glamourösem Sex, so dass ich mir dachte, ich sollte auch mal eine Kostprobe von dem haben, was du die sexuelle Revolution nennst – um endlich herauszufinden, was du mir vorenthalten hast.«

Ich sagte: »Es ist wie ein einziger riesiger Hasenstall mit Millionen von Hasen, und die Häsinnen probieren der Reihe nach alle männlichen Rammler aus.«

Doch hatten wir diese erste Phase unseres Treffens bald hinter uns. Dessen Zweck offensichtlich war, mir das rechte Schuldgefühl einzuflößen und ein geistiges Lösungsmittel, einen Weichmacher, zu verabreichen.

»Kannst du mir sagen, wo wir sind?« fragte ich. »Und warum wir uns hier vor den Münzen treffen? Sie bedeuten etwas – bloß was?«

Da kam der Banker näher und erklärte, dass sich innerhalb einer gewissen Zeit die Zehn-Cent-Münze auf der rechten Seite in den Dollar mit drei Metern Durchmesser verwandeln würde.

»Wie lange dauert das?«

»Ein Jahrhundert, vielleicht auch ein bisschen länger.«

»Ich will ja nicht an der Arithmetik zweifeln – aber für wen könnte das sein?«

»Für dich«, sagte Vela.

»Für mich? Und wie?«

»Durch Schockgefrieren«, sagte sie. »Man lässt sich einfrieren und auf Halde legen. Ein Jahrhundert später kann man ihn oder sie wieder auftauen. Erinnerst du dich nicht, dass wir in einer Boulevardzeitung gelesen haben, wie sich Howard Hughes einfrieren lassen wollte, um sich auftauen und wieder beleben zu lassen, sobald man eine Heilmethode für die Krankheit gefunden hätte, die ihn umbrachte? Das nennt man Schockgefrieren.«

»Also sag mir, was ich machen soll. Einfach Raten genügt nicht. Was hast du dir vorgestellt – wann soll ich mich einfrieren lassen?«

»Du bist jetzt dran, ich komme später. Dann wachen wir gemeinsam im 22. Jahrhundert auf.«

Der graue Schimmer der hochpolierten Marmorplatten sollte alle von der ewigen Dollar-Stabilität überzeugen. Gleichzeitig aber war es auch die Fassade eines Kühlhauses – oder einer Krypta. Womöglich war das eine Spinnerei. Zusammen mit den Körpern anderer Investoren würde der eigene Körper hinter der Marmorfassade eingelagert. Man läge in einem Labor, das von Priester-Technikern betrieben wird, die sich Generation um Generation um einen kümmerten, die Temperatur regulierten, die Luftfeuchtigkeit und den Zustand der Körper kontrollierten.

»Du wirst noch einmal leben«, sagte Vela. »Stell dir nur den Zinseszins auf eine Million vor. Wir würden beide leben.«

»Gefährten im hohen Alter? …«

Der Bankmensch, der sogar einen Cutaway trug, sagte mit geschäftsmäßiger Stimme: »Bis dahin wird sich die Lebenserwartung bis auf nahezu zweihundert Jahre verlängert haben.«

»Es ist die einzige Chance für unsere Ehe«, sagte mir Vela.

In dem großartigen Wort »Ehe« war ein serbisches Tremolo zu hören.

»Aber Herrgottnochmal, Vela! So kann man doch nicht über den Tod reden! Wenn man ihn um ein Jahrhundert hinausschiebt, ist doch nichts gelöst!«

Ich darf Sie daran erinnern, dass ich bereits gestorben und wieder auferstanden war und dass es in meinem Kopf eine merkwürdige Distanz zwischen der alten Sehweise (falsch) und der neuen (seltsam, aber befreiend) gab.

Englisch war nicht Velas erste Sprache. Sie konnte nie etwas noch einmal anders ausdrücken, weil sie bereits so viel Kraft für die erste Formulierung aufgewendet hatte. So konnte sie nur das wiederholen, was schon einmal gesagt war. Sie legte noch einmal die Tatsachen dar, so wie sie sie verstand, was die Diskussion aber nicht weiterbrachte.

»Ich kann das nicht machen«, sagte ich zu ihr.

»Warum nicht?«

»Du verlangst von mir, dass ich Selbstmord begehe. Selbstmord ist verboten.«

»Warum ist denn Selbstmord verboten?«

»Er entspricht nicht meiner Religion. Juden begehen nicht Selbstmord, außer wenn sie wie in Masada bei einer Belagerung aufgeben oder damit rechnen müssen, dass sie gleich in Stücke gehackt werden wie bei den Kreuzzügen. Dann bringen sie ihre Kinder um und anschließend sich selber.«

»Die Religion bringst du immer nur ins Spiel, um Recht zu behalten«, sagte Vela.

»Nur einmal angenommen, du änderst deine Meinung und verklagst die Bank, sobald ich eingefroren bin«, sagte ich. »Und dann erhebst du Anspruch auf mein Erbe, weil ich tot bin. Sie können ja nicht beweisen, dass ich vielleicht aufgetaut und wieder belebt werde. Oder glaubst du vielleicht, sie holen mich zurück, um den Prozess zu gewinnen?

Und der ganze Fall wird vor einem Richter verhandelt, der links und rechts verwechselt?«

Als die Rede auf Gerichtsverfahren kam, erbleichte der Vertreter der Bank, wofür er in gewisser Weise mein Verständnis hatte, obwohl es mir selber nicht gut ging, weil mir das Herz so schwer war.

»Du bist mir das schuldig«, sagte Vela.

Was wollte sie damit sagen? Doch gehört es zu meinen Grundsätzen, mich nicht mit irrationalen Menschen zu streiten. Ich schüttelte nur den Kopf und sagte: »Es ist nicht möglich, es geht nicht, und ich tu es nicht.«

»Nein?«

»Du weißt nicht, was du da verlangst«, sagte ich.

»Nein?«

»So wie du es formulierst, bin *ich* es, der nicht weiß, was er tut. Na gut.« Ich war nie mehr aus dem Takt als damals, als wir zusammen im Zimmer des Richters standen, um zu heiraten. Ein alter Schulfreund, den ich eingeladen hatte, war hingerissen von Vela. Während der Richter in seinem Buch nach dem Text für die Trauzeremonie suchte, flüsterte dieser Freund mir ins Ohr: »Selbst wenn es keine sechs Monate dauert und auch wenn es nur ein Monat ist, es ist die Sache wert – dieser Busen, diese Hüften und das Gesicht!«

Aber wieder zurück zu der Unterhaltung mit Vela in der Bank. Ich hörte mich mit der Überzeugung grenzenloser Ernsthaftigkeit sagen: »Schon vor langer Zeit habe ich mich an den Gedanken gewöhnt, wie all die anderen eines natürlichen Todes zu sterben, die ich während meines Lebens habe sterben sehen, und ich bin darauf vorbereitet. Vielleicht geht beim Grab die Phantasie ein wenig mit mir durch – das Klamme und die Kälte. Ich habe es mir zu detailliert vorgestellt und habe deshalb ein bisschen zu viel (abnorm viel) Mitgefühl mit den Toten. Aber nichts auf der

Welt wird mich dazu bewegen können, mich in die Hände der experimentellen Wissenschaft zu geben. Dein Vorschlag ist eine Beleidigung. Aber nachdem es dir gelungen ist, mich zur Ehe mit dir zu verleiten, denkst du wahrscheinlich, ich ließe mich auch dazu bequatschen, ein Jahrhundert lang eingefroren zu werden.«

»Ja, ich meine schon, dass du mir etwas schuldest«, war alles, was Vela darauf zu sagen hatte.

Eine unserer Schwierigkeiten, die Quelle vieler Missverständnisse, hatte darin bestanden, dass ihr meine Lebenseinstellung nicht zugänglich war. Hunde verstehen einen Witz. Katzen nicht, Katzen können niemals lachen. Wenn andere lachten, fiel Vela ein. Doch wenn das entsprechende Stichwort fehlte (»Das ist aber lustig«), konnte sie nicht einmal lächeln. Und wenn ich eine Gesellschaft beim Abendessen unterhielt, unterstellte sie mir, dass ich sie zum Gegenstand meiner Witze machte.

Während ich glaubte, mich in einer Bank zu befinden, in der eine kleine Zehn-Cent-Münze und ein riesiger Dollar in den polierten Marmor eingelassen waren, merkte ich wohl nicht, dass in der realen Welt mein Leben gerettet wurde. Ärzte setzten ihre Medikamente ein, Schwestern ihre Fürsorge, Wissenschaftler ihr Können, und alle arbeiteten zusammen, um mir zu helfen. Wenn oder falls ich gerettet würde, konnte mein Leben weitergehen.

Ohne den Artikel über Howard Hughes wäre Vela gar nicht darauf gekommen, dass es eine herrliche Idee sei, sich für ein Jahrhundert einfrieren zu lassen – dass sie schmutzige Dinge mit dem spanischen Freund tun könnte (der, das nur nebenbei, nicht einmal »Guten Morgen« zu mir gesagt hatte), während ich eingefroren dalag, ein Eisblock, der auf Wiederbelebung oder die Auferstehung wartete.

Und ich hatte keinerlei Zweifel an der Wirklichkeit dieser Bank, dieser Münzen, dieser Leute – Vela, ihr spanischer

Hengst, der Investmentberater sowie Velas Bemerkungen über die sexuelle Revolution.

»An die Begegnung in der Bank glaubst du also«, sagte meine Frau, sagte Rosamund, meine richtige Frau, später, nachdem ich ihr die Szene beschrieben hatte. »Warum kommen dir immer nur die allerschlimmsten Sachen so wirklich vor? Manchmal frage ich mich, ob es mir je gelingen wird, dich davon abzubringen, dass du dich selber so sadistisch behandelst.«

»Du hast ja Recht«, musste ich ihr zugeben. »Es gibt einem diese besondere Befriedigung, und das Böse daran garantiert, dass es eine reale Erfahrung ist. Das müssen wir durchmachen und, ja, das ist unsere Existenz. Das Gehirn ist ein Spiegel und gibt die Welt wieder. Natürlich sehen wir Bilder und nicht die Wirklichkeit, aber die Bilder sind uns lieb und teuer. Wir lieben sie sogar, obwohl wir genau wissen, wie sehr ein Organ wie das Spiegel-Gehirn alles verzerrt. Nur ist das jetzt nicht der richtige Moment für Metaphysik.«

Auf der Intensivstation war ich so ein Patient, bei dem das Personal gewettet hätte, wenn die Leute Spielernaturen gewesen wären. Aber sie waren zu ernst, um auf das Überleben eines Patienten zu wetten. Einigen von ihnen begegnete ich später in anderen Abteilungen des Krankenhauses. Sie sagten dann: »Ah, Sie haben es geschafft – wunderbar! Hätte ich nicht geglaubt. Ja, ja, das war vielleicht ein Kampf, bis wir Sie wieder hingekriegt hatten. Ich hätte keine zwei Cent mehr für Ihr Leben gegeben.«

Und damit ... *hasta la vista*. Auf Wiedersehen im nächsten Leben.

Hätten diese Begegnungen länger gedauert (lieber war mir, so kurz wie möglich), dann hätte ich meine Frau, den ihr gebührenden Anteil erwähnen müssen. Hin und wieder tauchte ein Facharzt auf, dem sie aufgefallen war: »Was für eine hübsche Frau.« »Wie sie sich aufgeopfert hat!« Oft verhalten sich die Angehörigen von Sterbenden wie verstörte Vögel, die, geblendet durch die Scheinwerfer über dem Mittelfeld, nur mehr blind fliegen. Für Rosamund galt das nicht. Um mich zu retten, hätte sie alles getan, was erforderlich war. Deshalb nahm es das Personal auf der Intensivstation bei ihr mit den Vorschriften nicht so genau. Sie hatten reichlich Erfahrungen mit Brüdern, Schwestern, Müttern, Ehemännern und -frauen. In meinem Fall war das Überleben eher unwahrscheinlich, und sie schien einem Verlierer beizustehen. Für einige andere, Frauen vor allem, schien mich Rosamund diesseits der Todeslinie gehalten zu haben.

Trauten diese Frauen der Liebe zu, Leben zu retten? Die so oder ähnlich lautende Frage eines Meinungsforschers hätten sie mit »Nein« beantwortet. Oder um es mit Ravelsteins güldenen Worten zu sagen: Amerikanischer Nihilismus war Nihilismus ohne Abgrund. Von Rechts wegen – oder von links – sollte die Liebe heute eine diskreditierte Leidenschaft sein, aber die Schwestern, die auf der Intensivstation an der Todesfront arbeiteten, waren für reine Gefühle aufgeschlossener als jene, die in den ruhigeren Fluren tätig waren. Und Rosamund, diese zarte, dunkelhaarige Schönheit mit der ebenmäßigen Nase, war paradoxerweise als Naturtalent erkennbar. Obwohl sie studiert hatte – sie hatte den Doktortitel und war viel zu klug, um sich für dumm verkaufen zu lassen –, liebte sie ihren Mann. Bei diesen Schwestern in der finalen Zone, wo vierzig Prozent der Fälle in der Leichenhalle enden, hatte die Liebe heimliche Unterstützer. Bei Rosamund nahm es das Personal mit den Vorschriften nicht so genau – wegen uns. Sie durfte neben dem Bett schlafen, in meinem kleinen Zimmer.

Als ich die Intensivstation verließ, wurde Rosamund erlaubt, ein kleines Essen zu geben. Dr. Bertolucci brachte von zu Hause die Pasta marinara mit. Ich konnte mich aufsetzen, aß ein paar Gabeln voll und hielt einen Vortrag über Kannibalismus in Neuguinea, wo geschlachtete Feinde gebraten würden, während daneben tropische Blumen wie Wasserfälle hundert Meter tief über Felsvorsprünge herabstürzten.

Auch nachdem ich die Intensivstation verlassen hatte, durfte Rosamund noch immer kommen und gehen, wie sie wollte. Nach dem Essen fuhr sie im Crown Vic nach Hause. Um mich zu beruhigen, sagte sie: »Das Auto ist stabil und sicher. Die Polizei fährt am liebsten damit, und an der roten Ampel fühle ich mich darin geschützt. Denn alle schlechten Schauspieler wissen, dass ich eine Polizeibeamtin in Zivil bin und eine Waffe trage.«

Trotzdem wurde eines Abends auf dem Parkplatz hinter unserem Haus das Seitenfenster eingeschlagen. Auch den Anblick der Ratten, die jede Nacht dahockten und den Geruch des Restaurants an der Beacon Street einsogen, schätzte sie nicht besonders. »In Reihen wie die Geschworenen auf den Plätzen im Gerichtssaal«, erzählte sie mir, »und das ganze Licht bündelt sich in ihren Augen.«

Wenn sie sich in den zweiten Stock geschleppt hatte, wartete der Kater auf sie, um sie zu begrüßen oder ihr Vernachlässigung vorzuwerfen. Der Kater war vom Land und hatte von Mäusen, Backenhörnchen und Vögeln gelebt. Jetzt brachte er seine Tage damit zu, die Stärlinge, Häher und riesenhaften Krähen zu beobachten. Hier wirkten sie größer als die Krähen im Wald – vielleicht weil die domestizierten Bäume in der Stadt kleiner sind. Am Spätnachmittag, wenn sich die Krähen bei uns auf dem Dach niederlassen, hören sie sich wie Metallsägen an.

Wahrscheinlich diente das irgendwelchen biologischen Zwecken, aber ich wollte es gar nicht wissen. Zu diesem Zeitpunkt hatte ich kein Ohr für Theoretisches – wie ich mich auch weigerte, das, was ich gerade machte, als Existenzkampf zu betrachten. Hätte ich innegehalten und darüber nachgedacht, wäre mir bewusst geworden, dass ich bereits unter der Erde war und mich mit bloßen Händen freischaufelte. Manche hätten mich vielleicht gelobt für die Zähigkeit oder die Loyalität, mit der ich am Leben festhielt. Für mich war es nichts dergleichen – es war so langweilig wie Kartoffelbuddeln.

Rosamund warf einen Blick in den leeren Kühlschrank (keine Zeit zum Einkaufen), kaute etwas Käserinde und stieg dann, die Haare mit einem hohen Handtuchturban geschützt, unter die heiße Dusche. Im Bett rief sie ihre Eltern an und plauderte mit ihnen. Der Wecker war auf sieben Uhr gestellt, und sie war schon früh am Morgen wieder im Krankenhaus. Sie wusste die Namen sämtlicher Medikamente auswendig, die mir verschrieben waren, und die Ärzte merkten, dass sie ihnen sagen konnte, wie ich auf jedes einzelne reagierte, gegen was ich allergisch oder wie hoch mein Blutdruck vorgestern gewesen war. Im Kopf dieser hübschen Frau gab es eine besonders große Sortiermaschine. Ganz im Vertrauen sagte sie mir, dass wir beide sehr alt würden und noch lange ins neue Jahrhundert hineinleben würden. Sie sagte, ich sei ein Wunder. Ich selber betrachtete mich eher als Irrläufer der Natur.

Es gab kein Thema, das sie nicht sofort verstanden hätte. Ravelstein hätte seine Freude an ihr gehabt. Natürlich war ich ihm gegenüber im Vorteil, hatte den besonderen Zugang zu ihr. Und nach der Krise sagte mir Rosamund, dass sie nie an meinem Überleben gezweifelt habe. Und ich wollte offenbar nicht an meinen Tod glauben, weil noch Aufgaben auf mich warteten. Ravelstein erwartete von mir, dass ich mein Versprechen einlöste und das Erinnerungsbuch schrieb, mit dem er mich beauftragt hatte. Um mein Wort zu halten, musste ich am Leben bleiben. Woraus aber logisch folgte, dass ich, kaum dass das Erinnerungsbuch geschrieben wäre, meinen Schutz verlöre und so entbehrlich würde wie alle anderen auch.

»Aber das muss ja nicht für dich gelten«, sagte Rosamund. »Sobald du gemerkt hattest, dass es aufwärts ging, konnte dich nichts mehr aufhalten. Im Übrigen hast du für mich überlebt.«

Ich dachte oft daran zurück, wie ich Ravelstein gefragt hatte, wer von seinen Freunden ihm wohl als Erster nachfolge. »Um dir Gesellschaft zu leisten«, wie ich mich ausdrückte. Und nachdem er meine Hautfarbe, meine Falten, mein Aussehen gründlich studiert hatte, sagte er, bei mir wäre die Wahrscheinlichkeit dafür am größten. So konnte er sein. Wenn man ihn einmal darum gebeten hatte, ganz offen zu sein, kannte er keine Schonung mehr. Seine Klarheit wirkte wie eine schnellüberfrierende Flüssigkeit. Meinte er, dass ich als Erster seiner Freunde im Leben nach dem Tode bei ihm sein würde? Der Ton unserer Unterhaltung legte das nahe. Andererseits glaubte er aber nicht an ein Leben nach dem Tode. Plato, dem er in diesen Dingen folgte, sprach oft von einem kommenden Leben, doch lässt sich schwer sagen, wie ernst Ravelstein das nahm. Ich hatte keine Lust, mit diesem Sumo-Kämpfer in den Ring zu steigen, der für die platonische Metaphysik antrat. Ein Stoß nur mit seinem mächtigen Bauch, und ich flöge aus dem gleißenden Ring und befände mich wieder im lärmenden Dunkel.

Allerdings hatte er mich gefragt, wie ich mir den Tod vorstelle – und als ich ihm sagte, dass dann die Bilder stehen blieben, dachte er ernsthaft über meine Antwort nach, hielt inne und überlegte, was ich damit wohl meinte. Niemand kann auf die Bilder verzichten – die Bilder gehen, ja *vielleicht* gehen sie weiter. Ich frage mich, ob irgendjemand glaubt, dass das Grab schon alles ist. Niemand kann freiwillig auf die Bilder verzichten. Die Bilder müssen und werden weitergehen. Wenn mir der Atheist und Materialist Ravelstein indirekt gesagt hatte, dass er mich früher oder später wieder sehen würde, hieß das doch, dass er das Grab *nicht* als das Ende akzeptierte. Niemand kann das akzeptieren und niemand tut es. Nur im Reden sind wir hart.

Als ich damals meine Bemerkung über die Bilder gemacht hatte, antwortete mir Ravelstein mit seinem explosionsartigen lachenden Stottern: »Ha-ha.« Aber er hatte über die Antwort nachgedacht, sie ernst genommen.

Dann aber ging er so weit zu sagen: »Du siehst aus, als würdest du dich mir irgendwann anschließen.«

Das ist die unwillkürliche und normale, die geheime und esoterische Zuversicht des Menschen aus Fleisch und Blut. Das Fleisch schrumpft und verwest, das Blut vertrocknet, doch in seinem tiefsten Denken und in seinem innersten Herzen glaubt niemand, dass die Bilder wirklich stehen bleiben.

Ungefähr vierzig Prozent der Patienten auf der Intensivstation sterben dort. Von den übrigen sind mehr als zwanzig Prozent für immer behindert. Diese Invaliden werden in Einrichtungen geschickt, die die Gesundheitsindustrie »Abteilung für chronisch Kranke« nennt. Sie können nicht mehr mit einem normalen Leben rechnen. Vom Rest, von den Glücklichen, heißt es, sie seien wieder »im Zimmer«.

Im Zimmer wurde ich nicht mehr vom Ärzteteam der Intensivstation betreut. Erschöpft von Hunderten von Stunden dort, kamen zwei von ihnen vorbei, um mir zu sagen, dass sie jetzt in Urlaub gingen. Da ich einer ihrer großen Erfolge war, besuchten sie mich im Zimmer, um sich zu verabschieden. Dr. Alba brachte Hühnersuppe aus der eigenen Küche. Dr. Bertoluccis Geschenk war eine selbst gemachte Lasagne, dazu Fleischbällchen in Tomatensoße, wie ich sie schon einmal auf der Intensivstation gegessen hatte. Noch immer konnte ich nicht selbstständig essen. Der Löffel zitterte in meiner Hand, worauf das ganze Tablett klapperte; ich konnte das Essen nicht zum Mund führen. Dr. Bertolucci kam, um mit mir und Rosamund zu essen. Längst war ich noch nicht normal und brachte das Gespräch immer wieder auf den Kannibalismus. Dr. Bertolucci war dennoch hochzufrieden mit mir und sagte: »Sie sind grade erst über den Berg.« Er hatte mir das Leben gerettet. Ich saß aufrecht, aß ein Gericht, das der Arzt selber gekocht hatte, und plauderte und schwatzte vor mich hin. Rosamund war aufgeregt und erfreut. Meine erste Nacht im Zimmer, und ich musste nicht in die Abteilung für chronisch Kranke, um dort ein Leben als Krüppel anzufangen.

Als ich ins Zimmer verlegt wurde, unterzog mich der Dienst habende Neurologe einer ersten Untersuchung. Meine Krankenakte befand sich in einem dicken Ordner im Schwesternzimmer. Rosamund hatte während der Krisenwochen ein eigenes Tagebuch geführt, und der Dienst habende Neurologe befragte sie ebenfalls.

Am gleichen Abend, gegen Mitternacht, tauchte der Chefneurologe Dr. Bakst auf, und auch er befragte sie. Sie war in dem Sessel neben meinem Bett eingeschlafen.

Ich war wegen Lungenentzündung und Herzversagen behandelt worden. Aber selbst wenn ich mich bereits im Zimmer befand, war ich nicht über den Berg. Noch nicht ganz. Worin meine Probleme bestanden, spielt hier keine allzu große Rolle. Schlicht und einfach: Meine Situation war alles andere als normal, meine Zukunft nach wie vor ungewiss.

Dr. Bakst kam mit seiner Packung Nadeln. Bei der Untersuchung – er steckte mir Nadeln ins Gesicht – stellte er fest, dass meine Oberlippe (so würde ich es ausdrücken) lahm war. Selbst beim Sprechen oder Lachen war sie merkwürdig unbeweglich oder teilweise gelähmt. Er unterzog mich ein paar einfachen Tests – ich bestand sie nicht. Verschiedene Male forderte er mich auf, Zifferblätter zu zeichnen. Zunächst war ich nicht in der Lage, auch nur irgendwas zu zeichnen. Meine Hände waren nutzlos. Ich hatte sie überhaupt nicht unter Kontrolle. Ich konnte meine Suppe nicht selber essen und nichts unterschreiben. Ich konnte keinen Füller richtig halten. Als er mich aufforderte: »Zeichnen Sie eine Uhr«, brachte ich nur eine krakelige Null zustande. Für Dr. Bakst waren meine Symptome eine Folge der Vergiftung. Bédier in Saint Martin hatte mir einen giftigen Fisch serviert. Der Neurologe sagte, ich sei dem Ciguatoxin zum Opfer gefallen. Inzwischen war ich bereit, auch das Schlimmste über die Karibik zu glauben. Der französische Arzt, den ich dort aufgesucht hatte, hatte meine Probleme als Denguefieber diagnostiziert. Er hätte es womöglich besser wissen können. Am Telefon schilderte ein australischer Experte für Ciguatoxin Dr. Bakst in Boston die Symptome der Krankheit. Nicht alle Bostoner Kollegen von Dr. Bakst akzeptierten dessen Diagnose. Ich war jedoch für Bakst eingenommen. Die Gründe dafür waren nicht im eigentlichen Sinn medizinischer Natur.

Ohne weitere Umschweife: Ich hatte mich zu entscheiden, ob ich mich für meine Genesung anstrengen wollte oder nicht. Lange Wochen war ich bewusstlos gewesen, mein Körper erschöpft und nicht wieder zu erkennen. Mein Schließmuskel war verwirrt, und ich ging nicht mehr, sondern stolperte bestenfalls, wenn ich über dem Metallgestell hing. Ich war einmal der Jüngste in einer großen Familie gewesen. Mittlerweile hatte ich selber erwachsene Kinder. Wenn sie mich besuchen kamen, hatte ich bei jenen, die meine Züge geerbt hatten, das Gefühl, dass mich meine eigenen Augen betrachteten – noch einigermaßen brauchbar, aber demnächst durch ein neueres Modell zu ersetzen.

Ravelstein hätte mir empfohlen, nicht den Kopf zu verlieren. Ich fühlte mich so gut wie tot, aber ich war, wenn auch angeschlagen und ziemlich bedient von dem Ganzen, noch nicht aus der Pflicht entlassen.

Rosamund freilich war entschlossen, dass ich weiterleben sollte. Natürlich hatte sie mich gerettet – hatte mich im letzten Moment aus der Karibik heimgeflogen, mir auf der Intensivstation beigestanden und im Stuhl neben meinem Bett geschlafen. Wenn ich beim Atmen Mühe hatte, hob sie die Sauerstoffmaske an und tupfte mir den Mund aus. Erst als der Respirator gebracht wurde, fuhr sie für eine Stunde nach Hause, um sich frische Sachen anzuziehen.

Dr. Bakst war der Arzt, der regelmäßig zu mir kam. Er kam auch unregelmäßig, zu seltsamsten Zeiten. Er sagte: »Stellen Sie mir den Wecker auf 10:47.« Oder: »Welchen Tag haben wir heute? Jetzt sagen Sie mir nicht, Sie stünden über diesen Dingen und müssten keine exakten Daten wissen. Ich möchte klare Antworten von Ihnen.« Oder: »Multiplizieren Sie 72 mit 93 und teilen Sie 5322 durch 46.«

Zum Glück hatte ich mein Einmaleins immer ordentlich gelernt.

Er hatte kein Bedürfnis, »tiefere« Fragen mit mir zu diskutieren – oder Fragen, die meine Genesung betrafen.

Mit acht Jahren hatte ich eine Bauchfellentzündung, die durch eine Lungenentzündung noch kompliziert wurde. Als ich aus dem Krankenhaus kam, hatte ich mir zu überlegen, ob ich mein Lebtag krank und von meinen zwei älteren Brüdern dafür gehasst sein wollte, weil ich die gesamte Zuneigung und Sorge unserer Eltern auf mich zog. Wie solche Entscheidungen in der Kindheit gefällt werden, entzieht sich jedem Verständnis. Allerdings weiß ich heute, dass ich mich entschloss, kein Schwächling zu sein. In einem Ramschladen entdeckte ich ein Buch von Walter P. Camp über körperliche Fitness und folgte dem Vorbild des berühmten Football-Trainers. Ich trug Kohleneimer am ausgestreckten Arm aus dem Keller hoch. Ich machte Klimmzüge, arbeitete mit einem Sandsack und im »Turnverein Indianerkeule«. Ich studierte ein inspiriertes Traktätchen mit dem Titel »Wie werde ich dauerhaft stark?«. Ich erzählte jedem, dass ich mich im Training befinde. Das war nicht übertrieben. Tatsächlich fehlte mir für Sport jedes Talent. Dennoch erwies sich die Entscheidung, die ich als Achtjähriger getroffen hatte, als folgenreich. Mehr als siebzig Jahre später war ich so weit, sie noch einmal zu treffen.

Durch einen seltenen Zufall hatte Dr. Bakst im darüberliegenden Stock eine weitere Patientin mit Ciguatoxin. Sie hatte sich auf einer Reise nach Florida infiziert. Das Gift tobt im Nervensystem, wird aber bald ausgeschieden, so dass man nach einigen Tagen keine Spur mehr davon findet. Zu ihrem Glück wurde die Krankheit in einem frühen Stadium entdeckt, und nachdem das Gift, das sie ebenfalls einem Fisch verdankte, aus ihrem Blut gefiltert worden war, ging es ihr so gut, dass man sie entlassen konnte.

Ich schob weiter mein Gestell durch lange Flure und war entschlossen, meine Beine wieder allein zu gebrauchen. In der Dusche musste man mich festhalten, damit ich nicht umkippte. Die freundlichen Schwestern hatten schon alles gesehen und waren auch durch meinen Körper nicht mehr zu schockieren, aber ich fühlte mich gedemütigt, als sie mich einseiften und abbrausten.

Ich nahm an, dass mein Chefneurologe und guter Engel mit Fällen wie dem meinen vertraut war und genau wusste, »wie es um mich stand«. Meine schwachen Hände und Beine würden schlaff werden, ich würde mein Gleichgewichtsgefühl völlig verlieren, wenn ich nichts gegen die Atrophie der kleinen Muskeln unternahm. Wenn ich dazu tendierte, könnte ich mich entscheiden, alle weiteren Anstrengungen zu unterlassen. Man wird es bald müde, alle

Übungen auszuführen, die Plastilinkugeln zu kneten und das Puzzle zusammenzufügen, wenn der prüfende Blick auf den eigenen Körper doch wieder die langen Falten auf der Innenseite der ausgemergelten Arme bemerkt.

Erst heute begreife ich, wie viel Taktgefühl der Arzt bewies, und merke, dass er genau wusste, dass ich zusammenklappen würde, wenn ich mich nicht dem von ihm verordneten Drill unterwarf. Ich hasste den Drill, aber ich wollte mir den Zusammenbruch nicht gestatten. Außerdem war ich es Rosamund schuldig, dass ich mich um meine Genesung bemühte. Ich war allerdings in großer Versuchung aufzugeben, aber sie war mit ihrer ganzen Seele auf mein Überleben konzentriert. Aufzugeben wäre eine Beleidigung für sie gewesen. Und schließlich bedeutete Leben notwendigerweise auch, dass ich das tun konnte, was ich schon immer getan hatte, und ich musste dafür stark sein, dass ich unabhängig all die Arbeiten verrichten konnte, aus denen mein Leben bestand.

Meiner Meinung nach war Dr. Bakst ein Spitzendiagnostiker, doch in meinem Fall wurde seine Diagnose in Zweifel gezogen. Ciguatera ist eine Tropenkrankheit. Das Toxin kommt von Fischen, die an Korallenbänken leben – der Arzt nannte sie »Piscavores«. Auch durch noch so viel Kochen oder Backen ist das Gift des Rotbarsches, den mir Bédier, der harte Bursche, der den französischsten aller französischen Wirte spielte, auftischte, nicht unschädlich zu machen. Bédier war in die Tropen gekommen, um das Geld für die Ausbildung seiner kleinen Töchter zu verdienen – sie bekommen heute keine *dot* mehr, sondern eine Ausbildung. (Ravelstein, der hier natürlich durch die beschriebenen Personen und Situationen geistert, wäre es lieber gewesen, wenn ich von *dot* statt von Aussteuer spreche.) Jenseits seiner Rolle war Bédier seiner Kundschaft gegenüber zu nichts verpflichtet. Sie versuchten ihr Glück mit den Piscavores von der Korallenbank, und er das seine mit Investitionen. Weder Bédier noch der Arzt, der mir gesagt hatte, ich hätte Denguefieber, reagierten auf die Anfragen aus Boston.

In meinem Alter verfügt man über eine beträchtliche Erfahrung bei solchen Feinheiten, kennt die Ausflüchte, die Eigeninteresse kaschieren. Alle diese Überlegungen gehen wild durcheinander.

Kollegen hegten Zweifel an Dr. Baksts Diagnose auf Ciguatoxin. Deshalb hatte er ein zusätzliches Interesse, diesen Befund zu stützen. Er schickte mich in jede Abteilung des Krankenhauses, ließ Kernspintomographien und Röntgenaufnahmen machen und Dutzende weiterer innerer Untersuchungen, bei denen man die Kräfte des gesamten Planeten auf sich gerichtet fühlt. Bis zu einem gewissen Grad konnte ich sein berufsmäßiges Interesse von seinen anderen Motiven unterscheiden. Tatsache ist, dass er genau wusste, wie viel mir an seinen »persönlichen« Besuchen lag, seiner täglichen Gegenwart – dass ich von ihm abhängig war.

An einem besonders zerstückelten und hoffnungslosen Tag kam mir der Gedanke, ich könnte einer dieser berechnenden Patienten sein, deren großer Plan darin besteht, die Aufmerksamkeit des Arztes restlos für sich zu beanspruchen. Der Kranke weiß genau, dass der Arzt diese Aufmerksamkeit aufteilen muss, und er weiß auch, dass er als Patient ein besonderes Interesse hat, einen Vorteil gegenüber seinen kranken und sterbenden Konkurrenten herauszuschlagen. Der Doktor wiederum muss sich vor diesen monopolisierenden Impulsen – vielleicht sollte ich besser sagen: vor diesen Instinkten – von Menschen schützen, die nur ihre Genesung im Auge haben, die diese tief sitzende, eigentümliche Gier jener Kranken haben, die beschlossen haben, nicht zu sterben.

Dr. Bakst war von stämmiger Statur, nur den Kopf hielt er ein wenig seltsam, fast wie Boxer. Es war auch nicht im Entferntesten zu ahnen, an was er dachte. Er kam und ging, wie er es für richtig hielt. Vielleicht war es nur seine Brille, die sich einem zuwandte, nicht seine Augen. Deshalb wurde mir klar, dass es ein Fehler wäre, mit ihm über die vielen merkwürdigen Dinge zu sprechen, die ich erlebte. Die Arithmetikaufgaben, die er mir stellte, erinnerten mich an die Rechenaufgaben, die David Copperfield für seinen bösartigen, tyrannischen Stiefvater lösen musste. »Neun Dutzend Käse für zwei Pfund, acht Schilling und vier Pence. Das hast du mir in drei Minuten ausgerechnet.« Schon in der Schule war ich gut im Zusammenrechnen, und mit solchen Aufgaben fühlte ich mich in meine Kindheit zurückversetzt. Auch für meine Finger waren sie eine gute Therapie, und bald konnte ich wieder Schecks ausstellen und meine Rechnungen bezahlen.

Der Arzt hatte inzwischen auf ein anderes Tempo umgeschaltet.

»Welcher Wochentag ist heute?«

»Dienstag.«

»Falsch. Jeder Erwachsene weiß, welcher Tag heute ist.«

»Dann muss es Mittwoch sein.«

»Ja. Und welches Datum haben wir?«

»Keine Ahnung.«

»Sie wollen also mit Raten durchkommen – einem Spiel. Aber von heute an müssen Sie, wie jeder andere Mensch auch, das Datum kennen. Sie schauen jeden Morgen nach, und von jetzt an sind Sie in der Lage, den Wochentag und das exakte Kalenderdatum zu nennen.« Und er heftete einen Kalender für mich an die Wand. Der Arzt hatte wohl bemerkt, dass meine Tage ein einziger Morast aus freiwilliger Verwahrlosung waren. Ich war demoralisiert, ließ mich treiben und wurde durch Nachlässigkeit und mangelnde Ordnung wieder mutlos.

Gut möglich, dass mich Dr. Bakst gerettet hat. Ich glaube, ich verdanke ihm mein Leben, ihm und natürlich Rosamund. Bakst war nicht der Meinung, dass es ein Fehler gewesen sei, mich zurück »ins Zimmer« zu schicken, oder dass ich letztlich doch in der Abteilung für chronisch Kranke landen würde. Er war überzeugt, ich könnte es schaffen, und deshalb *musste* ich es schaffen. So wie er mich einschätzte, war ich ein Genesungskandidat. Ich frage mich, was aus der medizinischen Praxis würde, wenn die Ärzte auf solche intuitiven Einschätzungen verzichten würden. Wie der kundige Indianerscout des 19. Jahrhunderts legte Dr. Bakst sein Ohr auf die Schiene und hörte die Lokomotive kommen. Bald würde das Leben wiederkehren, und ich würde meinen Platz im Zug des Lebens einnehmen. Der Tod wäre irgendwo am Rand der Landschaft auf seine ursprüngliche Größe zusammengeschrumpft. Der Patient hat das Verlangen, kriechend, humpelnd oder mit irgendwelchen Tricks in das Leben zurückzustreben, das er vor seiner Krankheit geführt hat, und sich an seinem alten Platz einzugraben und zu verschanzen.

Wäre ich gestorben, dann wäre ich natürlich von dem Versprechen befreit gewesen, das ich viele Jahre zuvor gegeben hatte, nämlich eine kurze Beschreibung von Ravelstein zu verfassen und einen Abriss seiner Biografie zu geben. Da ich nun selber in die Nähe des Todes gelangt war, brauchte ich die Schuld nicht mehr zu fürchten, die die Überlebenden so oft spüren gegenüber jenen anderen im Grab – Eltern, Frauen, Ehemännern, Brüdern und Freunden.

Nach dem College arbeitete ich Ende der dreißiger Jahre als Forschungsassistent und war an der Zusammenstellung eines geografischen Führers beteiligt. Dabei stellte ich fest, dass es fast in jedem Bundesstaat ein Athens gab. Außerdem hatte A. N. Whitehead während seines Aufenthalts in Chicago prophezeit, dass es Chicagos Bestimmung sei, die moderne Welt zu führen. Hier war, jedermann kostenlos zugänglich, Intelligenz zu Hause, und es war gut möglich, dass diese Stadt das neue Athen werden würde.

Als ich das zu Ravelstein sagte, musste er (ich erinnere mich noch) unglaublich lachen und sagte: »Sollte es tatsächlich so kommen, dann bestimmt nicht wegen Whitehead. Der hatte so wenig Philosophie in sich, dass es nicht einmal für einen Luftballon beim Kindergeburtstag gereicht hätte. Aber Russell war auch nicht besser.«

Mich interessierten solche Ansichten nicht etwa, weil mich ein philosophischer Ehrgeiz umtrieb, sondern weil ich plante oder den Auftrag hatte, ohne große Kenntnis in politischer Philosophie ein Buch der Erinnerung über Ravelstein, den politischen Philosophen, zu schreiben. Ich selber vermochte nicht zu sagen, ob Whitehead oder Russell Gedanken entwickelt hatten, deren nähere Betrachtung sich lohnte oder nicht lohnte. Ravelstein hatte mir kategorisch erklärt, dass ich mich nicht mit ihren Untersuchungen, Aufsätzen und Ansichten belasten solle. Ich hatte jedoch schon fünf oder sechs ihrer Bücher gelesen. Wir sollten dankbar für gute Beratung in diesen Angelegenheiten sein, denn das Leben ist zu kurz, um seine Zeit zu verschwenden – einen ganzen Monat beispielsweise mit Russells *Geschichte der Philosophie*, einem offensichtlich grässlichen und sogar verrückten Buch, das auch noch insofern modern ist, als es einem das Studium mehrerer deutscher und französischer Philosophen zu ersparen versucht.

Auf seine Weise versuchte mich Ravelstein vom Studium der Werke jener Denker abzuhalten, die er am meisten bewunderte. Es ist richtig, er gab mir den Auftrag, dieses Erinnerungsbuch zu schreiben, aber er fand es überflüssig, dass ich mich durch die Klassiker des abendländischen Denkens arbeitete. Für eine kurze Biografie hatte ich ihn gut genug verstanden, und ich war mir mit ihm darin einig, dass sie von jemandem wie mir verfasst werden sollte. Außerdem glaube ich leidenschaftlich daran, dass einen das unvollendete Werk am Leben erhält. Allerdings lässt sich Überleben nicht mit dieser einfachen Gleichung erklären. Rosamund hielt mich vom Sterben ab. Ich kann das nur so direkt darstellen, und ich kann es nicht direkt darstellen, solange meine Interessen so ausschließlich auf Ravelstein konzentriert bleiben. Rosamund hatte bei Ravelstein die Liebe studiert – die romantische Liebe Rousseaus und auch den Platonischen Eros –, doch wusste sie wesentlich mehr darüber als ihr Lehrer oder ihr Ehemann.

Doch statt Dinge zu erklären, bei denen eine Erklärung nicht weiterhilft, würde ich lieber Ravelstein wieder sehen.

Ravelstein zieht sich zum Ausgehen an und spricht mit mir. Ich gehe auf und ab und versuche dabei zu hören, was er sagt. Aus seiner Hi-Fi-Anlage ertönt Musik, und die verschiedenen Flächen seines nackten, kahlen Schädels bewegen sich vor mir im Flur zwischen seinem Wohnzimmer und seinem monumentalen Schlafzimmer. Er bleibt vor seinem Trumeau stehen – an den Wänden sind keine Spiegel –, legt die schweren goldenen Manschettenknöpfe an und knöpft das Streifenhemd von Kisser & Asser aus der Jermyn Street zu. Die Wäscherei und Reinigung American Trustworthy liefert seine Hemden mit Seidenpapier ausgestopft. Er legt die Krawatte um und hebt den Kragen an, der vor Stärke knackt. Er schlingt einen üppigen Knoten. Die unruhigen Finger, lang, schlecht koordiniert, nervös bis zur Dekadenz, ziehen eine doppelte Schleife. Ravelstein mag große Krawattenknoten – schließlich ist er selber sehr groß. Dann setzt er sich auf die wunderschön gearbeiteten Decken seines Bettes und zieht die Stiefel von Poulsen and Skone an. Der linke Fuß ist einige Nummern kleiner als der rechte, aber er humpelt nicht. Er raucht natürlich, er raucht immer, und wendet sich vom Rauch ab, während er die Stiefel zuknotet und die Knoten dann zurechtrückt. Chor und Orchester schmettern *Die Italienerin in Algier.* Das ist Musik für die Garderobe, Tafel- und Stimmungsmusik, doch Ravelstein hält es mit Nietzsche, schätzt die Komödie und den Musikpavillon. Lieber Bizet und *Carmen* als Wagner und der *Ring*. Gern dreht er den Regler an seiner Anlage voll auf. Das Telefon klingelt, aber darum soll sich der Anrufbeantworter kümmern. Er zieht seinen Fünftausend-Dollar-Anzug an, italienisch, ein Gemisch aus Wolle und Seide. Er zupft am Ärmel seines Mantels und wienert noch mal seinen Kopf. Und vielleicht gefällt es ihm, dass so viele Instrumente für ihn aufspielen, dass so viele Musiker für ihn da sind. Er korrespondiert mit CD-Firmen hinter dem Eisernen Vorhang. Er hat Leute, die auf dem Postamt die Zollgebühren für ihn begleichen.

»Was hältst du von dieser Aufnahme, Chick?« fragt er. »Sie spielen mit den Original-Instrumenten aus dem 17. Jahrhundert.«

Er verliert sich in erhabener Musik, eine Musik, in der sich Ideen auflösen, bis sie diese Ideen in Form von Gefühlen zurückbringt. Er nimmt sie mit sich hinunter auf die Straße. Auf den hohen Sträuchern liegt der erste Schnee, und auf den gleichen Sträuchern sitzt eine riesige Horde Papageien. Es sind die Papageien, die aus Käfigen entflogen sind und sich jetzt ihre langen Nistsäcke in den Nebenstraßen anlegen. Sie leben von den roten Beeren. Ravelstein sieht mich an, lacht vor Freude und Erstaunen, gestikuliert, weil man ihn in all dem Vogellärm nicht mehr hören kann.

Ein Geschöpf wie Ravelstein überlässt man nicht so ohne weiteres dem Tod.